Impressum:

Bibliografische Informationen:
Die Deutsche Nationalbibliothek verzeichnet die Publikation
im Internet unter: http://dnb.dnb.de

Horst Reiner Menzel, Lyriker und Aphoristiker
Dieselstraße 8 71546 Aspach
doremenzel@gmx.de
Website: https://horst-reiner-menzel.jimdo.com/

Herstellung und Verlag: BoD - Books on Demand, Norderstedt
Taschenbuch ISBN-9783753453446

2. Auflage 2021
Cover-Bild: Google Cyber-Security
Fotos: Siehe Angaben im Buch

Die Kurzgeschichten

Aufgespießt und hingeschrieben,
Kurzgeschichten zum Verlieben.

Von Horst Reiner Menzel

Vorwort

Wieder Wasser trinken, statt Champagner! Gestern war noch die nachdenkliche, betuliche, heile Welt. Wenn die Tagesarbeit vollbracht war, widmete man sich den kleinen Freuden des einfachen Beisammenseins im Tages-Ausklang. Die Begegnung von Jung und Alt war eine Selbstverständlichkeit. Man lernte eniger aus Büchern, sondern hörte den Älteren mit Begeisterung zu, wenn sie aus ihrem Leben berichteten. Die Geschichten, die sie erzählten, waren aufregend und spannend zugleich. Die Erzählkultur und die Sangeskunst ermunterten die Jungen mitzutun und so verbreiteten sich viele Lieder und Geschichten allein durch die Oral-Historie, - von Mund zum Ohr und wieder zum Mund über Jahrhunderte auch ohne den Buchdruck, ohne Zeitungen, ohne Radio, Fernsehen und die Handypest. Der moderne Mensch unterliegt, ohne es zu bemerken einer Informationsflut, die nach und nach seine Aufnahmefähigkeit für das wirkliche Leben erlahmen lässt. Die Vergnügungssucht kennt keine Grenzen, eine neue Variante scheint die Demo-Zerstörungswut zu sein. Die Wissenschaft nennt diesen permanenten Zustand: „Reizüberflutung". Niemand kann sich dem entziehen, wen wundert es noch, wenn niemand Zeit hat, einem anderen zuzuhören, wenn er ein Problem hat oder krank ist. Wer tröstet, wer kümmert sich im Krankenhaus um die kranke Seele eines Patienten? Schnell, schnell noch eine Beruhigungspille reinhauen, ruhigstellen, das ist die Devise. Statt mal ein gutes Buch in die Hand zu nehmen, hängt über dem Bett, wie könnte es anders sein, ein Fernseher. Statt einmal seinen eigenen Gedanken nachzuhängen, dattelt man auf dem Handy herum, man könnte ja ein paar News verpassen. Anstatt der geschundenen Seele eine Ruhepause zu gönnen, vertieft man sich in die Handy-Daumen-Vergewaltigung der deutschen Sprache.

Aus dem Fenster schauen und die Wolken studieren,
die Seele baumeln lassen, in sich selbst verlieren.
Das Kaleidoskop am blauen Himmel,
ersetzt das nervige Gebimmel.

Rei©Men

Inhaltsverzeichnis

Hundert Jahre nach George Orwell 2084

Niemand hat sie jemals gewählt,
doch die Weltregierung ist das Geld.

Rei©Men

Diese Berechnung, die ein kluger Mensch durchgeführt hat, kommt zu einem höchst erstaunlichen Ergebnis: Hätte der biblische Josef, seinem Sohn Jesus nur einen einzigen Pfennig auf einem Bankkonto vererbt, wäre bei einem Garantiezins von 5 %, aus dem Geld bis 1990 die Summe von 123 Milliarden Erdkugeln aus Gold geworden. Diese Überlegung zeigt, dass die Menschheit mit dem Tauschmittel Geld, nicht mehr so weitermachen kann wie bisher, sonst passiert es tatsächlich, dass in einigen Jahrzehnten unsere ganze Welt einem einzigen Menschen gehört. Es ist höchste Zeit ein neues Verrechnungssystem zu schaffen, das frei von den Fehlern der bisherigen Geldwirtschaft ist.

Die Idee eine Welt des Wohlstands zu schaffen, in der es keine Verteilungskämpfe mehr gibt, ist so alt wie die Menschheit selbst, sie scheint aber nicht realisierbar zu sein. Doch wenn man den Gedanken auf den Punkt bringt, fängt alles mit dem Geld an und endet auch damit. Kein Geld zu haben bedeutet in unserer heutigen schnelllebigen Zeit den Untergang. Was liegt also näher, als das Geld abzuschaffen. In der Vergangenheit gab es schon viele solche Überlegungen in diese Richtung, doch alle Bemühungen einen Ersatz für das Tauschmittel von >Leistung gegen Leistung < zu schaffen, endeten immer wieder mit der Schaffung von Ersatzgeld. Es gab schon viele Versuche ein Frei-Geld zu einzuführen, der letzte sogar in der BRD und natürlich in – Bayern, da existiert seit 2003 der >Chiemgauer<. Er wird 1 zu 1 gegen den Euro getauscht und nur in der Region benutzt. Leider verliert er beim Rücktausch 5 % seines Wertes. Außerdem werden bei jeder Bezahlung 3 % für gemeinnützige Projekte abgezweigt. Hintergrund ist die Stärkung der regionalen Wirtschaft. Die neueste Entwicklung, der >Bitcoin< ist letztendlich auch nur eine Internet-Ersatzwährung, auf die allerdings die Zentralbanken und die Staaten keinen Einfluss haben. Die Verbindung zum realen Geld, ist jedoch eine Tauschbörse, die einem Wechselkurs unterliegt. Wenn jemand

Bitcoins kauft, kann er wie an jeder anderen Börse Geld gewinnen oder verlieren. Der Vorteil dieses Cybergeldes liegt darin, dass der Nutzer ohne den Umweg über die Banken, überall im Internet bezahlen und „Geld" = Bitcoins erhalten kann und das in Echtzeit von Computer zu Computer ohne Gebühren. Jeder User hat nur eine virtuelle Menge „Bitcoin-Bares" auf seinem Rechner. Nimmt er z. B. als Arbeitnehmer keine Bitcoins ein, muss er sein reales Geld, an der Tauschbörse gegen Bitcoins eintauschen, damit er wieder „flüssig" wird. Man muss nicht lange darüber nachdenken, dass auch dieses Cybergeld fast alle Fehler des realen, seit tausend Jahren existierenden Papier-Geldes aufweist, das die Chinesen erfunden haben.

Die Geschichte soll ein Denkanstoß sein, um zu neuen Ufern aufzubrechen und Anregungen geben, wie man das Geld abschaffen könnte, ohne all die Nachteile zu haben, wie sie uns ja hinlänglich bekannt sind.

Corlay ging die Intershop Sloan hinunter zum X-Point Areal, wo sich die Musterausstellungen der großen Modemacher befanden. Er war inzwischen schon über Dreißig, doch mit den neuen Gen-Refreshern, die alle paar Jahre erneuert wurden, sah er wie ein 18zehnjähriger aus. Dunkle Haare, hingen ihm über der Stirn und das Fresh-Skin-Design, erhielt ihm sein jugendliches Aussehen. Mit seiner in 1000 Stunden bodygestylten Figur und dem ihn anhaftenden lustigen, jungenhaften Aussehen, nahm er in der Regel gleich jeden für sich ein. Er nahm seinen Allrounder aus der linken Brusttasche, schaute kurz auf den automatisch eingeblendeten Body-Checker und nickte zufrieden. Nach der vergangenen Nacht, hätten die Werte eigentlich schlechter sein müssen, doch sein Net-Doctor, hatte ihm wohl schon eine zusätzliche Dosis aus seinem Energiedepot verabreicht, sodass er die Folgen seiner exzessiven Lebensweise, besser wegstecken konnte. Das am oberen Rand des Displays angezeigte Live-Konto zeigte in einer langen Zahlenreihe, nur eine kleine Verschlechterung an. Genauer betrachtet, würde er zwei Monate weniger zu leben haben. Das bedeutete für ihn, heute Nachmittag ein kleines Ruder Training einzulegen, um das Defizit auszugleichen. Er steckte es zurück und bemerkte kurz:

„Sport-Suits, Shirts, Shoes."

Das Gerät reagierte sofort und zeichnete vor ihm einen hellroten Laserimpuls auf das Pflaster, das nur er sehen konnte und dem er nur folgen musste, um zu den gewünschten Artikeln zu gelangen. Der Laser steuerte nun in eine Sprachausgabe um, die ihn in ein Gebäude leitete. Als er es betrat, frage ihn sein Body-Checker: „X-Arial Musik hören?", „Ja." Sofort erklangen nur für ihn hörbar lauschige Weisen, die ihn beim Shoppen begleiten würden. Eine junge Dame, kam auf ihn zu, begrüßte ihn freundlich und zeigte auf den Visitor-Scanner, der am Boden mit einem grünen Balken markiert war. Er lief etwas langsamer als auf der Straße hindurch. Sein Body-Checker, hatte inzwischen die Daten überprüft und ergänzt. Dann frage er Corlay nach seinen speziellen Modewünschen.

„Ich bin zum Segeln eingeladen worden und benötige eine komplette Segelausrüstung." Der Laserstrahl führte ihn jetzt durch das Cyber-Kaufhaus. Bei den Artikeln, wurde sein Bild mit den jeweils gewünschten Waren am Körper, in einem Hologramm in den Raum gestellt. Langsam drehten sich die Cyber-Models im Kreis, machten Schritte und zeigten sporttypische Bewegungsabläufe. In der eingeblendeten Anzeigetafel zeigte er auf die nächsten Varianten mit anderen Designs, die dann sofort auf den Hologramm-Körpern auftauchten. Nachdem er noch ein paar Alternativen gesehen hatte, entschied er sich für eine einfache Linie, er wollte segeln gehen und keine Modeschau machen. Das Programm legte sich sofort auf diese Linie fest und zeigte ihm nur noch praktische, legere Kleidung. Anschließend zeigte man ihm Wetterbekleidung, Segelschuhe Gummistiefel usw. Zu allen Artikeln kamen aus seinem Allrounder Informationen zum Schnitt, Angaben über Points, den Designer, den Hersteller, bzw. was man noch im Angebot hatte. Wenn er eine Bemerkung zur Farbgestaltung machte oder eine Frage stellte, wurde sie von der jungen Frau, die ihn begleitet hatte, gleich beantwortet. Am liebsten hätte er mit ihr angebandelt, so hübsch sah sie mit ihrem etwas zu kurzen Röckchen aus, denn den Humanoiden sah man ihr nicht an, doch es gab für alle Roboter ein unverwechselbares Erkennungssignal, das er über seinen Allrounder eingespielt bekam. Sie hieß Breta, war 22 Jahre alt, mehrfach generalüberholt worden und sollte demnächst gegen ein neues Model ausgetauscht werden, so jedenfalls wurde es in ihrer Robot-Kennung angezeigt. Danach wurden ihm noch eine Menge Accessoires eingespielt, die man angeblich alle beim Segeln benötigt. Er wählte wieder aus und nach einer knappen halben Stunde war seine Segelausrüstung zusammengestellt. Die nette Dame lud ihn nun zu einem Kaffee ein und er folgte ihr in die Espressobar. Dort ging sie alle Details mit ihm noch einmal durch, es stellte sich heraus, dass nur noch ein Fernglas fehlte. Doch er lehnte ab, weil ja in der Regel so etwas, an Bord eines Schiffes vorhanden war. Die Schöne verwickelte ihn nun in einen Smalltalk, fragte ihn auf welchen Gewässern er segeln wolle und fing gleich, an ihm die Eigenheiten und Gefahrenmomente zu erläutern, die auf diesem Törn auf ihn warteten. Eine virtuelle Seekarte wurde auf dem Tisch eingeblendet, die Hinweise auf Untiefen, Schifffahrtsrouten, Häfen, Anlegestellen, Sehenswürdigkeiten gab und auf Gaststätten und Einkaufsmöglichkeiten in den Häfen aufmerksam machte. Als er das virtuelle Geschäft verließ, hatte er auf seinem Allrounder alle Informationen, die er benötigte, in einer Datei detailliert und als Info zum Nachschlagen gespeichert. Kaum dass er seinen Espresso getrunken hatte, erschienen 10 Humanoiden-Mannequins und führten ihm seine Einkäufe an ihren Körpern vor. Da und dort, ergaben sich noch Änderungswünsche, dann war der Einkauf perfekt. Corlay wurde die virtuelle Rechnung angezeigt, er schaute sie durch und gab seinem Allrounder den Auftrag zu pointen. Dann fragte ihn der Allrounder, welches sein nächstes Ziel wäre und machte noch ein paar Vorschläge, welche interessanten Musen, Gaststätten, Theater oder andere Vergnügungsmöglichkeiten in der Nähe lagen.

Doch er sagte nur kurz: „Hotel."

Nach drei Minuten fuhr ein Selfdrive-Taxi vor, doch er hatte keine Lust zum Fahren, deshalb stieg er auf der Beifahrerseite ein und erwähnte beiläufig: Klassik: Beethoven, die Achte.

„Was wünschen der Herr noch?", kam es aus seinem Allrounder.

„Bitte eine kleine Stadtrundfahrt."

Das Taxi machte eine Rundfahrt durch die Stadt und erklärte die wichtigsten Gebäude und Sehenswürdigkeiten. Jedes Mal fragte es ihn, ob er aussteigen möchte, aber er verneinte. Als er eine Stunde später in seinem Hotel ankam, waren seine Einkäufe schon geliefert worden. Er betrat sein Zimmer, im nächsten Moment, wurde er über das Mittags-Menü informiert. Die Speisekarte lieferte neben der Einblendung, die sich vor ihm immer weiterbewegte und mit ihm ins Schlafzimmer wanderte, auch optische und akustische Informationen über das Essen-Angebot. Etwas abgeschlafft legte er sich aufs Bett. Ein Humanoid-Roboter (Humrobo) zog ihm die Schuhe aus und fragte nach weiteren Wünschen. Er drehte den Kopf zur Seite und rollte sich ein. Der Humrobo verstand die Geste und deckte ihn mit der Bettdecke zu. Kurze Zeit später war er eingeschlafen. Kurz zuvor hatte er noch gesagt, 15 Uhr, das genügte, um ihn pünktlich zu wecken. Pünktlich berührte der Humrobo ihn sacht an der Schulter und nachdem er aufgewacht war, fühlte er sich erfrischt und hatte Hunger bekommen, deshalb sagte zu seinem Assistenten, „Speisekarte vorlesen und dann die neuesten Nachrichten." Nach einer Minute entschied er sich für ein Fischgericht, das 15 Minuten später von seinem Assistenten serviert wurde. Inzwischen wurden die Nachrichten aus aller Welt auf einem virtuellen Bildschirm angezeigt, der nach seinem „Dankeschön" wieder verschwand.

Nach dem Essen begab er sich in den Konferenzsaal, wo das internationale Treffen der >Zukunfter <, wie man sie kurz und präzise nannte, stattfand. Das war der eigentliche Grund, weshalb er in diese Stadt gekommen war. Hier in „Cyber-Infomenta", berieten ausgesuchte Wissenschaftler über die Zukunft der Menschheit. Diese Retortenstadt war eigens für diesen Zweck geschaffen worden, um herausragenden Denkern, die von den Mitgliedern der vereinten Nationen delegiert worden waren, eine Denkfabrik zu schaffen, die fast alle Bereiche der Wissenschaft und Forschung abdeckte, und in den permanenten Tagungen aller Art stattfanden.

Nach einer kleinen Pause, bewegte er sich seinem Leitstrahl folgend, zu seinem Konferenzsaal. Hier wollte er einen Vortrag zu den Produktionsmethoden und die Verbesserung, des seit einigen Jahren eingeführten neuen Point- Systems, am Ende des 21zigsten Jahrhunderts halten. Die Referate waren immer stark frequentiert, obwohl sie auch jederzeit von allen Kongressteilnehmern über Video verfolgt werden konnten. Doch, die uralten, überkommenen Verhaltensweisen des Menschen, bevorzugten doch die persönliche Anwesenheit, hier konnte man sich direkt gegenüberstehen, sich besser kennenlernen, vor allem Fragen stellen und was noch wichtiger war, in kleinen Gesprächen mit seinem Gegenüber direkt kommunizieren. Sein Thema war die vollautomatisierte Industrieproduktion, die gerechte Verteilung der produzierten Waren - und Vorschläge zu machen, wie man über die „Stellschrauben" am Point-System Verbesserungen erreichen konnte.

„Meine sehr verehrten Damen und Herren", begann er seinen Vortrag.

„Zuerst möchte ich eine kurze Bestandsaufnahme für die verehrten Gäste machen, die mit der Materie nicht so wie wir Fachleute vertraut sind.

Als im Jahre 1712 die erste brauchbare Konstruktion einer Dampfmaschine durch Thomas Newcomen gelang, wurde sie hauptsächlich zum Auspumpen des Wassers aus Bergwerken benutzt. Seither ist der Einsatz von Menschen in der Produktion rückläufig. Inzwischen brechen die Sozialsysteme zusammen, weil es nicht mehr genügend Arbeitnehmer gibt, die sie mit ihren Steuerzahlungen stützen. Weil die Menschen durch immer mehr und immer bessere Maschinen und Produktions-Automaten ersetzt werden, hat man schon darüber nachgedacht die Maschinen zu besteuern. Das ist natürlich Unsinn, weil die freigestellten Arbeitnehmer, die hergestellten Produkte nicht konsumieren können, wenn sie nicht genug „Geld verdienen", um die Produkte kaufen zu können und weil immer mehr Arbeit von Maschinen geleistet wird, man dreht sich im Kreis und weiß nicht weiter.

Ein Zukunftsforscher sagte schon vor 60 Jahren voraus, dass es bereits in naher Zukunft Fabriken ohne Menschen geben wird. Solche Fabriken sind heute fraglos Realität, weil Roboter die anfallenden Arbeiten schneller, präziser, kostengünstiger und ohne zeitliche Begrenzung ausführen. Sie stehen in abgedunkelten Hallen und können rund um die Uhr produzieren, ohne zu ermüden. Menschen sind nur noch für die Überwachung der Produktionsprozesse und eventuell für den Reparaturdienst erforderlich. In solchen System-Produktionen werden auf einer Seite Rohstoffe oder Halbfabrikate angeliefert und auf der anderen Seite kommen Fertigprodukte heraus. Wenn die Nachfrage stagniert, lässt man die Maschinen langsamer laufen oder stellt sie ganz ab. Das ist eigentlich allen bekannt. Nur sehr wenige Menschen arbeiten heutzutage noch in den alten

Industrien. Immer weniger werden Arbeit haben und zu wenig Geld verdienen, um die Produkte kaufen zu können. Ein Teufelskreis wie es scheint! Wer hat eine Idee? Wo ist die Lösung des Problems?

Bei diesen Überlegungen muss man wissen, dass alles, und zwar wirklich alles, von der Energie und den Rohstoffen abhängt, die uns in Zukunft zur Verfügung stehen werden. Fast alle Probleme dieser Welt könnte man lösen, hätte man Rohstoffe und Energie im Überfluss. Das Abfallproblem ist auch noch nicht ganz gelöst, denn trotzt der inzwischen erreichten Recycling- Quoten von 65 % Wiederverwertung, verbleibt immer noch eine Menge Restmüll, der zu den Bergbau-Asteroiden abtransportiert werden muss. Doch zu diesem Thema wird anschließend Herr Dr. Wang einen Vortrag halten.

Kommen wir nun zurück zur Industrieproduktion, die mit immer weniger Menschen auskommt, sie hat inzwischen eine fürchterliche Sinnkrise ausgelöst, denn Menschen sind in der Regel sehr betriebsam und leben ihr Leben aktiv aus. Natürlich gibt es immer einige Wenige, die auch mit chillen, reisen und Selbstverwirklichung auskommen, doch die weitaus meisten, werden bei dieser Lebensweise physisch und psychisch krank. Der Run auf die nur noch wenigen Industrie- und Dienstleistungs-Arbeitsplätze, ist schon lange im Gange, doch auch sie werden durch Humanoide ersetzt. Die Anfänge dieser nicht aufzuhaltenden Entwicklung, begann bereits Anfang des 21sten Jahrhunderts in der EU. In einer sich immer mehr vernetzenden, globalisierten Welt, wanderten immer mehr Arbeitsplätze in die Billiglohnländer ab, es blieben am Ende nur noch die Dienstleister übrig. In den alten Industrieländern, gab es nach einiger Zeit, keine wertschöpfenden Industrien mehr, die von Women or Man-Power lebten. Den heutigen Entwicklungsstand kennen Sie ja alle.

Meine sehr verehrten Damen und Herren, damit komme ich zu dem in den letzten Jahren in Gang gekommenen Prozess, der globalisierten Geldabschaffung. Hier tut sich eine sehr wichtige Frage auf: Zuerst war ja der Tauschhandel, was kommt nach dem Geld? Kommen unter die Haut eingepflanzte Chips - oder eine Überwachungsoptik, durch unsere <UMS-Allrounder? Die ja nur in Verbindung mit ihren Eigentümern funktionieren, nicht manipulierbar und unbestechlich sind.

Mir schwebt vor, eine App zu entwickeln, die für alle Leistungen eines Menschen, die er für die Gesellschaft erbringt - Pluspunkte und Minuspunkte speichert, Plus-Points wenn er Leistungen erbringt oder Minus-Points, wenn er sie in Anspruch nimmt. Einen Teil der Pluspunkte könnte der Staat für seinen Erhalt gleich abziehen. Banken wären überflüssig, ebenso Aktien und Kapitalmärkte. Eine unendliche Vielfalt von Regulierungs-Möglichkeiten würde sich auftun, man könnte für Radfahren, laufen und sportliche Betätigungen, die der Gesundheit dienen, plus und fürs Autofahren Minus-Punkte vergeben. Für Bildung und Weiterbildung bekäme man plus, Bus und Bahnfahren ebenfalls plus, doch nicht so viel wie für Radfahren oder laufen - und fürs Fliegen gäbe es Minus-Punkte. Kindererziehung und familiäre Leistungen, ja selbst das Aufheben von Müll, würde mit plus belohnt, das Wegwerfen in die Landschaft - mit minus dotiert. Jede Lebensleistung eines Menschen würde belohnt und jeder Konsum bestraft werden. Luxusgüter wären höher belastet, als Alltagskonsum. Man kann sich die Vielfalt der Regulierungs-Möglichkeiten überhaupt nicht ausdenken, aber, wenn man diesen Gedanken weiterverfolgt, wird man schnell zu dem Ergebnis kommen, dass sie für die Zukunft die einzige Möglichkeit sein wird, den Kapitalismus in heutiger Ausprägung, durch ein gerechteres System zu ersetzen. Wie dies auch immer aussieht, werden kommende Generationen zu entscheiden haben, doch es wird langsam Zeit darüber nachzudenken. Manche werden, wenn sie meine Vorschläge hören, Big Brother als Schreckgespenst an die Meinungsmacherfront malen, doch nur gemach, der hat sich längst eingeschlichen. Leider überwacht er die großen Zampanos des Geldadels überhaupt nicht und die möchten natürlich, dass alles so bleibt, sonst müssten sie ja ihr schönes Leben aufgeben und anfangen, echte Leistungen für die Gesellschaft zu erbringen. Doch dem ist nicht so, wenn sich ehrliche Arbeitsleistung lohnt, werden zwar alle etwas tun müssen, doch im Durchschnitt alle viel weniger als heute, wo die Arbeitsbelastung auf Wenige verteilt ist und der Geldadel nur sein Geld arbeiten lässt. Und Geld nutzt sich nicht ab, so wie die Körper der Arbeitnehmer, die dann wiederum mit Steuergeldern humanoid versorgt werden müssen.

Nun werden sie, wenn sie aufgepasst haben, einwenden, dass es durch den Einsatz von immer mehr Humanoid-Robotern schwierig wird, Pluspunkte einzusammeln. Richtig! Doch hier können die Behörden eingreifen, indem sie die Roboter reduzieren oder ihre Zahl erhöhen.

In vielen Bereichen unseres Lebens hat man inzwischen das Geld schon abgeschafft. In der Industrie existieren global nur noch Verrechnungseinheiten, die aber immer noch an der Börse gehandelt werden können. Damit muss Schluss sein.

Das Digitalgeld in Form von Giralgeld, dass auf unseren Konten lagert, gibt es auch schon sehr lange. Das hat natürlich den ungeheuren Vorteil, dass man Bargeld nicht mehr transportieren muss. Dies macht Dieben, Einbrechern und deren Hehlern das Leben schwer. Entwendete Wert-Gegenstände können nicht mehr so einfach weiterverkauft werden, weil der Weg des Geldes nachvollziehbar ist. Banken werden nur noch zu Giralgeld Verwaltern. Geldwäsche, Bargeldbestechungen usw. werden erschwert. Überfälle und Geldautomatendiebstähle, sind auch nicht mehr möglich. Vielleicht sollten wir endlich den völlig bargeldlosen Zahlungsverkehr anstreben, er könnte sich für eine Übergangszeit in die geldfreie Gesellschaft als richtig erweisen. Allerdings ist dies auch ein weiterer Schritt in die gläserne Gesellschaft. Big Brother lässt schon wieder von sich hören. Dieser Weg kann nur gegangen werden, wenn man dem Staat und den Hackern durch wirksame Schutzmaßnahmen das Schlüsselloch zuklebt. Hier sind die Cyber-Spezialisten aufgefordert, sichere Verschlüsselungs-Mechanismen zu entwickeln. Natürlich muss ein Sonderzugang für die Steuererhebung offenbleiben, damit der Staat seine Taxe für allgemeine Aufgaben automatisch vereinnahmen kann.

Denkt man diese Erkenntnis weiter, wird klar, was schon sehr lange bekannt ist, nämlich, dass Geld nur ein Mittel zum Tauschen von Waren ist. Jeder vertraut darauf, wenn er Waren und Güter für ein Stück Papier weggibt, dass er von einem anderen den Gegenwert an Arbeitsleistung oder Waren wieder eintauschen kann. Versammelt sich zu viel Tauschkraft = Geld - in der Hand von Wenigen, sinkt die Kaufkraft, man redet dann von Inflation, für das Tausch-Papier bekommt man nichts mehr, jeder behält dann lieber seine realen Waren und Güter. Das dieses System immer noch leidlich funktioniert, verdanken wir nur dem Umstand, dass das meiste Tausch-Papier, oder Giralgeld in Industrieanlagen, Gebäuden und Infrastrukturen eingefroren ist. Solange dieses System ausgewogen ist, das heißt, Eigentum in vielen Händen ist, funktioniert es einigermaßen. Was passiert, wenn Banken das Tauschmittel Geld, an der Börse verzocken, ist hinlänglich bekannt.

Meine Damen und Herren, wie Sie sehen, führt kein Weg daran vorbei, das herkömmliche Geld abzuschaffen. Viele Firmen sind heute schon dazu übergegangen, ihren Arbeitnehmern statt Geld, Cyber-Points auf ihre UMS-Allrounder zu überweisen. Ihnen bleibt auch gar nichts anderes übrig, weil immer mehr Menschen ihre Produkte ebenfalls mit Points >bezahlen <. Neben ihren Grundeinkommen, bekommen viele Menschen für allgemeine Leistungen für die Gesellschaft, Points gutgeschrieben, die sie für Einkäufe wieder eintauschen. Diese Entwicklung ist nicht mehr aufzuhalten. Es ist also an der Zeit, dass herkömmliche Geld endgültig abzuschaffen."

An dieser Stelle gab es einen Zwischenruf.

„Herr Dr. Rainman, wie wollen sie das realisieren, ich lasse mir doch mein altes Geld nicht wegnehmen."

„Da haben Sie den wunden Punkt getroffen, ich werde nun versuchen einen Weg aufzuzeigen, der jedoch sehr lang und steinig ist, aber wie mir scheint, eine Brücke zur klassenlosen Gesellschaft wäre. Wenn man davon ausgeht, dass das allermeiste Kapital in Aktiengesellschaften gebunden ist, wir rechnen hier mit Ca. 200 Billionen US-Dollar die sich Weltweit im Umlauf befinden, schauen Sie auf Ihr Display oder ihr Tablet, da können Sie die Aufteilung der Geldmengen sehen." Bei allen Teilnehmern leuchtete auf den Bildschirmen und beim Redner die Anzeige als Hologramm auf, sodass sie die Zahlenreihen nachvollziehen konnten.

Private Haushalte: 85,2 Billionen Dollar (43 %)
Institutionelle Investoren
(Pensionsfonds, Versich. etc.): 52,8 Billionen Dollar (27 %)
Banken: 30,7 Billionen Dollar (16 %)
Unternehmen (Nicht-Banken): 11 Billionen US-Dollar (6 %)
Zentralbanken: 12 Billionen US-Dollar (6 %)
Staatsfonds: 4,3 Billionen US-Dollar (2 %)
Anderes Staatsgeld: 2,4 Billionen US-Dollar (1 %)

Hier meldete sich der Tagungsleiter und schlug eine Kaffeepause von einer halben Stunde vor. Nach der Pause war Corlay wieder an der Reihe.

„Wie ich schon erwähnt hatte, waren das die Geldmengen, die sich im Jahre 2018 weltweit angesammelt hatten. Heute, rund 65 Jahre später, ist die Geldmenge auf 1000 Billionen US-Dollar angewachsen. Dieser Summe stehen leider keine realen Werte mehr dagegen. Die Inflation, die Lohn und Preissteigerungen beschleunigen das Geldkarussell, dass über kurz oder weniger lang, von einem „Schwarzen Loch" aufgesogen wird. Daran zweifelt inzwischen niemand mehr.

Ich komme nun zu meinem zweiten Thema, der notwendigen Regulierung des Cyber-Point-Systems, durch ein weltweit implantiertes Konsortium, ähnlich dem heutigen regelmäßigen Treffen der G7 (Gruppe der Sieben Staatsmänner), die aber nur eine beratende Funktion hätte. Die Regulierung der Geldmenge durch die Europäische Nationalbank, die ja nur Papier oder Cybergeld „druckt", müsste in eine Regulierungsbehörde übergeführt werden. Der bisherige Geldverkehr und die Kriminalität wären beendet, Neppern, Schleppern und Verbrechern würde das Handwerk gelegt, wenn man ein Codierungssystem schaffen würde, dass den Geldverkehr mit den dafür erbrachten Leistungen der Nutzer verbindet.

Es führt kein Weg daran vorbei, das Bankwesen und das Geld sind nicht mehr zeitgemäß und müssen abgeschafft werden. Schon seit einiger Zeit hat sich das probeweise eingeführte Punktesystem, als Verrechnungseinheit für Leistungen etabliert und es zeigt sich immer deutlicher, dass es funktioniert. Schon die Abschaffung des Bargeldes im Jahre 2030, hat die Kriminalitätsraten im Geldverkehr, weiter heruntergefahren. Als im Jahre 2071 alle Länder dem Weltwährungssystem und der Welt-Zentralbank beigetreten waren, hat sich das Giralgeld-System weiter stabilisiert. Alle Bestechungen und Betrügereien, konnten jedoch nicht unterbunden werden. Eines steht jedoch fest, wenn Banken, Börsen und das Giralgeld abschafft sind, wird es keine unkontrollierte Geldvermehrung mehr geben. Den Grund hierfür möchte ich Ihnen noch einmal erläutern. Danach, schlage ich vor, dass wir in eine umfassende Diskussion eintreten."

Beifall erklang durch alle Reihen, dazwischen einige Pfiffe und Buhrufe, doch im Allgemeinen wollte man hören was Dr. Corlay Rainman zu sagen hatte.

„Meine Damen und Herren, im Einzelnen werden folgende Grundregeln zu beachten sein: Das alte Geld-System hat zur massenhaften Anhäufung von Vermögen in wenigen Händen geführt. Wenn einzelne oder Familien allzu große Vermögen anhäufen, brauchen sie und ihre Nachkommen nicht mehr zu arbeiten, sie lassen ihr Geld für sich arbeiten. Was wiederum zu einem weiteren Vermögenszuwachs führt, diese Spirale führt letztendlich dazu, dass es in der Welt immer mehr Reiche gibt, die nichts zum Bruttosozialprodukt beitragen. Das führt nach und nach dazu, dass den wenigen wertschöpfend oder kreativ Tätigen, immer mehr Menschen gegenüberstehen, die nichts zum Gemeinwohl beitragen, sondern nur noch konsumieren.

Außerdem sorgen die Geldanhäufer dafür, dass alles so bleibt, denn sie wollen sich ihren großenteils unverdienten Wohlstand erhalten. Das erreichen sie über die Lobbyisten, die sie sich Milliarden Summen kosten lassen, damit alles für sie so schön gemütlich bleibt wie es ist. Bei Wahlen ersticken sie mit ihrem Geld alle Bestrebungen etwas zu ändern im Keim, denn auch die politischen Parteien hängen genauso an ihren schönen Pöstchen und dem reichlichen Einkommen, dass sie für >ihre Arbeit <, die ja auch nicht wertschöpfend ist, erhalten. Ein Teufelskreis, der durchbrochen werden muss. Wie kann das geschehen?

Zu Bargeldzeiten wechselten einfach ein paar Geldscheine den Besitzer. Das Point-System ist eigentlich schon lange vorhanden, Millionen Bürger nutzen es seit Jahren als Bezahlsystem für kleinere Dienstleistungen und Einkäufe, indem sie die vorher ausgehandelten Points von ihrem Allrounder, auf einen anderen übertragen. Alle Bürger sind dadurch schon zu ihrem eigenen Bankier geworden. Das herkömmliche Bankensystem wird nicht mehr benötigt. Es wird nur für Reiche und Superreiche aufrechterhalten, damit sie sich für ihr >altes Geld < Points kaufen können und damit jederzeit mit allem versorgen können.

Da jedoch die Welt-Zentralbank (GCB Global-Central- Bank) weiterhin Giralgeld >schöpft <, angeblich, um die Wirtschaft >am Laufen zu halten <, wird sich die Geldspirale weiterdrehen, die Reichen werden noch reicher werden und die ärmeren Bevölkerungsschichten müssen die Faulenzer >miternähren<.

Die Lösung dieses Problems sehe ich in der Abschaffung der Geldschöpfungen der Welt-Zentralbank. Dann wäre Schluss mit der >immerwährenden Geldvermehrung. In der Folge wird sich der Point als einziges Zahlungsmittel durchsetzen. Doch die ausgegebene Menge des Giralgeldes, würde weiterhin im Wirtschaftskreislauf kursieren, ja, weitergedacht würde sich zwischen dem Point-System und dem Giralgeld ein Wechselkurs etablieren und genau das möchten wir ja verhindern.

1. Zunächst muss die Welt-Zentralbank sukzessive nach und nach das Giralgeld verknappen, und zwar so lange, bis der letzte Cent Giralgeld abgeschafft ist. Der Umtausch von Giralgeld in Points muss ebenfalls nach und nach eingestellt werden. Wenn dieser Umstand weltweit bekannt wird, werden viele Giralgelder in andere Wertanlagen wechseln, das kann man nicht verhindern.

2. Müssen die Zinsen drastisch verringert werden. Zunächst einmal ist es unerlässlich, dass sich ein Investor Geld/Points leihen kann, sonst würde die Wirtschaft zusammenbrechen. Andererseits dürfen durch die Zinsgewinne die Point-Vermögen nicht in unendliche Höhen klettern. Das kann man nur verhindern, wenn man die Zinsen anpasst. Das heißt, ein Investor bekommt am Anfang seiner Investition höhere Zinsen. Je mehr Kapital er anlegt müssen die Zinsen für ihn sinken, bis sie gegen null tendieren.

3. Dürfen Point-Guthaben nicht in voller Höhe vererbt werden, sondern der Gesellschaft zugutekommen. Die Höhe der Erbschaft muss begrenzt werden. Grundlage der Begrenzung ist einmal das eigene Point-Guthaben des Erben und zum anderen die Guthaben seiner Familienmitglieder.

Natürlich würde sich zunächst Giralgeld in Betongold verwandeln, doch Immobilien müssen bewohnt, gepflegt und gewartet werden. Hier könnte man durch Mietpreisregulierungen eine Stopp-linie einziehen. Durch weitere Maßnahmen, wie Besteuerung von großen Vermögen- und Immobilienbesitz, könnte man diese großen Vermögen weiter reduzieren.

Andererseits wird kaum noch jemand seine Wertsachen oder Immobilien gegen immer wertloseres Giralgeld eintauschen wollen. Gleichzeitig muss von der Welt-Zentralbank die Ausgabe der in Umlauf befindlichen Points gesteuert und überwacht werden, das wäre ihre neue Aufgabe. Gleichzeitig hätte sie die Aufgabe die Höhe Point Vergabe für die erbrachten Leistungen der Nutzer festzulegen. Das scheint mir der wichtigste Prozess zu sein, denn, wenn nachgefragte Leistungen niedrig bewertet werden, wird diese Arbeiten keiner ausführen wollen. Werden jedoch Leistungen zu hoch bewertet, stürzen sich alle auf diese ergiebigeren Point Lieferanten. Diese Erkenntnis bedeutet, dass wir eine Bedarfsplanung für nachgefragte Arbeitsleistungen benötigen. Jede Firma, jede Organisation und jeder Mensch, der menschliche Leistungen benötigt, kann diese in einer internationalen oder einer regionalen Datei einspeichern. Diese Datei müsste natürlich nach den speziellen Anforderungen der Industrie, der Kommunen, Handwerkern, Beamten, Universitäten, Gesundheitswesen, Privatleuten usw. aufgebaut werden.

Ich gehe mal davon aus, dass dieser Prozess in zwei- drei Generationen abgeschlossen sein wird. Danach muss jeder Bürger sich sein eigenes Punktekonto durch Leistung aufbessern. Alle werden jetzt bemüht sein, ihre Points zu mehren. Da Points nicht gehandelt werden können und sich nur durch Wertschöpfung vermehren, wird dieses neue System stabil bleiben. Das Prinzip muss sein:

„Leistung gegen Points und Points gegen Leistung."

Allerdings muss ein Run auf die nachgefragten Leistungen begrenzt werden. Ich denke, wenn sich jeder unkontrolliert durch irgendwelche Leistungen, die eigentlich keine reelle Arbeit sind, sein Punktekonto auffüllen kann, werden die fleißigen, leistungsstarken, die Points ansparen und die weniger leistungsbereiten, sich nicht mehr über ihr Grundeinkommen hinaus, mit Waren versorgen können. Es würde also nach einiger Zeit wieder Point-Wohlhabende, Point-Reiche und Point-Schwerpunktreiche geben. Es ist also erforderlich, die Arbeit auf alle gleichmäßig zu verteilen. Dazu bedarf es einer umfangreichen Organisation, die aufzubauen wäre. Diese internationale Organisation hätte die Aufgabe, die Point Nachfrage International, National und Regional anzubieten und nach geleisteter Arbeit die Points zuzuteilen. Die Organisation hätte auch die Aufgabe Leistungen auszuschreiben, sodass die Leistungserbringer diese Arbeiten buchen könnten. Alle anderen Leistungen, die auf freiwilliger Basis erbracht werden oder zwischenmenschliche Leistungen nach gegenseitiger Absprache, könnten wie bereits heute praktiziert von Allrounder zu Allrounder abgerechnet werden. Allerdings bekämen Hochqualifizierte für ihre Leistungen mehr Points, als qualitativ weniger bewertete Leistungen.

Da die Point-Übertragungen nur von dieser Organisation eingesehen werden können, wäre es denkbar, einen Prozentsatz dieser Points als Point-Steuer einzuziehen, um sie wie heute den Finanzministern der jeweiligen Regionen für die staatlichen Aufgaben zukommen zu lassen.

Da durch die weitgehende Automatisation in der Produktion, ein weiterer großer Milliarden Anteil Arbeitnehmer arbeitslos werden würde, könnte man mit dem Point-System dem Bürger ein auskömmliches Point- Grundeinkommen gewähren, das dem jeweiligen Inland-Leistungsprodukt eines Landes angepasst werden müsste. Damit es nicht wieder wie beim Geldsystem zur Anhäufung vom Point Milliardären kommt, könnte ich mir vorstellen, dass man für alle Menschen die Point-Menge, die er besitzen darf, begrenzt. Nur wenn er von dieser Gesamtmenge Ausgaben macht, kann er wieder neue Points erwerben. Denkbar wären auch Spenden und Geschenke an die öffentliche Hand. Das heutige System, wo man für hochwertige Leistungen mehr Geld bekommt als für niedrigere, müsste beibehalten und gegebenenfalls angepasst werden. Leistungs-Points, könnte man zum Beispiel für erfolgreiche Studienabschlüsse, für Kindererziehung für Krankenpflege und tausend andere Leistungen für die Gesellschaft vergeben, auch wenn nur stundenweise gearbeitet wird.

Ein grundsätzliches Problem sehe ich nur in der Finanzierung der Wirtschaft. Waren es bisher Eigenkapital und Börse, die diese Aufgabe mehr schlecht als recht erfüllten, so wird wohl nun der Bürger mit seinen überschüssigen Points, die Finanzierung übernehmen müssen. Wie dies zu geschehen hätte, ohne dass wir ein Ersatzbörsensystem bekämen, ist noch zu überlegen. Dieses Problem ist auch gleichzeitig der tiefere Grund dafür, dass die alten Geldkreisläufe neben dem Point-System immer noch lange existieren werden. Vorstellbar wäre, dass die Bürger ihre überschüssigen Points Industriebetrieben überlassen und dafür Anteilscheine an den Firmen erhalten. Doch man müsste genau darauf achten, dass es keine Anhäufungen Einzelner gibt, so wie es bei der heutigen Börse üblich ist, indem man die höchstmögliche Point Menge die investiert werden darf, begrenzt. Das Regulierungssystem muss sicherstellen, dass ein ausgewogenes Verhältnis zwischen Investitions-Points und Privatpoints entsteht. Die Regulierungsbehörde hätte die Aufgabe, ähnlich der heutigen Geldmengen-Begrenzung, über die Point-Menge, den Zufluss je nach Bedarf zu regulieren, indem sie für Bürgerleistungen die zulässige Point-Menge prozentual erhöht oder verringert. Zum Schluss noch eine Bemerkung: Was ich hier vorgetragen habe ist eine Gedankenphilosophie, die keinesfalls vollständig und ohne Fehler ist. Die Gestaltung einer solchen Leistungsgesellschaft muss natürlich in langen Jahren aufgebaut und ständig angepasst und perfektioniert werden. Damit möchte ich die Diskussion eröffnen."

Vortrag Dr. Kunzmann

„Der Bergbau im Asteroidengürtel hat sich in den vergangenen Jahrzehnten weiterentwickelt. Man fing nicht nur Satelliten ein, um sie auszubeuten, sondern transportierte auch große Mengen Schadstoffe, Atommüll und Abfallmaterialien in den Weltraum und lagerte sie in ausgebeuteten Asteroiden ein. Das System ist inzwischen in der Lage, auf dem Hinflug zu den ausgebeuteten Satelliten, mehr verdichteten Restmüll abzutransportieren, als Rohstoffe von dort angeliefert wurden. Ein großes Problem war und ist in letzter Zeit die Koordination und die Verteilung der Rohstoffe auf der Erde geworden. Die Vision, die unerschöpflichen Rohstoffreserven zu erschließen, ist Wirklichkeit geworden. Die Steinbrocken aus dem Asteroidengürtel, werden von Sonden auf ihren Wertstoffgehalt untersucht, wenn sie nach ihren einsamen Bahnen um die Sonne der Erde zu nahekommen. Von den geschätzten 700– 800000 Asteroiden, die in den Umlaufbahnen um die Sonne kreisen, kommt nach Schätzungen von Experten nur alle paar Jahre ein „Kandidat" in Erdnähe, der sich für die Ausbeutung eignet. Jedes Mal, wenn dies der Fall war, begannen die Streitigkeiten in der internationalen Weltraumbehörde, um die Schürfrechte. Zunächst ging es darum, den Asteroiden mit Kevlar-Schirmen einzufangen und ihn in eine nahe Umlaufbahn um die Erde zu lenken. Im Wesentlichen ging es dabei immer um die Vorfinanzierung. Schleppschiffe der Asteroiden-Jäger liegen ja permanent im Erdnahen Orbit auf der Lauer und kosten Points. Zudem wusste bislang niemand im Voraus, ob sich der Aufwand lohnen würde. Das war der Stand der Technik.

In jüngster Zeit zog man aber in Erwägung, die Asteroiden in eine Mondumlaufbahn zu bugsieren, sie dort zu schreddern und auf dem Mond kontrolliert „abstürzen" zu lassen. So würde sich nach und nach ein großer „Material-Vorrat" anlegen lassen, auf den man jederzeit zugreifen könnte. Die Maßnahme würde jedoch eine Investition von mehreren Billionen Points erfordern, denn die bisherigen Einrichtungen auf dem Mond dienten nur der Forschung und dem Mondtourismus. Er muss also eine völlig neue Infrastruktur aufgebaut werden, die in der Lage ist, die Erze, seltene Erden und andere Rohstoffe zu trennen und vorzuverarbeiten. Der Vorteil liegt auf der Hand, man würde nur die brauchbaren Rohstoffe zur Erde transportieren und könnte den Abfall auf dem Mond deponieren. Erze und Brennstoffe werden inzwischen auf dem Mars durch automatisch arbeitende Roboter gewonnen. Damit ist dann endgültig ein völlig neues Zeitalter der Rohstoffversorgung der von Menschen geschaffenen industriellen Entwicklung eingeläutet worden. Visionäre der Weltraumrohstoffbeschaffung behaupten, dass der Menschheit ungeahnte Reserven im Überfluss und zu weitaus günstigeren Kosten für alle Zeiten zur Verfügung stehen. Die Abfallwirtschaft könnte über die Erde-Mond-Raum-Verkehrsflüge, den nicht recycelbaren Restmüll zum Mond transportieren. Gleichzeitig könnten die Abfallcontainer, zu einem Zehntel der heutigen Kosten, mit den ausgebeuteten Asteroiden in den Asteroidengürtel geschossen werden.

Da auf vielen Asteroiden auch Edelmetalle vorhanden sind, andererseits aber die Förderung aus den Minen auf der Erde sich immer mehr verteuert, kann man davon ausgehen, dass die Suche und das

Bergen sich selbst finanzieren würde, denn die Nachfrage auf der Erde steigt ständig an und ist kaum noch zu befriedigen. Man schätzt den Wertgehalt dieser Rohstoffe auf 100- 200 Billionen Points, allein bei den Asteroiden in erdnahen Umlaufbahnen, die leichter zu erreichen sind. Dagegen sind die Kosten für die Bergung eines mittelgroßen Asteroiden, um ihn in eine Erd- oder Mondumlaufbahn zu bringen, im 2- 10 Milliardenbereich anzusetzen. Untersuchungen haben ergeben, dass die meisten Asteroiden bis zu 30 % Metalle enthalten. Das bedeutet eine 500, bis tausendfache höhere Konzentration, als in der Erdkruste. Unsere Experten schätzen, dass ein einziger, der 500 – 1000 Meter großer Asteroiden, mehr Platin enthält, als die Menschheit jemals geschürft hat. Wie man weiß, ist gerade Platin einer der wichtigsten Rohstoffe für Katalysatoren, Brennstoffzellen und vor allem für die Elektronik-Industrie und er wird auf unserer lieben Erde immer rarer. Die Abbauarbeiten und das Zerkleinern der Asteroidenbrocken, werden ja inzwischen von Robotern durchgeführt, autonome Raumschiffe transportieren die Rohstoffe auf festgelegten Weltraum-Straßen zum Mond und zur Erde. Es geht nun darum, die Investitions-Kosten möglichst gerecht auf die international vernetzten Teilnehmer-Länder zu verteilen. Mein Vorredner hat es schon skizziert und im Großen und Ganzen funktioniert das Point-System im zwischenmenschlichen- und im Warenverkehr außerordentlich gut. Es stellt sich nun Frage, wie wir es schaffen, die notwendigen Investitionen nicht nur gerecht auf die Teilnehmer-Länder zu verteilen, sondern in diesen Teilnehmerländern auf die Point-Halter so zu verteilen, dass es nicht wieder, wie in der Vergangenheit, zur Anhäufung von Billionen Geldvermögen kommt. Meine Vorschläge sind ja hinlänglich bekannt:

1. Es darf keine Point Börse geben
2. Points dürfen nur bis zu einer für alle Personen festgelegten Höchstgrenze vergeben werden
3. Die verschlüsselte Übertragung von Points, zur „Bezahlung" von Leistungen, muss von Person zu Person und von Gesellschaften zu Gesellschaften gewährleisten sein.
4. Sie müssen im privaten Bereich anonym bleiben.

Danke für Ihre Aufmerksamkeit."

Wir brauchen einen Lesepackt

Ich möchte Ihnen aus meiner "Leseentwicklung" etwas erzählen, dass vielleicht als Erfahrungswert auch für Sie interessant ist. Vielleicht finden Sie Zeit meine Gedanken zu dem Thema zu „lesen". Heute und hier nur ein kurzer Einblick in meine Leseentwicklung bis heute. Wenn bei Ihnen Interesse bestehen sollte, wäre ich gern bereit einen Erfahrungsaustausch zu starten, der den „Lesepackt" vielleicht voranbringen könnte. Wichtig wäre es, das Thema einer breiten Öffentlichkeit nahezubringen. Um in der Sache weiterzukommen, müsste man Leute finden, die sich der Sache annehmen.

Da ich in den Kriegsjahren mit meiner Meine Mutter allein lebte, las sie mir viel aus Büchern vor. Mein erstes Buch hieß: „Das Hühnchen Sabinchen" von Marianne Speisebecher. Nach ein paar Wochen und wiederholten Vorlesungen konnte ich den Text auswendig. Nun wurde ich den Verwandten als Wunderknabe vorgeführt, Opas und Omas gaben bei den Verwandten mit mir mächtig an. Ich bekam auch mit, wie sie hinter der „vorgehaltenen Hand sagten: „Das aus mir mal etwas werden könnte"! Weitere Bücher wie „Der kleine Prinz" folgten.

Mit 6 Jahren kam ich dann am 1. September 1944 in die Schule, wir hatten eine nette Lehrerin und nur eine Schiefertafel, einen Griffel und einen nassen Schwamm, zum Löschen des Geschriebenen. Durch die Vorarbeit meiner Mutter hatte ich den unbedingten Willen entwickelt, selbständig lesen und schreiben zu wollen und in meinem ersten Schulzeugnis sah man daher nur Einsen. In rasant kurzer Zeit, etwa ein halbes Jahr war es so weit, ich konnte lesen und schreiben. Ein halbes Jahr später wurde uns dieses erste halbe Jahr Schule, wegen der mitlaufenden Hitlerprägung, von den Kommunisten in der „Ostzone" wieder weggenommen und wir fingen Anfang des Jahres 1946, mit den neuen Erstklässlern wieder bei null an. In der Folgezeit entwickelte ich eine klassische Abneigung zum Deutschunterricht, mit seinem stereotypen Einpauken der Grammatik. Die brachte ich mir intuitiv beim Lesen selber bei. Denn, wenn man viel liest, erfühlt man die Rechtschreibung. Man lernt sie wie eine Muttersprache, die man ja auch nicht „schreiben muss" um sie sprechen zu können und da ist dann entscheidend, wie gut oder korrekt die

Eltern „sprechen können". Das ist die erste Voraussetzung für gute Sprache.

Mein Enkelsohn entwickelte sich ähnlich, er sah und hörte, wie wir Erwachsenen lesen und vorlesen konnten, nahm sich eine Zeitung und wollte von den Eltern und Großeltern wissen, was die „schwarzen Krakel" in der Zeitung bedeuteten. Immer wieder kam er an und fragte, wenn er nicht weiterkam. Bis er in die Schule kam, konnte er zwar nicht richtig lesen, aber mit den Buchstaben mühevoll einen einfachen Text, wie er in Kinderbüchern vorkommt richtig verstehen.

Ich möchte nun an dieser Stelle zunächst einmal keine Regeln über das Lesenlernen aufstellen, sondern nur zum Nachdenken anregen, was wir als Gesellschaft tun müssen, um viel mehr Menschen zu Leseratten zu machen. Ich habe in letzten 75 Jahren eintausend und mehr Bücher gelesen und kann als Autodidakt heute behaupten, dass unser Gehirn schon in jungen Jahren eine Lese- und daher Sprachprägung bekommt, die sich auch ohne Hochschulstudium ein Allgemeinwissen aneignet, das manchem Professor zur Ehre gereichen würde. Nach meinem Arbeitsleben entdeckte ich, dass ich auch reimen kann und fing an Gedichte zu schreiben. Dann kamen ein paar Sachbücher und Romane dazu, diese Aktivitäten sind aber nur so ein Spline oder Hobby von mir. Aber wenn es Sie interessiert, dürfen sie gern einmal in meinen „Machwerken" herumstöbern.
Herzlichst Horst Reiner Menzel

Der Dürkheimer Wurstmarkt

Otto löste aus Altersgründen seine Blitzschutzfirma auf. Die Verhandlungen zur Übergabe von Restmaterial und einem Montagewagen mit Leitern und Werkzeug waren abgeschlossen. Da sagte er gut gelaunt, „Wisst ihr was, ich lade euch alle zum Dürkheimer Wurstmarkt ein. Wir treffen uns am Riesenrad um 19 Uhr und machen einen drauf." Vergnügungssüchtig, wie wir damals nach den langen Entbehrungen des Krieges alle waren, sagten wir zu. Meine Frau und ich fuhren mit Günther Eichhorn und seiner Frau zusammen hin. Mein Onkel Gerd kam mit seiner Angetrauten und Hans Noack, stieß mit seiner Frau aus Waldorf dazu. Otto hatte damals schon einen schicken Citroen DS 19, auf den er sehr stolz war. Wir mussten ihn schon in Offenburg von allen Seiten bewundern, wie er ihn mit der hydraulischen Federung rauf und runterlassen konnte. Er erklärte uns auch seine windschnittige Form, mit der man sehr viel Benzin sparen konnte. Daneben nahmen sich die damaligen Modelle von Daimler und BMW eher bescheiden aus. Jeder durfte einmal um die Ecke „mitfahren" und alle waren des Lobes voll. Otto war halt der Hahn im Korb, das war eindeutig erkennbar. Nebenbei war er noch ein richtiger Partylöwe, erzählte ohne Ende Witze und Anekdoten und verbreitete eine Riesenstimmung.

Eichhorn war an diesem Tag eher auf Krawall gebürstet. Schon auf dem Weg zu den Festzelten legte er sich mit einem jungen Mann an, zerrte ihn aus seinem Auto und riss ihm dabei den Ärmel aus der Lederjacke raus, ich weiß bis heute nicht, was ihn geritten hatte. Hans Noack und seine Frau waren inzwischen auch eingetroffen und endlich saßen wir dann mit vier Paaren und Otto, in einem Festzelt in dem auch getanzt wurde.

Die Leute saßen dichtgedrängt, doch wir waren rechtzeitig gekommen und hatten für unsere neun Personen einen ganzen Biertisch ergattert. Es wurde ganz schön gebechert und natürlich betanzten wir auch unsere Damen ordentlich. Otto hielt anfangs immer aufmerksam die Stellung und verscheuchte die Neuankömmlinge, die versuchten unseren Tisch zu entern, während wir mit unseren Damen schwoften. Doch die drei Liter Bier, die er inzwischen intus hatte, beeinträchtigen diese „Arbeit" immer mehr. Kamen wir zurück, sagte Hans Noack: „Wir müssen unseren Otto wecken." Doch nach und nach besetzten ein paar fremde Herren unseren Tisch dauerhaft und wir standen mit unseren Biergläsern davor. Hans drohte ihnen nun immer wieder mit der Ankündigung: „Unseren Otto zu wecken", aber das beeindruckte die auch schon angetrunkenen Typen, überhaupt nicht. Nun war Otto ein großmächtiges, Mannsbild, vor dem man schon einknicken konnte, wenn er sich zu seiner vollen, stattlichen Körpergröße von 1,85 Meter erhob. Doch Otto schlief inzwischen den Schlaf der Gerechten. Mit ihm konnten wir keinen Staat mehr machen, aber Hans drohte weiter: „Wir werden gleich unseren Otto wecken." Günther war der Erste, dem die Nerven durchgingen. Hans versuchte den Otto wachzurütteln und die beiden Tischbesetzer von der Bank herunterzuschmeißen. Weil das nicht so einfach war, kippte Günther die Bank mit Otto und den beiden Störenfrieden einfach um und alle drei lagen am Boden. Ich weiß nicht mehr genau wie es weiterging, doch plötzlich war eine Saalschlacht im Gange. Ich musste mich gegen einen Kellner wehren, der sich eingemischt hatte, jemand sprang mich von hinten an, ich keilte mit dem Ellbogen aus und meine Frau ging fast k.o., sie hatte versucht mich aus dem Gewühl herauszuziehen. Mein Onkel Gerhard und Noack, beide ehemaliger Russland Kämpfer, machten die Tischbesetzer, die wieder aufgestanden waren platt und dann war die Bank wieder frei. Wir wollten uns gerade wieder setzten, doch plötzlich war die Polizei da. Die drei, Otto und die Tischbesetzer, lagen immer noch am Boden. Der ganze Corso von Kämpfern hatte sich inzwischen verdünnisiert und wir anderen sahen auch schon wieder sehr zivilisiert aus. Kurzerhand schnappten sie die drei am Bodenliegenden und schleppten sie auf das Wurstmarkt-Polizei-Revier. Otto, der ja mit der Keilerei überhaupt nichts zu tun gehabt hatte, protestierte lautstark. Deshalb nahm die Polizei Gerd, Hans und mich auch noch mit. Nur Günther, der den ganzen Kladderadatsch ausgelöst hatte, durfte bei den Damen bleiben. Die Befragung ergab keine wesentlichen Ergebnisse. Die Polizei stieß hier auf ein paar ausgebuffte Stillschweiger, die von nichts und niemand, nichts wussten, weil sie...ja...usw. Die Tischbesetzer sagten aus, sie seien von uns ohne Grund angegriffen worden. Da ich als einziger von der Truppe noch nüchtern war, befragten mich die Polizisten nach dem Hergang der Peinlichkeiten. Ich erklärte den Beamten nun haarklein was passiert war und auch wer den Streit ausgelöst hatte. „Also, diese beiden Helden haben sich einfach ohne zu fragen an Ihren Tisch gesetzt und sind der Aufforderung, den Platz wieder zu räumen nicht nachgekommen." „Genauso so war es, dann fiel in dem Gerangel die Bank um, der Kellner kann rüber und schlug auf mich ein, ich musste mich wehren und plötzlich war eine Saalschlacht im Gange." „Gut, wollen sie Anzeige erstatten?" „Nein." Dann richtete er die gleiche Frage an die beiden Störenfriede, die ziemlich zerknautscht die Köpfe hängenließen. Sie schüttelten nur den Kopf und damit waren wir alle entlassen. „Wieder ein Protokoll schreiben gespart", hörte ich noch einen der Polizisten im Rausgehen räsonieren und er grinste mich an. „Na, ist doch wahr, als wenn wir nichts anderes zu tun hätten", schob er nach und damit war die Angelegenheit erledigt. Unser Wurstmarkt-Besuch machte uns nun keinen Spaß mehr und wir fuhren nachhause.

Der verschwundene VW Golf 1

Wir waren zum Skifahren in Oberstdorf und hatten mit Freunden auf halber Höhe zur Mittelstation der Fellhornbahn, auf einem Bergbauernhof eine rustikale Hütte gebucht. Abends spielte ich ein bisschen Keyboard, ein paar sangen mit, soweit sie den Text kannten und auch die verwitwete Bäuerin saß in der Runde und wollte wissen, wie viel und welche Brötchen sie im Tal zum Frühstück holen sollte. Jeder gab ihr seine Wünsche auf und dann sangen wir einen uralten Fahrens-Leute-Song:

In Jonnys Kneipe,
bei Bier und Pfeife,
da saßen wir beisamm',
ein kühler Tropfen,
vom besten Hopfen,
uns durch die Kehle rann.

Ja wenn Matrosen singen
und die Klampfen klingen
und die Madeln fallen ein,
was kann das Leben,
schöneres geben,
wir wollen Freunde sein.

Es ist so spät schon,
der Jonny schläft schon,
das Bier wird langsam schal.
Bevor wir gehen
uns schlafen legen,
da singen wir nochmal.
Ja wenn Matrosen singen...

Dann legten wir unsere müden Häupter wirklich zur Ruhe. Kaum graute der Morgen, da kam unsere Wirtin völlig konfus in unsere Unterkunft, vermutlich, weil wir ja die einzigen Männer im Haus waren, und sagte: „Ich kann Euch keine Brötchen holen, mein alter Golf 1 ist weg. Gestern hab' ich ihn unter die Überdachung gestellt, nu isser fort, bestimmt gestohlen." „Ach was", meinte Harald, „hier oben klaut doch in der Nacht keiner Autos, komm ich fahr dich runter zum Brötchenholen und du kannst gleich zur Polizei gehen." Nach einer Stunde kamen beide zurück und hatten auch den Golf 1 wieder mitgebracht. Alle lachten und waren neugierig wo sie den denn gefunden hatten. Harald legte den Finger auf den Mund und sagte: „Pisst, ich darf nichts sagen, fragt sie selber." Am Abend war unsere Wirtin traditionell zum Essen bei uns eingeladen. Harald briet sein Roastbeef, darin war er Spezialist, wir deckten den Tisch und gossen den dekantierten Rotwein in die Gläser. Harald zwinkerte und deutete hinter vorgehaltener Hand an, dass Anna nach dem Essen die wundersame Wiederbeschaffung „ihres" Golfs erzählen würde. Alle waren gespannt und dann rückte sie mit einem lachenden und einem weinenden Auge, mit der sonderbaren Geschichte heraus. „Also", meinte sie, „das war so blöd von mir, dass man es niemand erzählen kann, denn das würde keiner glauben. Als wir den Berg runterkamen, stand der Golf in der Garage meines Nachbarn, der etwas weiter unten wohnt. Wir gingen zu ihm rein und fragten, wie denn mein Golf in seine Garage gekommen sei." „Was, der steht in meiner Garage?" Dann kam er mit raus in seinen Hof und staunte. „Ich habe keine Ahnung", sagte er „vielleicht hast du ihn aus Versehen da reingestellt, war wohl ein langer Abend gestern - was? Ihr habt ganz schön hingelangt, ich hab's bis hier unten gehört und dachte so bei mir, das wird wohl nichts werden, morgen, mit dem Schifahren!" Dabei grinste er ziemlich schief. „Komm, hör auf, das warst du doch, gib s zu?"

Doch Harald schaute sich die Radspuren im Schnee etwas genauer an, langsam wurde ihm nun klar, wie das Auto aus der einen in die andere Garage gekommen war. Auf dem Abhang sah man die Radspuren, wie sie zwischen den Bäumen, von ganz oben, über den Hof verliefen und direkt in der Garage endeten. Anna hatte vergessen die Handbremse anzuziehen, das Auto machte sich selbständig und hatte bei seiner „Bergtour" auf wundersame Weise nicht einen einzigen Kratzer abbekommen.

Der gestohlene Weihnachtsbaum

Mit dem engen Nordrach Tal und der Kornebene verbinden uns viele Erinnerungen. Oft genug waren sie das Ziel unserer Wanderungen über die Täler und die Höhenzüge des Schwarzach- des Reichenbach- und des Mitteltals gewesen. Dafür benötigten wir schon lange keine Wanderkarten mehr. Dort gab es damals noch die alten, bäuerlich geführten Lokale, wo wir zur Speckvesper einkehrten oder das Jägerstüble, wo der Wirt noch selber jagte, was auf den Tisch kam. Ein Lokal ganz hinten im Tal ist uns auch noch in guter Erinnerung, darin saßen wir sehr oft bei Froschschenkeln und Weinbergschnecken. So etwas mögen wir heute aber wirklich nicht mehr. Kurz vor einem Weihnachtsfest, saßen wir wieder mal bei der Vesper, da pfiff ein wüster Sturm über die Wipfel ins Tal hinein und brach die Bäume. Als wir dann abfuhren, lagen sie kreuz und quer über das schmale Sträßchen. Wir mussten sie mit meiner Frau auf die Seite ziehen um durchzukommen. Ich erinnere mich noch an einem Baum, an dem der Wipfel auf „Weihnachtsbaumgröße" abgebrochen war. Den steckte ich in den Kofferraum, sodass er hinten rausschaute. Schon kam ein Waldbauer angeschossen. Ich dachte mir schon, der will den Wipfel zurückhaben, wir stiegen schnell ein und ich gab Gas. Der Wagen rutschte, der Bauer rannte parallel nebenher und wollte uns aufhalten, doch nach und nach gewann der Wagen mehr Tempo und er gab es auf. Eine Anzeige gab es nicht, ich vermute mal, dass die Äste unser Nummernschild zugedeckt hatten. Ein schlechtes Gewissen bekam ich trotzdem nicht, schließlich hatten wir doch den ganzen Weg für die vielen anderen Autos freigeräumt. Deshalb sah ich den Weihnachts-Baum-Wipfel als unsere Belohnung für diese Sonderleistung an.

Die ewig Gestrigen

Es sind die ewig Gestrigen, die sich geprägt von ihrer Geisteshaltung und von der Gehirnwäsche des ewigen: „Was nicht sein darf, kann nicht sein", leiten lassen. Die heutigen Rechten nennt man zwar immer noch „Nazis", indessen sie sind keine Nazis. Dieses Wort wird heutzutage für alle jene verwendet, die eine etwas zu konservative Ausrichtung haben, manche auch strohdumm sind und eigentlich nur Krawall machen wollen. Selbst diejenigen, die Nazisymbole an die Wände schmieren, wissen meistens sehr wenig über die Nazis und ihre Gräueltaten. Sie wollen nur provozieren und wissen genau, dass sich viele Leute über diese „Gemütsmenschen" ärgern. Je mehr sie sich ärgern, desto größer wird ihr Lustgewinn. Sie kommen sich eigentlich nur in der Gemeinschaft recht stark vor, wie die echten Nazis damals auch. So wie der Hund an der Leine zerrt und den vermeintlichen Angreifer zerreißen möchte, wird er zahm wie Nachbars Lumpi, wenn er von der Leine gelassen wird. Dann bricht seine Angriffswut zusammen, weil er sich plötzlich auf sich allein gestellt sieht und keiner Meute mehr angehört.

Eine weitere Gruppe, sind die kommunistischen Spezies der älteren Generation, in unseren „neuen Bundesländern". Mögen sie auch nicht alle Erzkommunisten gewesen sein, so werden sie trotz allem immer noch von dieser Gedankenwelt gesteuert. Sie sehen nur die weniger guten Seiten des sogenannten Kapitalismus, nehmen aber alle Vorteile gern in Anspruch. Wenn sie dann wieder mal aus Protest die AFD wählen, sage ich zu meiner Frau: „Die sollten alle mal wieder eine Woche lang Trabbi fahren und mit ihren Alu-Ships (DDR-Geld) nach Bananen anstehen." In neuerer Zeit findet man das Phänomen auch in unseren Parteilandschaften wieder. Ist einer CDU- geprägt, salbadert er wiederkäuend und ohne nachzudenken, immer die Gleichen eingestanzten Wortschöpfungen runter wie ein Leierkastenmann, der an seiner Kurbel dreht. Kommt er von den Grünen, so wird er unentwegt die Welt durch seine grüne Brille betrachten, alles andere interessiert ihn nicht. Schaut Euch diesen Gysi an, „Die DDR war >kein< Unrechtstaat", sagt der ohne Punkt und Komma, fertig. Jedes andere Argument wird mit dem Wortmesser bis zur Unkenntlichkeit zerstückelt und misshandelt, bis es in sein Weltbild passt. Dabei ist er ein so kluger Kopf, da fragt man sich wie das zusammenpasst? Ich habe 40 Jahre lang meinem Sohn versucht diese Dinge der Welt nahezubringen, sie erst einmal auf ihren Sach- und Wahrheitsgehalt zu überprüfen, statt sie unkritisch zu übernehmen. Nichts zu machen, die Grünen waren sein Leben. Er hat auch schon mal für den Bundestag kandidiert und war Energieberater in der Landesregierung. Jetzt ist er „nur" noch Stadtrat in Esslingen, seinem Wohnsitz, und Chef der Energieberatungsagentur des Landkreises Waiblingen. Es scheint so, als ob bei ihm nun langsam, da er auf die Sechzig zugeht, die „Schwabenweisheit" die Oberhand gewinnt. Trotzdem hat er noch nicht einmal ein einziges Buch von mir gelesen. Hätte mein Herr Vater Bücher geschrieben, ich hätte sie ihm vor Begeisterung aus der Hand gerissen und sie beim Licht einer Taschenlampe, nachts unter der Bettdecke verschlungen. Doch davon abgesehen ist er ein lieber Sohn und wie man zugeben muss, wandeln auch die Grünen nach und nach auf realeren Pfaden. Ja, so ist halt das Leben.

Ein Jugendfreund von mir war Ministrant, studierte eine Zeitlang Theologie. Danach studierte er an der „Akademie der Bildenden Künste" in Berlin, wurde dann Kommunist und Kunstmaler. Erst im reiferen Alter fand er zu seiner Profession als erfolgreicher Holz- und Steinbildhauer. Letztlich hat er sogar den Rosenpreis der Stadt München verliehen bekommen. Es gibt eben Menschen, die sehr viele Denk- und Wandlungsprozesse durchlaufen müssen, um ihren Weg zu finden.

Der Chef-Säufer!

Überzeugung ist die schärfste Waffe
gegen die Beratungs-Resistenz.

Rei©Men

Ja so waren und so sind sie diese Chefs. Rücksichtlos und uneinsichtig, wenn es um ihre eigenen Fehler geht. Wir waren in Sachen Mauertrockenlegung im Saarland unterwegs. Den ganzen Tag und die darauffolgende Nacht, hatte er mit seinen Vertretern durchgesoffen, nichts gegessen und war erst um 6 Uhr morgens, als ich schon aufstand ins Bett gegangen. Ich musste mich um die Monteure kümmern, sie einweisen, die Rechnungen kassieren gehen, denn damals wurde noch bei den Kunden bar abkassiert. Ich hatte teilweise 30-40 Tausend DM im Lederbeutel. Da tauchte um 10 Uhr Hals Noack, sein Spezi und Außendienstmitarbeiter auf. Gerhard liegt im Krankenhaus und die Ärzte wissen nicht, ob er durchkommt, schnarrte er entsetzt. Kreislaufversagen. Als ich kurz vor 12 Uhr mit Noack ins Krankenhaus kam, ging es ihm schon wieder besser. Die erste Regung eines von den Toten Wiederauferstandenen war, mich mit „sofortigen Wirkung" zu entlassen. Angeblich, weil ich mich nicht richtig „um ihn gekümmert hatte". Ich musste sofort die Autoschlüssel abgeben und war sozusagen vogelfrei, hätte also mit der Bahn nachhause fahren müssen. Tat ich aber nicht, weil ich eben ein verantwortungsvoller Mensch bin und nicht gleich alles hinschmeiße. Also fuhr ich mit Noack an die Baustelle zu Karl Steinert, ein Urgestein unserer Firma, arbeitete dort bis Freitag an den Baustellen mit und fuhr dann mit ihm nachhause. Übers Wochenende kam es dann zu einer Aussprache. Er erklärte mir, er hätte mich extra zu seiner persönlichen Betreuung mitgenommen und ich hätte meine Pflichten nicht erfüllt. „Wenn ich gewusst hätte, dass du ein Kindermädchen brauchst, wäre ich nicht mitgefahren. Merke dir, was ich dir jetzt sage: Dass war das zweite Mal, dass du mich aus nichtigem Grund herausgeschmissen hast, beim dritten Mal gehe ich freiwillig, aber unwiderruflich." Er hat es dann auch gar nicht mehr probiert mich zu halten, als ich 15 Jahre später wirklich ging. Es war eine harte Lehrzeit, aber diese Jahre möchte ich trotz des stetigen Ärgers mit ihm nicht missen, weil ich auch sehr viel Positives von ihm gelernt habe.

Das Kind am Bache - eine wahre Geschichte

Ich war zur Kur in Bad Gandersheim. Meine tägliche Runde verlief entlang eines Baches, der mit hohem Schilf bestanden war. Irgendetwas bewegte sich vor mir in einiger Entfernung im Wasser. Ich konnte jedoch nicht ausmachen was es war. Als ich näher kam sah ich, dass ein kleiner Junge von ungefähr fünf- oder sechs Jahren im

Wasser lag und verzweifelt versuchte wieder ans Ufer zu kommen. Doch es war zu tief und seine Beine nicht lang genug um den Bachboden zu berühren. Ich sprang hinzu, griff den kleinen Burschen an der Jacke, zog ihn aus dem Wasser und wischte ihm mit meinem Taschentuch den Schlamm aus dem Gesicht. Nun müsste man ja meinen, dass das Kind in Panik geraten wäre, dem war aber nicht so, denn sein roter Anorak, der mit dem Reißverschluss bis oben fest zugezogen war, hatte ihn mit dem Luftpolster und der Fütterung über Wasser gehalten. Ich fragte ihn, wie er heißt und wo er wohnt, bekam aber keine Antwort. Er erzählte nur was von Entlein spielen. Ansonsten hatte ich den Eindruck, dass er die Orientierung verloren hatte. Ich nahm ihn an der Hand und ging mit ihm zur Hauptstraße, weil ich wusste, dass sich dort die Polizeiwache befand. Wir wickelten ihn erst mal in eine dicke Wolldecke ein und dann wurde er befragt. Die Beamten bekamen jedoch nicht viel mehr aus ihm heraus als ich. Doch dann fiel ihnen ein Stichwort auf, so etwas wie „Feier" klang. „Mensch", sagte einer, „da ist doch in der Gaststätte >so und so<, eine Hochzeit, ich gehe gleich mal rüber."

Als er zurückkam, brachte er gleich die ganze Hochzeitsgesellschaft mit, es waren an die 50 Leute. Alle wunderten sich, keiner hatte sich um das Kind gekümmert und so war der „Kleine Lausbube" aus lauter langer Weile einfach ausgebüxt. Mutti, Vati, Tantchen und Onkels umlagerten nun den armen, kleinen Burschen und wollten ihn „bemuttern". Doch plötzlich fing er an herzzerreißend zu weinen und war kaum noch zu trösten. Es war wohl der Schock, der sich nun löste, und den er bisher unterdrückt hatte. Nachdem er sich wieder beruhigt hatte, wurde ich von den Hochzeitern spontan eingeladen, als Lebensretter in das Lokal begleitet und gefeiert. Doch das war mir zu viel des Feierns, ich verdrückte mich dann bald danach, genauso wie der Kleine es gemacht hatte und ging meines Weges.

Die eisige Hochzeitsnacht in Villingen

Unser Hauswirt Herr Joggerst Senior drohte uns die kleine Wohnung, die aus zwei Zimmerchen, ohne Küche und nur mit einem Plumpsklo in Hof bestand, zu kündigen, wenn wir nicht schleunigst heiraten würden. Als einer der Ortshonoratioren und ehemaliger Bürgermeister, (in der Nazizeit) könne er sich das nicht leisten, wenn wir in seinem Hause eine wilde Onkelehe führen würden. Also, eine „Wilde Ehe" führen wir eigentlich nicht, reklamierte ich mit dem Hinweis, ob er uns schon einmal „wild" gesehen oder „gehört" hätte? Ja, aber das sei nach dem Gesetz ein sittenwidriges Verhältnis und er könne bestraft werden, wenn er dies dulde. Nun war ja der klitzekleine Ort im Badischen erzkonservativ katholisch und wir die einzigen evangelischen Einwohner. Wir konnten uns wahrlich keine „Zweitwohnung" leisten. Ich machte also einen letzten Versuch, nahm die linke Hand meiner „Zukünftigen", hielt meine linke daneben und zeigte ihm unsere aufgesteckten Verlobungsringe. Also gut meinte er gnädig: „Aber warum heiraten Sie dann nicht?" „Würden wir ja", meinte meine Verlobte, „aber die DDR-Behörden geben meine Geburtsurkunde nicht heraus." „Hier", sagte ich und zeigte ihm meine, die ich zuhause aus dem Familienstammbuch herausgeschnitten hatte.

Also gut, meinte er: Als ehemalige Amtsperson wolle er beim Bürgermeisteramt vorsprechen und unsere bevorstehende Hochzeit ankündigen. Doch, ich müsse selbstverständlich für meine damals noch minderjährige, zukünftige Frau - damals 19 Jahre alt - die Vormundschaft übernehmen. Irgendwann trudelte die Urkunde dann doch noch bei uns ein und die „Nothochzeit" fand in Anwesenheit meines Onkels, unseres Vermieters Herrn Joggerst, der auch noch sein Schwiegervater war, als Trauzeugen statt. Obwohl wir damals nur 15 D-Mark Miete bezahlten, fehlte uns das Geld für eine Hochzeitsreise. Wir liehen uns den Opel Rekord meines Onkels und wollten übers Wochenende eine Hochzeits-Kurzreise in den Schwarzwald machen, der ja vor der Haustür lag. Vor lauter Übermut und überschäumender Freude, schnappte ich meine Frau und setzte sie im Schlafzimmer auf den hohen Kleiderschrank. Dabei machte es in meinem Rücken knacks und ich hatte einen ordentlichen Hexenschuss. Die Fahrt nach Villingen schaffte ich unter Schmerzen gerade noch so. Bei der Anmeldung im Hotel musste ich unsere Hochzeitsurkunde vorzeigen. Ja, so war das damals, da machen sich heutige Jungverliebte keine Vorstellungen mehr davon, in welche Situationen man als Liebespaar, auf der Suche nach einem heimlichen

Plätzchen kam. Man erzählte sich, dass manche bei der damaligen Reichsbahn eine Schlafwagenkabine buchten, um mal ungestört eine Nacht miteinander verbringen zu können.

Auch die kurze Fahrt in ein Tanzlokal schaffte ich noch, doch auf dem Rückweg ging nichts mehr. Inzwischen hatte es angefangen zu schneien, die Straßen wurden zusehends unpassierbar und ich war nicht mehr in der Lage Auto zu fahren. Meine nun Angetraute, hatte aber noch keinen Führerschein. Es war eisig kalt, nur noch fünf Kilometer zum Hotel und die Straßen menschenleer. Es half alles nichts, sie musste ran und ein bisschen Autofahren hatte ich ihr schon beigebracht. Ich erklärte ihr nochmal die Kupplung und das Gas, das Schalten übernahm ich von Beifahrersitz aus. Wenn ich sagte „Kupplung", brauchte ich nur noch den Gang einlegen. Doch dann kam eine Kurve, sie bremste zu stark und wir rutschten in den Graben. Ich trat mit meinen linken Fuß, der noch einigermaßen funktionierte aufs Gaspedal und lenkte den Wagen über den verschneiten, gefrorenen Acker wieder Richtung Straße. Doch an der Böschung blieben wir stecken. Es dauerte nur ein paar Minuten, da hielt ein PKW an und eine fröhliche Samstag-Abendgesellschaft stieg aus. Einer der Männer holte ein Abschleppseil aus dem Kofferraum, kuppelte ohne etwas zu sagen unser Auto an seins an und fragte: „Alles klar?" und schon zog er an und die anderen Fahrgäste, einschließlich meiner frisch angetrauten Ehefrau, schoben unser Auto wieder auf die Straße zurück. Bei mir hatte sich durch den „Rums" über den Graben, das Rückgrat soweit wieder eingerenkt, dass ich die kurze Strecke noch bewältigen konnte. Leider mussten wir dann aber die üblichen Gepflogenheiten der Hochzeitsnacht verschieben. Entweder hatten die Sittenwächter der damaligen Zeit, ihre Hände im Spiel gehabt, oder war es vielleicht der Pabst gewesen? Meine Frau wirft mir heute noch schelmisch grinsend vor, dass sie „eigentlich" keine richtige Hochzeit und nicht einmal eine Hochzeitsnacht gehabt hatte.

Als meine Eltern starben, kam das Familien-Stammbuch in meinen Besitz. Meine heiligste Aufgabe war es nun, sofort meine Geburtsurkunde wieder in das Büchlein einzukleben. Ich hatte sie ja 30 Jahre zuvor herausgetrennt, als ich in den Westen Deutschlands flüchtete.

Als ich vom 12 Meter hohen Dach runterrutschte

War es Dusel oder Fügung? Den ersten Auftrag den unsere junge 1980 gegründete Blitzschutzfirma erhielt, war das Kloster „Unserer Lieben Frau", in Villingen. Ausgerechnet und genau einen Meter neben der Klostermauer befand sich auch das liebe kleine Hotel unserer verunglückten Hochzeitsnacht! Das Kloster war ein Komplex von 3000 Quadratmetern. Daran sollten wir zwei volle Monate arbeiten. Heute weiß ich, dass es unser größter Glücksfall war, der uns gleich zu Anfang unserer Selbständigkeit, das benötigte Kapital einspielte, das wir eigentlich nicht hatten. Aber! Es hätte um ein Haar auch anders ausgehen können.

Ich hatte gerade die Dachleitern hochgezogen und sie in die Dachhaken eingehängt. Das Zugseil hing noch neben den Leitern, als ich nach oben stieg. Plötzlich gaben die Leitern nach und ich sauste mit ihnen nach unten. Komischerweise machte ich mich um meinen unten arbeitenden Partner Hans mehr Sorgen, als um mich und warnte ihn sehr lautstark. Erst dann griff ich nach dem Seil und brachte meinen Absturz zum Stehen. Hans hatte es wohl poltern gehört und knüpfte seelenruhig die Leitern wieder ans Seil an, ich zog sie genau so ruhig wieder hoch und arbeitete weiter. Dann erst merkte ich, dass die alten Dachlatten ausgebrochen waren, als ich sie mit meinem Gewicht belastet hatte. Glück gehabt, nie wieder vertraute ich danach diesen uralten Dächern, mit ihrem hunderte von Jahre alten Balkenwerk. So schnell kann's gehen, fast hätte sich ausgerechnet hier in Villingen mein Schicksal erfüllen können, aber eine höher Macht wollte es wohl anders, sie gab mir nur einen Warnschuss vor den Bug, damit ich in Zukunft besser auf mich aufpassen sollte.

Das Jägerstüble

Irgendjemand wollte anscheinend einen Hundewelpen loswerden und schwatzte meiner Tante den Pudel Ätje auf, so kam er zu uns ins Haus. Onkel, Tante und auch Sohn Wolfgang hatten zu Tieren absolut keine Beziehungen. Der Hund war da, aber keiner kümmerte sich um ihn. Er wurde nie erzogen, niemand ging mit ihm Gassi, wenn er mal musste, schiss er einfach in den Garten und so kam es wie es kommen musste. Er machte sich immer öfters selbständig und verschwand, manchmal gleich für ein paar Tage. Kam er dann zurück, wurde er ausgeschimpft und sogar verprügelt. Nun muss man wissen, dass Pudel sehr intelligente und äußerst sensible Wesen sind, die eine solche Behandlung nicht vertragen.

Des Sonntags ging es des Öfteren nach Gengenbach, ins Jägerstüble zum Essen und Ätje durfte mit. Wir saßen gerade beim Hirschbraten und einem schönen Glas Rotwein, da tobte im Hof der Bär. Lautes Hundegebell, begleitet vom angstvollen Gaggern der Hühner, mischte sich mit dem Gebrüll des Wirtes. Jemand stürzte herein und rief: „Wem gehört dieser Hund." „Der Pudel gehört uns", sagte jemand aus unserer Runde. Schon stürzten wir alle raus und sahen die „Bescherung". Ätje stand stolz und in Siegerpose mitten im Hühnerzwinger, ums Maul herum hingen ihm blutige Federn und Lefze tropfte herunter. Er hatte alle bis auf das letzte Huhn totgebissen. Wie mein Onkel diese Geschichte dann mit dem Wirt bereinigt hat, weiß ich nicht. Ätje kam kurz danach von seinem nächsten Ausflug nicht mehr zurück und niemand weiß bis heute, wo er abgeblieben ist.

Die verunglückte Schwarzwaldsau

Ich denke mal es waren die vielen Speckvespern, die uns inspirierten eine Sau zu schlachten. Das war anfangs der 60er Jahre noch Gang und gäbe. Die Bauern schlachteten schon wegen des Geldes, das sie dadurch sparten. Sie sagten: „Ich verkaufe doch dem Metzger nicht meine Sauen und muss sie hernach zurückkaufen." Ein Verwandter von mir war gelernter Metzger, sein Vater Schlosser und ich selber auch ein ganz ordentlicher Handwerker. Zuerst bauten wir einen Räucherschrank. Ein Freund vermittelte das Sauen-Geschäft und dann fuhren wir am Samstagfrüh mit einem Firmenwagen ins Reichenbachtal hinter Gengenbach auf den „Hubert Hof". Der Kauf der Sau war schnell abgewickelt und mit einem Kirschwasser begossen, so wie sich das gehörte. Dann hievten wir die Sau in den leeren Kastenwagen. Ich meinte noch: „Wollen wir sie nicht anbinden". „Ach was", meinte Gerhard, „wie soll sie denn aus dem geschlossenen Wagen rauskommen." Also gut, und schon fuhren wir los. Zuhause angekommen schärfte er nochmal seine Messer nach und ich stellte mit unseren Frauen Schüsseln und Töpfe bereit. Dann ging ich zum Kastenwagen, öffnete vorsichtig die hintere rechte Tür und schaute rein, doch da war keine Sau mehr drin. Na, dachte ich, dann wird der Gerd sie wohl schon in die Waschküche verfrachtet haben. Ich fragte ihn, „Was", maulte er, „die ist doch hinten im Auto." „Nee isse nich." Nun riss er die Tür auf und wollte seinen Augen nicht trauen. Dann kletterte er in den Wagen rein, doch die Sau war weg, einfach weg. Als er wieder rauskam, meinte er: „Mensch, wir hätten sie doch anbinden sollen." Nun war guter Rat teuer, hatten wir doch 350 DM dafür bezahlt und damals verdiente ein Handwerker ca. 700 DM im Monat. Die Sau war weg und sie konnte auf den 25 km langem Weg überall rausgefallen sein. Vielleicht hatte sie den Unfall nicht überlebt oder war von anderen Autos überfahren worden. Wir überlegten nicht mehr lange und fuhren sehr langsam und aufmerksam den Weg von Schutterwald, ins Tal nach Reichenbach zurück. Doch nirgends war eine verlorene Sau zu sehen. Langsam wurde uns mulmig und die Hoffnung sie noch zu finden schwand zusehends. Dann war es nur noch ein kleines Stück bis zum Hubert Hof, wir klingelten, der Bauer kam raus: „Was", meinte er, „die Sau ist weg, na ihr seid mir ja ein paar Helden. Ja aber hier ist sie auch nicht." Jetzt war alles aus, der GAU (Größter anzunehmender Unfall) war passiert. Doch dann geriet ein Schmunzeln auf sein Gesicht, das er nicht mehr unterdrücken konnte und in ein breites Lachen überging. „Kommt mal mit." Wir gingen hinter ihm her und da stand unsere Sau wieder im Stall, aus dem wir sie kurz zuvor geholt hatten. Dann erzählte er uns, dass er in die Stadt fahren wollte und 50 Meter vom Haus entfernt unsere Sau im Bach, der am Haus vorbeifloss stehen gesehen hatte. Mit einem Helfer hatte er sie dann aus dem Bachbett geborgen und in den Stall zurückgebracht. Die Erklärung, wie sie aus dem geschlossenen Wagen rausgekommen war, ermittelten wir dann auch noch auf dem Rückweg. Da war eine tiefe Rinne als Wasserablauf schräg und quer über den Zufahrtsweg gegraben worden und genau in dem Moment, wo wir darüber hoppelten, sprang unsere Tür erneut wieder auf, aber diesmal hatten wir die Sau angebunden und auch die Tür schlug bei der nächsten Fahrzeugbewegung wieder zu, als ob nichts gewesen wäre.

Die Nonne, die durch den Keller ging

Sie war ungefähr 55 Jahre alt und als Frau noch total in Schuss, wirkte aber auf ihn nicht wie eine Nonne, eher wie eine Krankenschwester, mit ihrem Häubchen, Habit genannt. Jedenfalls, wenn er sie „in Zivil" auf der Straße getroffen hätte, wäre er bestimmt nicht auf die Idee gekommen, dass sie ein Gelübde abgelegt hatte. Nun soll hier nicht die Keuschheit der mit dem „Gekreuzigten Heiland verheirateten" angezweifelt werden, aber es ist ja inzwischen bekannt geworden, dass es in den Klöstern auch nicht immer so steril zwischen Brüdern und Schwestern zuging, wie es den freiwillig, selbst auferlegten Gelöbnissen entsprach. Jeder Mensch hat eben so seine Träume und Bedürfnisse und die müssen befriedigt werden, überhaupt wenn sie lange gewaltsam unterdrückt werden.

Die Monteure hatten aus Versehen das ganze Kloster in Gegenbach stromfrei geschaltet. Das passierte, als sie einen langen Draht auf das Dach hochzogen, dabei berührten sie die Starkstromleitung und wumm war alles tot. Die Hauptsicherungen waren rausgeflogen und nur eine Person im ganzen Hause wusste wo man sie finden konnte. Es dauerte nicht lange, dann kam sie angelaufen, die „Schwester Hausmeisterin", schaute sich kurz die Truppe an und schnappte sich einen, zufällig oder nicht, recht gutaussehenden jungen Mann von der Blitzschutztruppe und sagte, er solle sie begleiten. Als sie hinter der Kellertür verschwunden waren, zog sie ihn an der Hand hinter sich her, denn es war natürlich auch im Keller stockdunkel und eine Taschenlampe hatten weder die Monteure, noch das Kloster. Mit der Linken, tastete sie sich in der Dunkelheit durch mehrere Räume hindurch und an Hindernissen und Gerätschaften vorbei. Ab und zu stieß sie gegen irgendetwas und er stolperte mehr als er wollte in sie hinein und bewunderte ihre gefühlt guten, weiblichen Rundungen. Sie drehte sich dann jeweils um, richtete ihn wieder auf und drückte ihm beschützend und weich, wie eine Mutter das Händchen. Endlich kamen sie beim Hauptsicherungskasten an. Doch der hübsche, stattliche Monteur, kannte sich mit diesem Kasten leider überhaupt nicht aus, wusste auch nicht, wo die Ersatzsicherungen lagerten. Nun ja, „Mutter Hausmeisterin" wusste es wohl, fand sie und setzte sie tastend ein. Dabei musste er sie auch noch sichernd an der Hüfte stützen, weil sie nicht ganz hochlangen konnte. Doch es brannte immer noch kein Licht, weil ja alle Lichtschalter im Keller ausgeschaltet waren. Nun nahm der Monteur „Mutters" Händchen, drückte es, so wie sie es zuvorgetan hatte und zog sie seinerseits hinter sich her zum nächsten Lichtschalter, den er an einer Tür vermutete. Als er dann den Lichtschalter betätigte, standen sie sich Angesicht zu Angesicht gegenüber und lächelten sich an. Er fragte sich, warum sie ihn überhaupt mitgenommen hatte? Sollte da nicht doch etwas im Schwange gewesen sein? Doch die Antwort kam mit einem Stoßgebet gegen den Himmel: „Dem Herrgott sei Dank für die Erlösung und segne meinen Helfer, der mich in der Dunkelheit beschützt und wieder ans Licht geführt hat." Nun wusste er es, - eine Phobie, sie hatte wirklich nur Angst vor der Dunkelheit gehabt.

Die Döblinger Weihnachtsgans
Einer wahren Begebenheit nacherzählt

Im Allgemeinen pflege ich nicht die Vergangenheit aufzuwärmen, doch als ich in den Schaufenstern die Weihnachtsgänse liegen sah, fiel mir ein Erlebnis ein, das zu erzählen lohnt, obgleich es schon lange Jahre zurückliegt.

In einem Vorort lebten zwei nette alte Damen. Es war schwer, sich für Weihnachten einen wirklichen Festbraten zu verschaffen. Und nun hatte die eine der Damen die Möglichkeit, auf dem Lande gegen allerlei Textilien eine wohl noch magere, aber springlebendige Gans einzuhandeln. In einem Korb verpackt, brachte die Dame – nennen wir sie Fräulein Agathe – das Tier nachhause. Und sofort, begannen Agathe und ihre Schwester Emma, das Tier zu füttern und zu pflegen.

Die beiden Damen wohnten in einem Mietshaus im zweiten Stock, und niemand im Haus wusste davon, dass in einem der Wohnräume der Schwestern ein Federvieh hauste, das verwöhnt, gefüttert und großgezogen wurde. Agathe und Emma beschlossen feierlich, keinem einzigen Menschen jemals etwas davon zu sagen, und zwar aus zweierlei Gründen: Erstens gab es auch Neider, und zweitens wollten die beiden Damen nicht um alles in der Welt, mit irgendeinem nahen oder weiteren Verwandten, die später nudelfett gewordene und dann gebratene Gans teilen.

Deshalb empfingen sie auch sechs Wochen lang, – bis zum 24. Dezember – keinen einzigen Besuch. Sie lebten nur für die Gans. Und so kam der Morgen des 23. Dezember heran. Es war ein strahlender Wintertag. Die ahnungslose Gans, stolzierte vergnügt aus ihrem Körbchen in das Schlafzimmer der beiden Schwestern und begrüßte sie zärtlich schnatternd. Die beiden Damen vermieden es sich anzusehen. Nicht weil sie böse aufeinander waren, sondern – nun, weil eben keine von ihnen die Gans schlachten wollte. „Du muss es tun", sagte Agathe, sprach`s stieg aus dem Bett, zog sich rasch an, nahm eine Einkaufstasche, überhörte den stürmischen Protest und verließ in rasender Eile die Wohnung.

Was sollte Emma tun? Sie murrte vor sich hin, dachte nach, ob sie vielleicht einen Nachbarn bitten sollte, der Gans den Garaus zu machen, aber – wie gesagt – man hätte dann eben einen großen Teil von dem gebratenen Vogel abgeben müssen. Also schritt Emma zur Tat, nicht ohne dabei wild zu schluchzen.

Als Agathe nach geraumer Zeit zurückkam, lag die Gans auf dem Küchentisch, ihr langer Hals hing wehmütig pendelnd herunter. Blut war keines zu sehen, aber dafür alsbald zwei liebe alte Damen, die sich schluchzend umschlungen hielten.

„Wie… wie, hast du es denn gemacht?", „Mit Veronal", weinte Emma. „Ich habe ihr einiges Schlafpulver auf einmal gegeben, und jetzt ist sie… Huuuu… ru rupfen musst du sie… huuu". Nachdem sich die beiden, eng umschlungen auf dem Sofa sitzend, ausgeweint hatten, raffte sich Agathe auf und begann, den noch warmen Vogel systematisch zu rupfen. Federchen auf Federchen schwebte in eine Papiertüte, die die unentwegt weinende Emma hielt. Zum Ausnehmen konnte sich keine entschließen. So kam man überein, da es mittlerweile spät abends geworden war, das Ausnehmen der Gans, auf den nächsten Tag zu verschieben.

Am zeitigen Morgen wurden Agathe und Emma geweckt. Mit einem Ruck, setzten sich die beiden gleichzeitig im Bett auf, und stierten mit aufgerissenen Mündern auf die offen gebliebene

Küchentür. Herein spazierte zärtlich schnatternd, wenn auch frierend, die gerupfte Gans, es ist wirklich wahr! Lesen sie nur weiter, es kommt nämlich noch besser.

Als ich an Weihnachtsabend zu den beiden alten Damen kam, um ihnen noch rasch zwei kleine Päckchen zu bringen, kam mir ein vergnügt schnatterndes Tier entgegen, das ich nur des Kopfes wegen als Gans erkennen konnte. Denn das ganze Federvieh steckte ein einem liebevoll gestrickten Pullover, den die beiden Damen in rasender Eile für ihren Liebling gefertigt hatten. Ich habe die Geschichte, gleich nachdem sie passierte, im Rundfunk erzählt. Wahre Scharen pilgerten damals hinaus nach Döblingen, um die „Pullovergans" zu bestaunen. Sie lebte noch sieben ganze Jahre, und dann starb sie eines natürlichen Todes. Heftig betrauert von den beiden Schwestern, die von einem Gansbraten nie wieder etwas wissen wollten.
Autorin: Maria Branowitzer

Der Autocorso morgens um vier Uhr

Morgens um vier Uhr, REM-Phase drei, schrillte das Telefon. Die Polizei war dran: „Sind Sie der Chef der Firma L…?" „Nein aber der Betriebsleiter, zuständig für die Montage. Was ist denn los?", fragte ich. „Kommen Sie bitte sofort in den Tannenweg, dort hat ein Montagewagen von Ihnen fünf Autos zu Schrott gefahren, wir müssen den Fahrer ermitteln." Tannenweg überlegte ich, da wohnt doch der komische Monteur, der immer sagt: >Nacht' s ist kälter als Draußen<, wie heißt der gleich, ja doch >Bruchberg<, auch das noch. „Ja, und bringen Sie gleich die Adresse des Fahrers mit, wir müssen eine Blutprobe veranlassen." „Ja, ja, ich weiß, der wohnt da in der Straße." Als ich hinkomme und die Bescherung sehe, denke ich, da ist ein Flugzeug abgestürzt oder eine Bombe eingeschlagen! Unser Montagewagen steht mitten in der Straße, davor mehrere PKWs die sich alle ineinander verkeilt haben, teilweise quer stehen oder an den Hauswänden geschreddert wurden. „Um Gottes Willen, was wird bloß der Chef sagen, der ist doch immer so penibel mit seinen Fahrzeugen, der reißt uns den Kopf ab", dachte ich so bei mir. Zusammen mit den Polizisten klingeln wir bei ihm. Es dauert ein ganzes Weilchen bis sich eine verschlafene Stimme meldete und brummte: „Wassn los?" Ich sagte: „Hier ist Menzel, komm doch bitte mal runter, es hat einen Unfall mit deinem Montagewagen gegeben." Es dauert wieder, denn er musste sich ja erst anziehen. Dann steckt er seinen Kopf zur Haustür raus, schaute auf die Autos und fragt ganz normal: „Wie iss'n das passiert." „Das möchten wir von Ihnen wissen." sagt der eine Polizist. „Haben sie getrunken." „Ne, bin erst vor 'ner Stunde aus Frankfurt gekommen und hundemüde inne Kiste verschwunden." Ich sagte zur Polizei: „Das stimmt, der war auf einer Hertie-Baustelle und hat angerufen, dass er die Arbeiten noch fertig machen muss, damit wir Montag nicht nochmal hinfahren müssen." Man hörte und sah es: Von Alkohol keine Spur, dann fragte er wieder: „Wer hat denn unseren Montagewagen so verbeult?" „Ja", sagte der Polizist, „Sie sind doch zuletzt gekommen, sind Sie vielleicht doch am Steuer eingeschlafen?" „Was, Quatsch, ich hab' die Karre abgestellt und bin inne Kiste gegangen." „Haben Sie wirklich nichts getrunken?" „Nich' ma n' Fingerhut voll." Ich sage: „Nun hören sie doch auf, dass sieht doch ein Blinder, dass der nichts getrunken hat!" „Und wer hat dann die ganzen Autos geschrottet? Wir müssen sie zur Blutprobe mitnehmen." Einer der Beamten hatte inzwischen die Mercedeswerkstatt, Firma „Schoemperlen & Gast" rausgeklingelt. „Der Meister kommt gleich vorbei", sagte der eine Polizist. „Also gut", meinte der andere, „du bleibst hier und ich bringe den Fahrer zur Blutprobe." Sowohl die damalige Werkstatt, als auch das Krankenhaus befanden sich in unmittelbarer Nähe des Unfallortes. Unser Freund Bruchberg kam dann bald wieder zurück und verschwand im Bett. Vorher ließ ich mir noch den Autoschlüssel geben. Den sehr netten „Schoemperlen" Meister kannte ich persönlich, wir unterhielten uns, aber er schüttelte immer wieder nur den Kopf, lief von einem Fahrzeug zu anderen, konnte sich aber keinen Reim darauf machen, wie das passiert war. Der Abschleppwagen hatte dann, jedenfalls in dieser Nacht, genug Arbeit um die Straße wieder freizubekommen. Endlich konnte ich dann auch wieder etwas Schlaf nachholen.

So gegen Samstagmittag bekam ich dann einen Anruf des Meisters: „Also", meinte er, „wir haben festgestellt, „dass niemand Schuld hatte." „Wie – Niemand? ist unser Auto von allein losgefahren?" „Ja, der Hauptkabelstrang hatte eine Schadstelle, dadurch floss Strom auf das Anlasser Kabel, der hat dann wie ein Elektro-Motor alle Fahrzeuge vor sich hergeschoben, bis die Batterie leer war." Die Erklärung war einleuchtend, der Fahrer hatte den ersten Gang eingelegt und die Handbremse nicht angezogen. Dieses Versäumnis, kostete ihn dann doch noch einen saftigen Strafzettel, den dann aber die Firma bezahlte. Resümee:

Laien und Fachleute staunen sich an,
wie sowas denn passieren kann?
Denke beim Anhalten immer daran
und ziehe auch die Handbremse an!

Rei©Men

Der Burda-Brand

Das Ingenieurbüro hatte es bei der Ausschreibung besonders gut gemeint, mit der Blitzschutzanlage auf dem neuen Druckereigebäude der Firma Burda. Wir hatten ja auf dem Wohnhaus der Familie Burda schon eine Anlage gebaut. Man war anscheinend mit unseren Leistungen zufrieden gewesen und vermutlich erhielten wir deshalb auch diesen großen Auftrag. Die Erdungen sollten mit Bleimantelleitungen verlegt werden. Nicht so gut, sagte ich zu dem zuständigen Mitarbeiter eines Ingenieurbüros. Mein Argument war, dass man schon damals keine giftigen Bleimantelleitungen mehr in den Boden verlegte. Ich konnte mich aber mit meinem Vorschlag „Edelstahlleitungen" zu verlegen nicht durchsetzen. Auf den Dächern sollten Kupferleitungen verbaut werden. Noch so ein Blödsinn, weil alle anderen Metallteile auf den Dächern aus feuerverzinkten Blechen und Attiken aus Aluminium bestanden. Dazu muss man wissen, dass dieses Konzept in Kombination mit Kupferleitungen sich zu einem galvanischen Element verbindet, welches elektrische Ströme erzeugt, infolgedessen die unedleren Metallteile korrodieren. Zudem durften die Kupferleitungen nicht mit den sonst üblichen Klemmen verbunden werden, sondern mussten hartgelötet werden. Also ein Riesenaufwand und ein zusätzliches Brandrisiko auf der Baustelle. Wir hatten auf diesen Umstand schriftlich hingewiesen und trotzdem die Order erhalten, gemäß Auftrag zu verfahren.

Trotz aller Vorsichtsmaßnahmen, kam es genauso wie es kommen musste, an einer Lötstelle fing es unter der Blechabdeckung an zu glimmen. Zufällig war ich an der Baustelle. Ich wies den Obermonteur an, sofort die Blechabdeckung mit der Spitzhacke aufzureißen, schnappte mir noch einen anderen Monteur und rannte mit ihm in die darunter liegende Druckerei. Unterwegs rissen wir mehrere Feuerlöscher aus den Halterungen und brüllten Lautstark „Feuer auf dem Dach" und „Feuerwehr benachrichtigen". Den Druckern musste man nicht extra erklären, dass in diesem Moment Explosionsgefahr bestand, denn die aufsteigenden Lösungsmitteldämpfe der Druckfarben waren höchst gefährlich. Als wir mit den Feuerlöschern hochkamen, hatte der Esel von Obermonteur die Dachhaut immer noch nicht aufgerissen. Also nahm ich die Spitzhacke und hackte das Blech selber auf, um an den Brandherd heranzukommen. Schon schlugen Flammen aus der darunter liegenden Holzunterkonstruktion. Nun hatten endlich alle begriffen um was es hier ging. Mit vereinten Kräften und mit den Feuerlöschern gelang es dann, den Brand zu löschen. Inzwischen war nun auch die Werksfeuerwehr von Burda wachgeworden und mit ihren C-Rohren auf dem Dach angekommen, aber für sie gab es nun nichts mehr zu löschen. Nach ein paar Tagen stand im Offenburger Tageblatt zu lesen: „Durch das beherzte handeln der Montaggruppe der Firma Lösch, konnte eine Brandkatastrophe auf dem neuen Druckereigebäude der Firma ‚Burda' verhindert werden usw. usf.

Die Tombola auf dem Gemeindefest

Im Kraichgau feierte man ein Dorffest. Hoffenheim war damals noch ein kleines verschlafenes Nest. Mehrere Monteure der Firma Lösch hatten sich dazu eingefunden, denn wenn es etwas zu feiern gab, dann waren sie meistens dabei. Ja, wie sollten sie auch die langen Abende verbringen, wenn sie die ganze Woche „auf Montage" waren. Lesen wollte nicht jeder, Fernseher in den Hotel-Zimmern waren unbekannt, also traf man sich, trank ein- zwei Glas Bier, tauschte die Tageserlebnisse aus oder schaute sich um, was sich in der Gegend für Vergnügungsmöglichkeiten anboten. Für jede Eintrittskarte bei dem Dorffest wurde ein Aufschlag für eine Tombola erhoben. Am

Montagabend, pünktlich um 24 Uhr, endete dann das Fest und die Kapelle hörte auf zu spielen. Wir hatten die Tombola schon lange vergessen keiner wusste, welche Preise ausgelobt worden waren. Der Bürgermeister ging ans Mikrofon und fing mit dem Preis 20 an. Was es dafür gab, weiß ich nicht mehr, aber die Besseren kamen dann erst zum Schluss. Unsere Truppe war von der Arbeit und der langen Feier reichlich müde und wir wollten alle ins Bett. Doch einer unserer Herren sagte: „Wartet doch mal, vielleicht gewinnen wir was." „Ach komm, du spinnst doch, lass uns gehen ich bin müde." „Schaut doch mal da hoch." Erst jetzt realisierten wir, dass als Hauptpreis ein „Schwarzweißfernsehapparat" auf der Bühne stand. Das hatte der Schlaumeier in unserer Truppe, im Gegensatz zu uns natürlich bemerkt. Ein Fernseher, das war etwas, was man sich damals nicht so ohne weiteres leisten konnte. In so einem kleinen Nest wie Hoffenheim, hatten von den damals ca. Tausend Einwohnern höchsten 20 oder 30 Familien ein Fernsehgerät. Dann wurde die letzte Losnummer aufgerufen und wer hatte gewonnen: „Unser Schlaumeier."

Es gab aber ein ernsthaftes Problem und das hatten die Dorfoberen nicht bedacht. Als unser Schlaumeier mit seinem Los auf die Bühne kam, kannte ihn natürlich niemand. Doch nun fiel es plötzlich allen auf. Man hatte wohl gedacht, dass eigentlich „nur ein Einheimischer" den Fernsehpreis gewinnen würde. Nun war man zutiefst enttäuscht, dass ihn ein völlig Fremder einheimsen würde. Plötzlich erhoben sich bitterböse Stimmen und reklamierten den Preis „nur für Gemeindemitglieder." Bürgermeister, Gemeinderäte und andere selbsternannte Besserwisser, fanden sich auf der Bühne zusammen und diskutierten intensiv über die Vergabe-Richtlinien. „Wir haben ihn doch alle zusammen bezahlt", hieß es. Doch es stellte sich heraus, dass es keine Richtlinien gab. Unser Schlaumeier hatte regulär gewonnen. Trotz allem, die Stimmung war gegen uns umgeschlagen. Unser Schlaumeier fackelte aber nicht lange, stemmte die Kiste auf seine Schultern und lief zu seinem Montagewagen. Und noch bevor sich die Dorfjugend besonnen hatte, war er mit seiner „Beute" schon ausgebüchst und wir anderen deckten seinen Rückzug.

Die 500-DM-Brille

Es gibt ja bekanntlich Leute die sollen zwei linke Hände haben, ich dagegen meine, dass es auch noch jene gibt, denen es zusätzlich am Verstand mangelt. Mögen sie sich auch sonst noch so schlau und raffiniert durchs Leben schlagen, es fehlt ihnen am der nötigen Empathie gegenüber ihren Mitmenschen. Das äußert sich dann auch in ihren nicht vorhandenen manuellen Fertigkeiten, wo ihnen die entsprechende Feinfühligkeit fehlt.

Manuelle Fertigkeiten schlagen sich nicht in Sprachgewandtheit oder in Schulzeugnissen nieder, „Handwerker" tragen die Intelligenz in ihren goldenen Händen.

Rei©Men

Wir hatten die blaue Schwimmbadfarbe gerade mit einem Sandstrahlgerät von den Wänden runterbekommen. Das Becken war sauber ausgekehrt und ich fing an, die neue Farbe mit der Spritzpistole aufzutragen. Ich war dick eingemummt, hatte eine Schutzhaube mit Luftfilter aufgesetzt und sah nicht, dass L. kam. Er wollte, penibel wie er war, noch etwas vom Boden aufheben und lief mir direkt in die Düse hinein. Na, dachte ich, nun wird er ja wohl gemerkt haben, dass hier gearbeitet wird, denn dieses Wort kannte er nur aus dem Lexikon, aber leider nicht von seiner praktischen Seite her. Dazu fällt mir gerade ein uralter, sinniger Spruch ein:

„Geh der Arbeit aus dem Wege, weiche ihr in weitem Bogen aus, kommst du der Arbeit ins Gehege, hilft kein Teufel dir mehr raus."

Autor unbekannt.

Drei Stunden später war ich fertig, stopfte meine alten Klamotten gleich in die Tonne und ging unter die Dusche. Als ich wieder „Landfein" im Garten am Kaffeetisch saß, kam er angewackelt: „Ob ich mir mal seine Brille ansehen könne." „Na klar, was ist denn damit", „Ja" meinte er. „Ich kann nichts mehr damit sehen!" „Zeig mal her." „Nein, die ist im Keller." „Wie im Keller?" „Na, ich wollte sie sauber machen, aber ich schaffe das nicht." Also ging ich mit ihm und seiner auf der Nase befindlichen Ersatzbrille in den kleinen Werkzeugkeller und da lag sie nun, voller kleiner blauer Pünktchen aber etwas irritierte mich, in der Mitte der Gläser fehlten sie, die Pünktchen. Ich hielt sie gegen das Licht und traute meinen Augen nicht. Die Gläser waren vollkommen mit Kratzspuren übersäht und der Grund dafür lag auf der Werkbank. Ein kleines Stück Sandpapier, das er zum Putzen der Brille benutzt hatte.

Als die Türkinnen uns zum Kaffee einluden

Wir hatten einen Riesenauftrag ergattert, das Städtische Krankenhaus in Esslingen benötigte auf allen Gebäuden Blitzschutzanlagen. Teilweise waren sie veraltet oder nicht mehr auf dem neuesten „Stand der Technik". Arbeit für Monate und wie wir nun wissen für Jahrzehnte, weil wir für Neubauten und Instandhaltungen seit 40 Jahren immer noch hinzugerufen werden. Ein Schwesternwohnhaus war eingerüstet worden und aus den Fenstern schauten uns immer zwei Türkinnen bei der Arbeit zu. Eine Verständigung war nicht möglich, doch das Wort Kaffee stammt wohl aus dem türkischen Sprachschatz. Und so fanden wir uns immer zur Kaffeezeit an den Zimmerfenstern der beiden Türkinnen zum Kaffeetrinken ein. Eines Tages stand dann auch ein kleiner, süßer, türkischer Kuchen auf ihrem Tisch und sie winkten uns zum Fenster rein, denn den konnten wir, wie sie meinten, nicht auf dem Gerüst essen und schon saßen wir am Tisch. Ich war ja bestens verheiratet, aber zu Hans sagte ich: „Pass auf, dass da nicht mehr draus wird, denn mit den türkischen Männern ist nicht zu Spaßen." Nun ja, sie versuchten es zwar sehr dezent uns zu umgarnen, aber wir zogen uns ebenso dezent aus dieser „Mèlange-a'-Quadtree" zurück, bevor sie richtig begonnen hatte und tranken unseren Kaffee wieder, wie zuvor in der Coffee-Bar des Krankenhauses.

Der Opel der sich nicht starten ließ

In den sechziger Jahren fuhr ich einen Opel-Rekord, das war damals schon ein tolles Automobil und hatte eine synchronisierte Schaltung. Er wurde zwar in Rüsselsheim gebaut, die moderne

Technik kam aber aus Amerika. Seinerzeit war man im Autobau noch sehr sparsam und baute meistens Einheitstypen. Ich hatte irgendwo in der Stadt geparkt, kam zurück, schloss auf und setzte mich hinters Steuer und wollte den Motor starten. Doch der blieb stumm. Immer wieder versuchte ich es, es rührte sich nichts. Dann dachte ich: „Ja zum Donnerwetter nochmal, was ist denn bloß mit der Karre los?" Aber sie antwortete mir nicht, sondern machte mich auf ein vor meiner Nase baumelndes kleines Eichhörnchen aufmerksam. „Himmidunniwetta", was war denn nun los, - dann wurde mir plötzlich siedend heiß klar, ich hatte ja verdammt nochmal, überhaupt kein Eichhörnchen am Spiegel hängen! Ich stieg schnell wieder aus, lief die Reihe der parkenden Autos zurück und da stand mein Opel... Ich habe heute noch den Eindruck, dass er mich unverschämt angrinste, weil ich beinahe ein Auto geklaut hätte.

Der Segler im Garten

Wir waren gerade mit dem ansäen des Rasens fertig und saßen bei Kaffee und Kuchen, da rauschte es plötzlich über uns. Bevor wir noch realisieren konnten was los war, knallte das Ende eines Segelflugzeugs in den kurz zuvor angelegten länglichen Garten. Der war noch nicht eingezäunt und musste wohl von oben wie eine Landebahn ausgesehen haben. Bevor wir uns von dem Schrecken erholt hatten, stieg ein selbstbewusster französischer Offizier aus dem Cockpit aus, schaute sich verdutzt um und stolperte durch den noch nicht vorhandenen Rasen auf uns zu. Dabei hinterließ er tiefe Fußabdrücke, so dass wir bei jedem Schritt zusammenzuckten. Er versuchte sich für den Schaden, den er angerichtet hatte, in mehreren Sprachen zu entschuldigen, die wir damals aber alle „noch" nicht verstanden. „Un moment", meinte mein Onkel. „Ma femme peut être francaise" Ich fiel fast vom Hocker, woher??? Na klar meine Tante, die gerade noch in der Küche etwas holte, war ja mal mit einem französischen Offizier verheiratet gewesen. Als sie dann übersetzte, erfuhren wir, dass die französische Mirage-Staffel aus Kehl am Rhein, gerade einen Segelflugwettbewerb durchführte und dem Düsenpiloten Major... soundso, über den Rheinauen die Thermik ausgegangen war. Dann ging sie mit ihm zum Telefon und der Herr

Major telefonierte mit seiner Genie-Einheit in Kehl, die ihn bald abholen wollte, aber für eine Tasse Kaffee habe er noch Zeit. So schlug die Deutsch-Französische Freundschaft, in der damaligen Französischen Besatzungszone um Kehl und Offenburg herum, einen ersten kleinen Pfahl ein, dem weitere folgen sollten. Denn Lösch gründete kurz danach in Straßburg eine Filiale seiner Blitzschutzbau-Firma, die etwas später auf dem Europaparlament in Straßburg die Blitzschutzanlage installierten sollte. Die Planung dieser Anlage wurde dann mir übertragen, denn in Frankreich gab es damals noch keine Blitzschutzfachleute.

Die Schießerei an der Rheinbrücke

Wenn wir in Kehl arbeiteten, kauften wir uns immer beim Metzger ein Stückchen Wurst und beim Becker ein paar Brötchen ein. Dann fuhren wir hinter den Äckern und Wiesen in die Wälder am Rhein, um Mittagspause zu machen. Kurz vorher hatte mein Arbeitskollege Horst, im Kaufhaus nebenan, auch noch ein Kleinkalibergewehr und Munition Kaliber 22 erworben. Im Wald machte er nun Schießübungen, das lockte einen Mann an, der eigentlich recht harmlos aussah. Er schaute kurz und ging weiter. Zwanzig Minuten später waren wir von Polizei umstellt, wurden verhaftet und aufs Revier mitgenommen. Eigentlich hatten wir nichts Verbotenes gemacht, denn Freund Horst hatte „nur" auf einen Kreidekreis geschossen, den er an einen Baum gemalt hatte. Was wir nicht wussten: Im Grenzbereich bei Kehl war 15 Jahre nach Kriegsende, für Deutsche das Waffentragen und Schießen strengstens verboten. Wir saßen unter Bewachung im VW-Bus der Polizei und waren bass erstaunt, welchen Aufwand man sich unseretwegen gemacht hatte. Hinter dem Schutzwasserdamm, lag eine Hundertschaft Bereitschaftspolizei, mit ihren Gewehren im Anschlag und alle zielten Richtung Wald. Anscheinend hatte man die falsche Meldung bekommen: „Schießerei an der Grenze", und sie zum Anlass genommen, eine kleine Übung für den Ernstfall abzuhalten. Fast hätten wir den 3. Weltkrieg ausgelöst, wenn die französische Polizei genauso aggressiv vorgegangen wäre.

Auf dem Polizeirevier begann nun das ganze Prozedere, Fingerabdrücke, Verbrecherfotos und Verhöre. Wir hatten den Eindruck, dass die Polizei an diesem Tag nichts anderes zu tun hatte und sich mit uns die Zeit vertrieb. Nach drei Stunden platzte mir der Kragen, ich fragte den Vernehmer, ob er eine Vorstellung davon hätte, dass unser Arbeitsausfall für die Firma auch Kosten verursachen würde. Wir müssen jetzt los, oder sie müssen unserem Boss erklären, warum sie uns hier festhalten. Fünf Minuten später ließ man uns laufen, nachdem wir die Protokolle unterschrieben hatten. Die Bestrafung für den Bagatellfall, bei dem niemand geschädigt wurde, war gewaltig. Horst musste eine Woche in den Jugendarrest, dort saß er in einem Kellerloch und ich durfte ihn besuchen. Das perfide daran war, dass er die Tage jeweils an den Sonntagen abzusitzen hatte. Mir brummte man eine Strafe von 150 DM auf, weil ich die Aufsichtspflicht für einen mir anvertrauten Minderjährigen von immerhin 20 Jahren, der in total geordneten Verhältnissen, bei Vater und Mutter lebte, verletzt haben sollte. Wenn man das heutzutage liest, kann man es kaum glauben, dass die Polizei Drogen dealende Verbrecher gleich wieder freilässt, weil sie einen Wohnsitz vorweisen können.

Ausgesperrt

Fast 20 Jahre später, der Hausmeister schloss mir die Tür zum Dach der Stadthalle in Kehl am Rhein auf, dann war er wieder weg und ließ sich nicht mehr blicken. Anscheinend war er der Meinung, dass ich mit der Besichtigung der Dächer für ein Angebot schon lange fertig war und längst wieder auf dem Heimweg sei. Doch der Wind hatte die Tür zugeschlagen und ich war auf dem Dach gefangen. Gegenüber stand das Rathaus und unten drin war das Polizeirevier. Das hatte ich ja schon seit Jahren in unangenehmer Erinnerung. Komischerweise fiel mir das gerade jetzt in dieser misslichen Lage wieder ein. Nun ich versuchte mich zunächst mit Rufen und Winken bemerkbar zu machen, doch der Verkehrslärm verhinderte das. Nach einer halben Stunde vergeblicher Bemühungen, jemand auf mich aufmerksam zu machen, winkte dann doch jemand freundlich zurück, ging aber weiter. Ein paar Schulkinder amüsierten sich über meine Dachkapriolen, verschwanden aber auch wieder Richtung

Muttern. Nun wurde mir das langsam zu dumm, ich kam auf die Idee ein paar kleine Steinchen, die ja massenhaft auf den Dächern lagen, runter zu werfen. Ich schwöre, die Steinchen waren höchstens so groß, wie der kleine Fingernagel. Einer älteren Frau viel einer vor die Füße, sie erschrak heftig, schimpfte und machte andere Passanten auf mich aufmerksam. Endlich. Ich rief hinunter, winkte, zeigte auf meine Brust und dann nach unten. Doch das war wohl schon wieder ein dicker Fehler. Mir fiel sofort ein, dass man in mir einen Selbstmör-der sah, der bereit war hinunterzuspringen. Dann rannte endlich je-mand auf die andere Straßenseite und direkt ins Rathaus hinein. Ich ahnte Schlimmes, schon wieder Kehl und da unten drin ist doch die-ses Polizeirevier! Bitte, nicht noch einmal. Nach einer Minute kamen ein paar Beamte raus, schauten hoch und ich rief nach unten, sie soll-ten den Hausmeister holen, doch ich hatte immer noch den Eindruck, dass mich niemand verstanden hatte. Also setzte ich mich, für alle sichtbar in den Kies und harrte der unvermeidlichen Dinge die nun auf mich zukommen würden, denn ich rechnete nun damit, im „Psy-chiatrischen-Landes-Krankenhaus" in Weingarten bei Heilbronn zu landen. Nach einiger Zeit öffnete sich dann tatsächlich die Zugangs-tür zum Dach. Mein Befreier der Hausmeister kam auf mich zu und entschuldigte sich vielmals für die Unannehmlichkeiten. Ich sagte: „Sorgen sie lieber dafür, dass man die Tür feststellen kann, sonst ver-hungert hier oben noch mal jemand.

Jürgens erste Autofahrt ohne Führerschein

Wir hielten auf einem etwas abschüssigen Parkplatz in Offen-burg, stiegen mit meiner Frau aus und unser Sohn Jürgen kletterte zum Aussteigen zwischen den beiden Vordersitzen hindurch, denn damals hatten die meisten PKWs keine hinteren Fahrgasttüren. Er legte auf dem Fahrersitz einen Zwischenstopp ein und technikbe-geistert wie er war, fummelte er am Automatikhebel herum. Wir wa-ren gerade etwas abgelenkt, plötzlich setzte sich das Auto in Rich-tung der 20 Meter entfernten Hauswand in Bewegung. „Jürgen bremsen", rief meine Frau. „Mach den Gang auf P schrie ich". Doch der rollte und rollte immer schneller mit offenen Türen auf die Wand zu. „Bremsen", rief ich nochmal und endlich, im letzten Moment, stand das Auto mit einen Reifenquietschen still. Gott sei Dank, der „Siebenjährige" hatte es geschafft, den Hebel wieder auf P zu stellen. (Die damaligen Automatikgetriebe, hatten noch keine Sperren so wie das heute der Fall ist, sonst hätte er es bestimmt nicht geschafft den Wagen in Betrieb zu setzen.) Ja, auch die Autoindustrie musste noch dazulernen.

Das Horst Reiners Namens-Chaos

Mein liebes Mütterlein hatte sich wohl einen besonderen Namen für mich ausgedacht. Zu mir sagte sie immer „Rainer" mit A, von Horst war nie die Rede gewesen. Als ich dann mit 15 Jahren einen DDR-Pass bekam, musste ich zur Polizei, um ihn dort zu unterschreiben. Ich war so nervös bei den vielen Beamten, die mich anglotzten, als wenn ich etwas angestellt hatte. Vor lauter Angst und Respekt, die uns früher schon in der Schule vor Erwachsenen und besonders vor der Polizei eingeimpft wurde, unterschrieb ich mit Rainer, doch das „n" im Menzel fehlte. Was nun, doch der Polizist sagte, ich solle das „n" drüberschreiben. Den Ausweis habe ich heute noch und zeige ihn gelegentlich meinen Freunden zu ihrer Belustigung. Was waren wir doch für eingeschüchterte kleine Menschlein, die schon zitterten, wenn sich ihnen ein Erwachsener näherte und dann noch die Polizei, das waren die absoluten Herrscher auf der Straße, in Stadt und Land. Selbstbewusst und unerschütterlich ihren hoheitlichen Aufgaben verschrieben, aber oft zeigten sie sich auch überheblich und arrogant, gegenüber der Bevölkerung.

Als ich dann in den Westen „abhaute", wie das im ostdeutschen Sprachjargon verlautete, nahm ich diesen Namen so an. 40 Jahre lang hieß ich dann Horst Rainer Menzel, benutzte aber nur den Vornamen mit dem „ai". Dann kamen die Deutsche Einheit und die Computer. Ich brauchte einen neuen Reisepass und unterschrieb mit „Rainer Menzel." „Falsch", sagte die Dame vom Passamt. „Gemäß den uns übermittelten standesamtlichen Unterlagen und den Daten der Passstellen des Landkreises Spremberg, heißen Sie: Reiner Menzel mit „ei." Schon wieder – und nun? Dieses Mal ging das nicht mehr so einfach mit dem überschreiben des „a". Also einen neuen Pass beantragen? Nochmal Gebühren bezahlen und sich daran gewöhnen, ab jetzt mit „ei" zu unterschreiben. Das ärgerte mich gewaltig, denn als ich nachdachte, wurde mir der Grund für dieses Desaster langsam klar. Diese doofen Nazis hatten generell etwas gegen das angeblich französisch-geschriebene „Rainer." Vermutlich hatte schon meine Mutter im Jahre 1938 den falschen Eintrag im Stammbuch übersehen oder ignoriert. Sie wollte eindeutig, dass ich so wie fast alle anderen deutschen Jungen Rainer heißen sollte. Aber der Spremberger Standesbeamte hatte Anweisung, alle „undeutschen Namen" ins Deutsche zu überführen. Da gab es auch noch unsere Nachbarn, die waren als Sischaller geboren, und fanden sich plötzlich im Pass als Schisalla wieder. Henze taufte man in Hense, Stilla in Stiller um und aus Novitzky wurde Nowitzki. Auf Grund dieser Erkenntnisse war ich schon versucht eine Namensänderung zu beantragen, denn in unseren Heirat- und in den Geburtsurkunden unserer Kinder, stand ich natürlich auch mit „ai" zu Buche. Doch es kam anders. Seit Jahren hatte ich schon hunderte Gedichte, Aphorismen und ein paar Bücher geschrieben. Ein Freund aus Jugendtagen, nannte mich wegen meiner dichterischen Ader „Reimen", abgeleitet von Rei-Reiner und Men-Menzel, denn Gedichte werden eben gereimt. Ich hatte dann noch das © als Copyright hinzugefügt und das wollte ich auf keinen Fall mehr ändern, weil es für mich zum Synonym geworden war, deshalb blieb es dann endgültig bei Rei©Men.

Bergtouren

Mit meiner Frau Doris sind wir beim Bergwandern mal in Bergnot geraten. Es fing alles ganz harmlos an, wir wanderten von Oberstdorf aus immer bergauf entlang der Markierungen an den Steinen und bogen dann irgendwo nach rechts ab. Ich als Blitzschutzmann war ja trittsicher und Dacherfahren, demzufolge hätte ich besser aufpassen müssen. Aber es kam kein Warnsignal, es klingelte nicht, wir hätten ja noch umkehren können. Es wurde immer steiler und bis wir es merkten, dass wir uns auf einem Kuhtrampelpfad befanden, konnten wir nicht mehr zurück, sonst wären wir unweigerlich abgestürzt. Wir kletterten auf allen Vieren, nun schon mit 45 Grad Steigung, immer hinter einem Buschwerk hoch, so würden wir dann bei einem eventuellen Absturz nur diese Strecke zurückrutschen. Meine Frau immer hinter mir her. Oben sahen wir einen Querweg mit Wanderern, aber den mussten wir erst einmal erreichen. Endlich waren es nur noch ca. 200 Meter. Nun kletterte ich erst mal allein zum nächsten Busch, zog meine Frau an unseren zusammengeknoteten Anoraks hoch oder querrüber, doch es wurde immer steiler. Handys, um die Bergwacht anzurufen, gab es noch keine, doch uns rettete mein gutes, altes, treues Taschenmesser. Damit stanzte ich Trittlöcher in das festgebackene Feingeröll. So kamen wir nach zwei Stunden endlich unter dem Wege an. Aber es waren immer noch 50 Meter bis oben. Wir winkten und riefen den Leuten zu, sie sollten uns hochziehen, aber niemand reagierte, einige winkten zurück, die anderen dachten wohl, wir seien auch so lustige Wanderer wie sie, dabei waren wir in Bergnot. Als wir dann endlich unter dem Wanderweg ankamen, blieb ein Paar stehen. Der Mann reichte uns dann für die letzten 2 Meter seinen Regenschirm über den Absturz und so zogen wir, und ich schob, erst meine Frau nach oben und dann rettete er mich. Ich bin nie mehr in meinem Leben ohne Seil in die Berge gegangen. Auch nicht auf vermeintlich leichten Touren und zweimal habe ich dieses Seil, noch gebraucht.

Das Loire Tal

Gernot der Kanute sagte: „Heute wird einmal nicht gepaddelt, wir wandern durch ein ausgetrocknetes Flussbett." Ich fragte noch nach der Ausrüstung, aber er meinte Straßenschuhe reichen. Als ich mir unsere Paddelgruppe, die bereitstand so anschaute, kamen mir dann doch Bedenken was Gernot da vorhatte. Die können zwar Paddeln wie die Weltmeister, das ist ihr Brevier, aber was ich sah überzeugte mich nicht, von ihrer Wander- und Bergqualifikation. Ich fragte noch einmal nach: „Gernot, wir stehen hier im Flusstal der Loire, die hat sich Millionen Jahre hunderte Meter tief ins Gestein eingegraben, wo willst du mit uns hin?" „Ja", meinte er, „Da kommt von ganz oben ein Seitental runter, das ist im Sommer ausgetrocknet. Ich bin schon mal mit meinen Kindern dort hochgegangen." Also „gegangen", hätte er „geklettert" gesagt, hätte ich nachgehakt. So aber gab ich mich damit zufrieden, zumal er ja mit seinen Kindern schon mal da oben war, „hochgegangen"? Also gut Rucksack, Vesper,

Walkingstöcke, Getränke, Bergschuhe, Regenkleidung. Fehlt noch was? Als ich meine sieben Sachen vor dem Wohnmobil auf den Tisch legte, lachten alle bis auf einen. Der war ich, denn ich dachte: Am Ende lache ich. Verbandszeug und Seil in meinem Rucksack sahen sie nicht, sonst hätten sie mich wahrscheinlich für verrückt erklärt und nicht mitgenommen. Auf halber Höhe kamen uns dann eine Gruppe Mountainbiker entgegen, hinter ihnen war eine Frau gestürzt und man sah, dass sie sich in dem Geröll einige Abschürfungen zugezogen hatte. Schweigend standen alle um sie herum, einer telefonierte. Reiner holte sein Verbandszeug heraus und behandelte die Dame fachgerecht. Verstanden habe ich den Telefonierer nicht, aber ich merkte an seiner Mimik, dass er die Hilfsanforderungen, die er angefordert hatte wieder absagte, weil die Dame dann aufstand und nach ihrem Mountainbike fragte. Weiter gings, es wurde immer steiler, aber das kannte ich schon irgendwoher. Inzwischen hatte ich beide Walkingstöcke an unsere Damen verloren, die sich mit kurzen Hosen, kurzärmeligen Sommer - T-Shorts und leichten Straßenschuhen vorwärts kämpften - Sonnenbrand inclusive, weil der Hut fehlte. Eine Zeitlang zog sich der Weg weiter oben am Hang entlang, wir mussten den schrägen Pfad mehr kraxelnd, als wandernd bewältigen, aber anders als seiner Zeit in Oberstdorf, waren wir nicht auf einem Kuh-Pfad, sondern auf der Umgehung eines Felsabsturzes in dem engen Tal, den man, wie uns Gernot treuherzig versicherte, nur mit einer Bergsteigerausrüstung bewältigen könne, deshalb müssen wir ihn umgehen. Aha, wusste ich's doch, traue niemals einem Wassersportler, wenn der was von den Bergen und vom Wandern erzählt! Eine halbe Stunde später tauchte dann der nächste Felsabsturz auf, aber diesmal gab es keine Umgehung. Es ging über rundgewaschen Felsblöcke und Spalten steil hoch, dann kam ein Quergang und noch ein paar leichtere Abhänge. „Also, ich komme da hoch, schließlich bin ich ein Leben lang auf Dächern rumgekraxelt, aber was machen wir mit den Frauen?" Fragte ich. Alle schauten nun ziemlich dumm aus der Wäsche. Gernot erklärte, dass er seiner Zeit mit seinen Kindern wohl nicht bis hier hochgegangen war. Also diskutierte man das Umkehren! Was umkehren, - gab ich zu Bedenken. Wollt ihr wirklich die vier stundenlange Kletterei zurück, es ist bereits 16 Uhr und dann die Umgehung rückwärts, das schaffen wir nicht vor dem Einbruch der Dämmerung, die kommt in dem engen Tal sehr schnell, wenn die Sonne weg ist. Außerdem werden wir ja oben abgeholt! Also, Gernot pass auf, du bist doch sicher ein guter Kletterer, hier hast du mein Seil, jetzt gehst du als erster hoch und bindest es an den dicken Baum dort oben." „Mach ich," nahm mein Seil und dann sah man ihn doch mit einigem Geschick die „Kletterwand" entern. Als dann das Seil unten hing, schnappten wir die Heidrun und banden ihr das Seil mit einem Seglerrettungspalstek um Arme und Schultern. Ich klettere voraus um ihr die Griffe zu zeigen und Helmut hinterher um ihre Füße in die Tritte zu stellen und Gernot sicherte von oben. Das klappte hervorragend, denn unsere Damen waren ja wildwassererprobt und keine zu geschminkten Models von der ängstlichen Kompanie. Dann kamen die anderen Damen an die Reihe und wir waren gerettet.

Oberstdorf und die Schiflugschanze

Wir hatten im Sommer mit unseren Frauen das Fellhorn erklommen, oben gut gevespert und wollten auf dem Rückweg die Heini Klopfer Schiflugschanze mal aus der Nähe betrachten, denn von Fernsehen her kennt sie ja inzwischen jedes Kind. Doch erst wenn man direkt davorsteht, bekommt man eine Vorstellung davon, welche gewaltigen Ausmaße so eine Anlage hat, das war auch der Grund unseres Abstechers dorthin. Der Wanderweg führte eine Stunde lang quer durch den Wald zum oberen Teil, mit dem schräg nach unten, abfallenden Schanzentisch. Nach einiger Zeit und einigen Diskussionen sollte es dann zum unteren Teil weitergehen, doch der Weg und die Treppenstufen waren gesperrt. Waldarbeiter hatten Quer über die Treppenstufen Bäume gefällt, ein fast unüberwindliches Hindernis. Aber nicht für Reiner und sein Berg Seil. In aller Ruhe seilte ich erst meinen Freund und dann meine Frau ab. Meine Absicht war es, den anderen etwas Ängstlicheren zu zeigen, dass sie sich auf mich verlassen konnten. Als ich dann als letzter noch oben war, rief Brigitte: „Wie kommst du denn nun herunter." „Das wirst du auch gleich sehen", sagte ich. Nun ja, Bergsteigern muss man ja nun nicht erklären, wie man sich mit einen Doppelseil abseilt und es danach wieder einholt, indem man mit einem Ende das ganze Seil wieder nachzieht. Wie das geht, zeigen sie uns heute im Fernsehen bei den Bergrettern. Nun macht man solche Kapriolen nicht zum Spaß an der Freude, aber der Umweg wäre uns, als sogenannte „Flachlandtiroler", nach der langen Bergwanderung dann doch zu viel geworden.

Die Bergwanderung mit der Taschenlampe

Sportlich war ich ja schon immer, Segeln, Fahrrad- Ski- und Kanufahren, waren meine Leidenschaften. In meiner Schulzeit gab es keine Schulbusse. Kinderfahrräder gab es wohl, aber wer gab damals, als man in der Stunde 50 Pfennige verdiente, Geld für solche Luxusgüter aus. Also gingen die Kinder eben zu Fuß in die Schule. Das diente der Körperertüchtigung und härtete ab. Meine Eltern hatten ebenfalls keine Fahrräder mehr, die hatten die Russen gestohlen, als sie über unsere Stadt mit Raketenwerfern, Artillerie und Panzern hereinbrachen. Aber auch die Erwachsenen waren ständig zu Fuß unterwegs, das war ganz normal. Selbst schwer Kranke schleppten sich noch zu Fuß ins Krankenhaus. So kam man oft auf ein Pensum von 5 – 10 Kilometern Fußweg pro Tag. Wollte man verreisen, schleppte man auch noch den Koffer zum Bahnhof mit. Das hatte zur Folge, dass die Menschen damals noch gesünder waren als heute, wo sie nur noch im Büro, im Auto und am Fernseher sitzen, sich nicht mehr der Witterung aussetzen und verweichlichen.

Im Jahre 1960 begann dann der Auto boom. Jeder wollte eins haben, doch diesen Traum konnten sich nur wenige erfüllen, denn die waren im Verhältnis zum Verdienst sauteuer. Ich gehörte zu den glücklichen Privilegierten, die „schon" einen Firmenwagen fuhren und damit sogar in den Urlaub fahren durften. Also dachte ich, fährst du nach Österreich, zu den ehemaligen Kanufreunden aus der DDR. Die waren nach Spital an der Drau zur Weltmeisterschaft gekommen. So ein Urlaub war eine Luxuserscheinung, die nicht vielen zu Teil wurde. Damals gab es nur in der Bundesrepublik Autobahnen und ein paar kleinere Strecken in der DDR. Das Kartenbild dieser Strecken hatte eigentlich jeder Autofahrer im Hinterkopf. Da gab es die Autobahnen: Von Baden-Oos über das Frankfurter Kreuz bis Hamburg-Harburg und von Karlsruhe bis an den Stadtrand von München. Von München bis Berlin, von Hannover bis Dresden über das Hermsdorfer Kreuz und eine Abzweigung führte ins Ruhrgebiet. Dann gab es noch ein paar kleine angefangene, einspurige Teilstrecken wie Cottbus-Berlin und von Hof nach Erfurt. Manche Autofahrer fuhren mit ihrem neuen Auto und der Familie extra zum Frankfurter Kreuz, nur um einmal zu erleben wie eine kreuzungsfreie Straße funktionierte. Sie glaubten auch nicht, dass, wenn man drei Mal rechts abbog wieder auf der Gegenfahrbahn landete. Also musste das ausprobiert werden. „Morgenstunde hat Gold im Munde", na wer's glaubt? Das gilt doch wohl nur für Frühaufsteher. Zu denen gehörte ich damals jedenfalls nicht, trotzdem stellte ich den Wecker auf 5 Uhr, denn ich hatte eine lange Fahrt ins Ungewisse vor mir. Am Münchener Ring war dann die Autobahn zu Ende, doch gleich in der Ausfahrt stand eine kleines ADAC-Häuschen und da konnte man sich für die Weiterfahrt schlau machen. Das hieß dann für mich, Münchener Ring und auf der Landstraße weiter Richtung Salzburg. Bis dahin ging das ja noch ganz gut, doch dann kam der Katschberg und der war nicht gepflastert oder geteert. Makadam war damals auf Landstraßen noch unbekannt. Mein Firmenwagen war ein Opel Rekord-Caravan, also schon was Modernes, aber der Katschberg hatte es in sich und mein Fahrzeug war zu leicht. Hinten lagen nur ein Kopfkissen und mein Schlafsack drin. Gab man Gas um die Steigungen hochzukommen, flogen hinten die Schottersteine nur so raus und dem Nachfolgenden auf die Windschutzscheibe. Fuhr man langsamer gruben sich die Räder in den losen Schotter ein. Außerdem fingen dann ein paar Laster, die schwer beladen waren, hinten an zu hupen, dass hieß, man solle bitte schneller fahren, weil sie sonst stecken bleiben würden. Da ich nur mit leichtem Gepäck unterwegs war, drehten sich die Räder durch. Na irgendwie kam ich dann doch mit mehrmaligem anhalten und vorbeilassen schwerer Fahrzeuge oben gut an. Die Aussicht war für einen „Flachlandtiroler", der die Berge nur von der Postkarte her kannte, überwältigend. Ich beschloss erst einmal zu vespern und die Aussicht zu genießen. Auf der Weiterfahrt wurden die Österreichischen Straßen, „nein Sträßchen" immer schmaler. Beiderseits waren Weidezäune so dicht neben der „Straße" aufgebaut, wie sie wohl schon seit der Jungsteinzeit dort standen. Als man noch mit Pferd und Wagen unterwegs war, passte ja diese Straßenbreite noch, aber inzwischen gab es nun schon einen nicht unerheblichen Verkehr auf den meisten

Hauptstrecken. Wenn gelegentlich doch mal ein „Auto" entgegenkam, musste einer am Straßenrand stehenbleiben, um den anderen vorbeizulassen. Kurz vor Spital an der Drau, musste ich wieder anhalten und sah ein Hinweisschild zu einer Alm. Hallo dachte ich, warum nicht, ich will da hoch, packte meinen Rucksack mit Trinkflasche und den restlichen Vesperbroten, Anorak, Taschenmesser und Taschenlampe ein und wanderte los. Zuerst fehlte die Straße, dann der Waldweg und danach war da nur noch ein Pfad. Mit der erhofften Aussicht von den Bergen war nichts, aber nach und nach wurde der Wald lichter und plötzlich stand ich auf einer großen Wiese. Das Gebimmel der Kuhglocken, hatte ich ja schon ein Weilchen gehört, aber dieser Anblick entschädigte für all die Mühen des stundenlangen Aufstiegs. Inmitten der Idylle stand die Sennhütte und drumherum Kühe, wie ein Postkartenmotiv. Als ich näherkam, sah ich ihn dann auch bei der Arbeit, vor seiner Hütte sitzen. Ein Mann in den Siebzigern mit Lederhose, Vollbart, grünem Filzhut und Gamsbart, passte genau in dieses Klischee, so wie man es uns in den Luis Trenker Filmen vermittelt hatte. Alles passte perfekt zusammen. Ich bot ihm ein herzliches „Grüß Gott" und er lud mich zum Verweilen ein. Selbst die frische Kuhmilch und den Käse den er mir anbot passten perfekt ins romantisch verklärte Bild.

„Noa, wo magst higanget", oder so ähnlich fragte er. Ja, dachte ich laut nach und mir fiel nichts Dümmeres ein als ich sagte: „Ich möchte gern Edelweiß suchen gehen, ob er denn wisse, wo ich welche finden könnte?" „Joa" meinte er und nahm seine Pfeife, die das Postkartenmotiv vervollständigte, aus dem Mund. „Do muscht do num, end da nah ond do ra", und so weiter „un do nunder....and nauf." Ich verstand nur Bahnhof. Na, dachte ich, dann gehe ich einfach mal los, schaute mir die Aufstiegsmöglichkeiten von unten an, doch da rief er hinter mir her: „He Buab, nimmst no an Stecken mit." Damit gab er mir einen zwei Meter langen Stab aus Haselnussbaumholz mit einer Eisenspitze unten dran. Was soll ich denn damit', dachte ich, nahm das Ding dann aber doch aus Höflichkeit mit. Und oh Wunder, je steiler es wurde, leistete mir der „Stecken" immer bessere Dienste. Endlich stand ich an einer nur für Bergsteiger überwindlichen Steinbarriere und musste einsehen, hier war für mich: Ende Gelände, aber von Edelweiß keine Spur. Beim Abstieg wurde es schon langsam dunkel, aber der Stecken leistete auch hier wieder Hervorragendes und bewahrte mich davor an rutschigen Stellen abzustürzen. Die Sonne ging schon langsam unter und ich musste mir mit der Taschenlampe, den gefährlichen Abstieg ausgucken. Als er mich endlich sah, fragte er: No hoscht a Ödelweuß gefund." „Nein erklärte ich kleinlaut." „No kimm holt ma." Ich ging hinter ihm her, dann machte er die Lattentür zu einem kleinen eingezäunten Areal auf und sagte: „Do schau emol". Ich dachte ich bin im Botanischen Garten in Berlin. Überall waren Blumen und Kräuter zu sehen, die ich damals noch nicht kannte, aber in einer Ecke sah ich sie, ein ganz großes Beet mit Edelweißen. „No nimm scho", sagte er „ond hiet ofd' Nocht goast nimmer nunder." Am anderen Morgen half ich ihm dann noch bei der Almarbeit, doch dann war es Zeit zur Weiterreise. Eines dieser Edelweiße klebt heute immer noch in meinem Fotoalbum.

Montage-Verrücktheiten

Mit dieser Monteurtruppe hatte ich schon so einiges hinter mir, ich dachte die Jungs sind jung und wild, aber sie „schaffen" auch sehr gut, deshalb führte ich sie an der langen Leine. Um das zu verdeutlichen, hier ein paar makabrere Exzesse die es zu berichten gilt und ich bitte den werten Leser um Nachsicht, weil ich sie der Nachwelt wegen des besseren Verständnisses der Ereignisse, nicht vorenthalten möchte.

Wir bauten in Rottenburg am Neckar beim nigelnagelneuen Zeugamt der Bundespost eine Blitzschutzanlage. Ein für damalige Verhältnisse riesiges Gebäude von ca. 100 x 120 Metern. Ich war mitgefahren um die Montage-Arbeiten an den Dachleitungen zu koordinieren und hatte ihnen versprochen: „Wenn wir bis Donnerstagabend fertig werden, gehen wir am Freitag ins Schwimmbad." Sie legten sich mächtig ins Zeug, doch schon am ersten Abend wickelten sie meinen PKW mit Klopapierrollen zu, sodass ich eine halbe Stunde brauchte um ihn wieder auszupacken. Das war lange bevor Christo den Reichstag verhüllte. Als ich am Abend im Gasthaus in mein Zimmer kam zuckte ich zusammen, denn in meinem Bett lag einer drinnen, aber der sah so komisch aus. Als ich näher hinsah erkannte ich den Schabernack, sie hatten das 1,80 m x 1,20 große Kruzifix, das vorher im Flur gehangen hatte, in mein Bett gelegt und schön sauber zugedeckt. Dass ich es wieder dort montieren musste wo es hingehörte war klar, sonst hätten uns die Wirtsleute rausgeschmissen. Am nächsten Morgen warteten die Burschen anscheinend auf meine Reaktion, aber da kam nichts und ich tat auch so, als wenn nichts gewesen wäre. Das ärgerte sie wohl am meisten, trotzdem schafften sie wie die Weltmeister, sie wollten ja am Freitag ins Schwimmbad und ich dachte: Wartet mal, euch zeig ich's noch.

Die nächste Aktion ließ nicht lange auf sich warten, sie dachten wohl, sie müssten noch eine Schippe rauflegen um mich aus der vorgespielten, scheinbaren Ruhe zu bringen. Gegenüber der Erzbischöflichen Residenz, gab es eine Gaststätte und eine Kellerbar, die sie sich zu meinem Leidwesen für ihre privaten Eskapaden ausgeguckt hatten. Nach einem Kinobesuch holte ich sie dort raus, damit sie für den nächsten Tag fit waren. Als sie dann an die frische Luft kamen, wirkte sich das zu viel genossene Bier verheerend auf ihre Blasen aus. Kurzerhand steuerten sie mitten in der Stadt und genau gegenüber der Erzbischöflichen Residenz einen Springbrunnen an, stellten sich im Kreis auf den Beckenrand und pieselten hinein.

Am nächsten Abend verbot ich den „Genuss der Kellerbar". Wie ich später erfuhr war ihnen sowieso das Geld ausgegangen. Beim Abendessen saßen wir dann gemeinsam, und wie ich meinte, unter meiner Aufsicht in der Gaststätte. Sie hatten von mir einen Vorschuss bekommen, sonst wären sie wohl verhungert oder verdurstet. Es gab für alle Kotelett und die abgenagten Knochen flogen gleich hinter die im Moment nicht benutzte Hausbar. Einem sehr schüchternen jungen Monteur, der abends immer mit einem Anzug ins Lokal kam, schütteten sie einen halben Liter Bier über den Kopf, einem anderen streiften sie die Uhr ab und versenkten sie im Bierglas. Als der Punk dann richtig am Toben war, holten sie eine 16 mm dicke verzinkte Eisenstange aus dem Montagewagen und wickelten sie mit Ekstase um das Weinlaubgitter vor der Theke. Der Wirt dachte wohl eher an seinen Umsatz und ließ sie gewähren. Am nächsten Abend gab es kein Geld mehr und die Getränke wurden limitiert, so konnte dann unserer Schwimmbadbesuch am Freitag doch noch realisiert werden. Einer kam dann dort auf die Idee einen Ringkampf zu organisieren, ein Preis wurde ausgelobt und die Kämpfe ließen einen übrig.

Ich dachte, damit ist die schlimme Woche gelaufen. Denkste, sie verlangten, dass ich gegen den Sieger antreten sollte. Den letzten Kampf dieser Art hatte ich auf dem Heimweg von der Schule ausgetragen. Die Burschen wollten also ihre Rache für mein zähneknirschendes Stillschweigen, über ihre schlechten Scherze, aber mir kam das gerade recht. Jetzt konnte ich ihnen zeigen, „wo der Nettel den Most holt", wie es im Schwäbischen heißt, denn im Ringen war ich immer sehr gut gewesen. Der Gegner war ungefähr genau so groß wie ich, er stand vor mir und fing an mit den Händen zu taktieren. Ich tauchte ab, griff unter seinen gespreizten Beinen hindurch und hob ihn aus. Er krachte in die Wiese, bevor er noch wusste wie er dahin gekommen war, der Rest war Kür.

Während ich dann in einem Buch las, denn der sonnige Tag war ja noch lang, fingen sie an zu pokern. Damit hatte ich nun überhaupt nichts am Hut, wir hatten zuhause immer nur um Spielgeld gepokert. „Also gut, dann legte ich jedem einen Zettel hin, da hatte ich die Namen und für jeden 20 DM draufgeschrieben.

Nach einer Stunde hatte ich das Spiel-Geld der anderen eingesammelt und gab es ihnen zurück. Sie hatten aber immer noch nicht genug, wollten mich unbedingt reinlegen. Deshalb fingen sie einen Tauchwettbewerb an. Wer am Weitesten unter Wasser im 50 Meter Becken tauchen konnte, wollten sie wissen. Ein paar ungeübte schafften 15 Meter andere tatsächlich 30 Meter, dann war es aus. Nun war ich an der Reihe. Kurzerhand sprang ich rein und schwamm bis zum anderen Ende durch. Nun wussten sie endlich, warum ich ihr Chef war, und ließen mich auch in Zukunft mit ihren Spielchen in Ruhe, verlegten sich aber aus andere makabre Verrücktheiten.

Das Gerippe auf der Parkbank

Etwas später kamen wir wieder mal nach Rottenburg. Am Abend saßen wir natürlich wieder in „ihrem Lokal" und siehe da, die 1,5 m lange Stange war immer noch vorhanden. Als ich den Wirt fragte, warum er sie nicht abgesägt hatte, sagte er: „Alle Gäste fragen mich immer was es damit auf sich hat und langsam spricht sich diese Kraftsportleistung herum, ich habe den Eindruck manche kommen nur wegen der Wickelstange zu mir ins Lokal." Diesmal bauten wir eine Blitzschutzanlage auf der Katholischen Kirche in Rottenburg. Das Erdreich war rings um die Kirche ausgehoben worden, weil die Grundmauern saniert werden sollten. Ein Teil der Monteure arbeitete auf dem Dach, ein paar andere montierten Ableitungen und Franz verlegte die Erdungsanlagen, in den ums Gebäude ausgehobenen Graben.

Ich hatte mich kurz ins Auto gesetzt um einen mitgebrachten Kaffee zu genießen, da kam die Polizei mit Tatütata angefahren, lief um die Kirche herum und dann standen sie vor meinem PKW: „Sind Sie der Chef von dieser Truppe?", fragten sie. „Ja schon, was ist denn los." „Na dann kommen sie mal mit." Wir gingen ans Neckarufer hinunter, der höchstens 50 Meter neben der Kirche vorbeifloss. Auf einer der Bänke, die man dort für Ruhesuchende aufgestellt hatte, lag das komplette Skelett eines Menschen. Zunächst dachte ich an einen Faschingsscherz aus Plastik, denn diese Gegend ist ja die Hochburg der schwäbischen Fasnacht. Doch der Polizist behauptete: „Ihre Leute haben dieses Skelett am Friedhof neben der Kirche ausgegraben und hier auf die Bank gelegt." Ich schaute vorsichtshalber nochmal zur Kirche rüber, aber ich sah keinen Friedhof. „Welcher Friedhof, ich sehe keinen." „Ja, meinte er, rund um die Kirche war früher ein Friedhof." „Was, wann früher", dann sah ich mir die alten Gebeine etwas genauer an und staunte nicht schlecht, sie waren eigentlich sehr gut erhalten, deshalb fragte ich weiter, „wer hat denn bei ihnen angerufen?" „Eine Frau wollte sich mit ihrem Kind dort auf eine Bank setzen und hat bei uns angerufen." „Und wie kommen sie darauf, dass wir diese Gebeine hier deponiert haben sollen?" „Nein das nicht, aber Sie arbeiten doch dort im Graben, kommen Sie mal mit." Wir gingen rüber, aber von unseren Monteuren war niemand zu mehr zu sehen. Nach langem Lamentieren einigten wir uns dann auf dieser Basis: „Da Sie die Knochen nicht dort gelagert haben, könnten sie vielleicht so freundlich sein sie zu entfernen, sonst müsste ich die Totengräber benachrichtigen. Einmal davon abgesehen, dass diese Sache publik wird, könnten der Stadt Rottenburg erhebliche Kosten, für eine erneute Bestattung entstehen und das wollen wir doch nicht." Ich antwortete: „Abgesehen davon, dass die Knochen ein paar Hundert Jahre alt sein müssen, und, dass man sie niemanden mehr zuordnen kann, werden wir ein pietätvolles Werk tun und sie beim Verfüllen des Grabens zur allerletzten Ruhe betten. Ich rede dann gleichmal mit dem Baggerführer von der Baufirma." Als dann „die Luft wieder rein war", arbeitete plötzlich auch unser Franz wieder im Graben. Ich schaute mir nun die Korpus Delikti mal genauer an und da sah man viele längs und quer vom Bagger angestochene Grabgelege und im Graben lagen die heruntergefallenen Knochenreste. Eigentlich ein unverantwortliches Versäumnis der Baggerfirma, sie hätten schon von Anfang an dafür sorgen müssen, dass die freigelegten Gebeine gesammelt und an anderer Stelle wieder beigesetzt werden.

Die Nebelwand am Schafberg

Die Jungs waren schon ein verrücktes Volk, kaum zu bändigen aber irgendwie hatten sie etwas Liebenswertes, Uriges an sich und wenn ich an meine Jugendjahre zurückdachte, da hatte ich auch ein paar ganz dicke Bolzen abgeschossen. Kurz danach machten wir einen Betriebsausflug ins Salzkammergut und schon am ersten Tag fiel wieder einer aus der Rolle. Die verrückten Kerle hatten sich ein paar Pferde ausgeliehen, obwohl sie noch nie einen Pferderücken von oben gesehen hatten. Nun waren solche Leihgäule natürlich keine Rennpferde, deshalb ging das eine Zeitlang gut. Aber anscheinend zu gut, denn sie kamen auf die glorreiche Idee, mit den Pferden den Berg hochzureiten und dann passierte es. Einer fiel rücklings hinten runter und verbog sich den Oberschenkel. Der konnte auf dieser Reise schon mal keinen Schaden mehr anrichten.

Am nächsten Tag wanderten wir hoch auf den Schafberg. Als es dann steiler wurde, kam der ganz dicke Nebel aus dem Tal hochgekrochen. Nichts war es mit der tollen Aussicht auf die vier Seen des Salzkammergutes. Ich hatte eine Wanderkarte dabei, die nutzte uns nun nichts mehr. Der Nebel war so pottendicht, dass die Brillengläser beschlugen. Irgendwie schafften wir es dann bis zu den eisernen Handläufen, dicht unter dem Gipfel und kamen endlich unbeschadet oben an. Aus Sicherheitsgründen ordnete ich dann den Abstieg mit der Bergbahn an.

Eigentlich sollte man nach einer Wanderung hoch zum Schafsberg ja todmüde ins Bett fallen, nicht so bei unseren „freigelassenen

Dauerverrückten." Jetzt legten sie erst mal richtig los und als dann kein Bier mehr in den Bauch reinpasste, legten sie sich mit der Dorfjugend im Tanzsaal an. Wie immer ging es um ein paar Mädels, die sich nicht zwischen den Neuankömmlingen und den Platzhirschen entscheiden konnten. Sepp wälzte sich auf dem Boden, so wurde mir berichtet, und ein Verteidiger der „dörflichen Jungfräulichkeit" lag auf ihm drauf. Einer unserer Kämpfer wollte dem Sepp „helfen", erwischte einen Fuß und drehte ihn um, das löste Schmerzensschreie aus. Unser Kämpfer dachte dem Sepp würde es nun noch schlechter gehen und drehte weiter bis es knackte. Endlich kam Sepp frei, doch als er aufstand konnte er nicht mehr laufen. Unser Helfer hatte leider den falschen Fuß erwischt, nämlich den von Sepp.

Die Jugenderziehungsanstalt

Mitten in der Stadt Reutlingen gibt es eine Jugenderziehungsanstalt. An den vergitterten Fenstern hingen ein paar Mädchen herum und schäkerten mit unseren Monteuren. Junge Kerle sind ja immer für solche Avancen oder wie es neudeutsch heißt: Anmache sehr empfänglich. Irgendwer vom Aufsichtspersonal hatte das beobachtet und uns vergattert nicht darauf einzugehen. Ich nahm meine Leute beiseite und ermahnte sie keinen Scheiß zu machen. Anderntags stand die Polizei auf der Matte. In der Nacht waren diese vier Mädchen, mit denen unsere Jungs geschäkert hatten, verschwunden, - ausgebrochen, weg. „Sie waren die einzige Firma, die Leitern dabei hatte, das können nur Ihre Leute gewesen sein." „Was soll das, wir haben zwar Leitern und was ist mit den Gittern vor den Fenstern?" fragte ich. „Außerdem haben wir das Abgeschlossene Areal mit unseren Montagewagen verlassen und die Leitern mitgenommen." „Es tut mir leid, aber ich muss Ihre Leute auf das Revier mitnehmen und verhören." „Mir tut es auch sehr leid, aber wir müssen mit unseren Arbeiten weiterkommen" „Dann werde ich sie alle vorladen." „Von mir aus tun Sie das, aber vorher gehen Sie in das Lokal, wo wir übernachten und fragen den Wirt, wann wir ins Bett gegangen sind." So gab ein Wort das andere, der Typ war unbelehrbar und bestellte uns alle am Nachmittag 16 Uhr ins Revier. Ich war mir sicher, dass unsere Leute nichts damit zu tun hatten und ignorierte die

Vorladung, denn die Polizei hilft uns auch nicht bei unserer Arbeit und die musste bis Freitag fertig werden. Am Nachmittag kam der Anstaltsleiter zu mir und sagte: „Die Mädchen sind wieder da. Sie wollten nur einen kleinen Ausflug machen und haben einem Mitarbeiter seinen Schlüssel geklaut. Der hat das jetzt erst gemerkt, weil er in den Urlaub gefahren ist."

Das Hotel und der Einbruch in die Garage

Das Hotel in Bad-Dürrheim wurde generalsaniert und wir hatten den Auftrag bekommen, die Blitzschutzanlage zu erneuern. Monteure sind ja immer schlecht bei Kasse, aber nie so schlecht, dass sie anfangen zu stehlen. Das ganze Haus war leer und wir benötigten einen Zugang zum Dach, aber einen Schlüssel wollte man uns nicht zugestehen. Der Hausmeister ließ uns deshalb einen Fensterflügel zum Dach der angebauten Garage offen. Wir konnten dadurch mit einer Leiter über die Garage ins Gebäude und mit dem Fahrstuhl auf das Flachdach gelangen. Ich fragte ihn, ob wir in den leeren Zimmern übernachten dürfen, was er anstandslos genehmigte. „Die Betten werden sowieso rausgeschmissen und es kommen neue rein", meinte er.

Am nächsten Morgen stand plötzlich die Polizei vor unseren Autos. Sie beschuldigte uns in eine der 10 Hotel-Garagen eingebrochen zu haben. „Wie sollen wir da reingekommen sein", fragte ich. „Ja, das können nur Sie oder Ihre Leute gewesen sein, sie haben doch Bohrmaschinen und Bohrer in Ihrem Montagewagen, damit wurden die Zylinderschlösser aufgebohrt." „Sie", sagte ich, „sind Sie vorsichtig, wir sind hier 3 Monteure und ich bin ihr Chef, meine Leute klauen nicht." „Sie waren aber die ganze Nacht hier, da müssten sie doch etwas gehört haben, zum Beispiel, wenn eine Bohrmaschine läuft. Und sie waren die einzigen, denen Strom aus einer Steckdose im Haus zur Verfügung stand." „Welche Garage ist denn das, kann ich mir das mal anschauen?" Die Überprüfung ergab, dass das Zylinder-Schloss mit einem 8 mm HSS Eisenbohrer aufgebohrt worden war. „Hallo, wir haben solche Bohrer überhaupt nicht, kommen Sie bitte mal mit, ich zeige Ihnen mal unsere Bohrer-Kiste." Dann kletterte er noch in unseren Montagewagen und zog alle Schubladen auf, aber er fand nur Widia-Steinbohrer und selbst da waren keine 8 mm Bohrer dabei, sondern 6, 10 und 16 mm, das waren damals unsere gängigen Bohrer-Größen. Doch mit Widia-Steinbohrern kann man keine Zylinderschlösser aufbohren. Wir haben nie mehr etwas von diesem Polizeiermittler gehört.

Die Bergnot am Bastian

Wieder einmal war ich zum Quartiermachen für den Familien Wintersport unterwegs. Nicht zu weit weg aber dorthin, wo es schon Skilifte gab und vor allem Wiesen für den Langlauf. Lifte und gebahnte Loipen waren im Jahre 1975 noch nicht selbstverständlich. Mit den ersten Skiliften machte ich damals in Ehrwald und auf der Zugspitze schon 1965 Bekanntschaft. Davor waren wir immer mit dem Linienbus zur Passhöhe hochgefahren und bahnten uns dann mit der Schneefluggrätsche unsere Abfahrten selber in die Waldwege. Oft mussten wir aber auch querfeldein zur nächsten Bushaltestelle durch den Tiefschnee stapfen. Natürlich hatten wir längere Bretter mit breiten Kufen und Bindungen die man für die Abfahrt feststellen und für den Langlauf öffnen konnte, - also nix mit Carving Ski und so. Für unsere Zwecke mit zwei kleinen Kindern, die noch Schifahren lernen mussten, eignete sich der kleine Ort Ehrwald in Tirol bestens. Dort hatten die amerikanischen Besatzungskräfte, ja so hieß das damals, mit Holzbalken einen kleinen Skilift von ca. 700 Meter Länge gebaut. Das war natürlich kein Lift wie wir ihn heute kennen, sondern nur ein Seilzug. Das Räderwerk zog ein langes Seil über zwei Rollen immer im Kreis herum. An dem Seil waren in Abständen Holzknüppel eingeknotet, und schleiften durch den Schnee. Wollte man liften, so griff man sich schnell so einen Stock und ließ sich daran mit hochziehen. Auf der Zugspitze waren gleich mehrere solcher Umlaufseile in Betrieb, man musste jedoch höllisch aufpassen, dass man den Stock nicht einfach losließ, denn der schnalzte im weiten Bogen über die Piste und konnte zu Verletzungen führen. Als ich von Garmisch aus kommend dann „Lermoos" erblickte, war ich bass erstaunt, die hatten inzwischen zwei moderne Einer-Sessellifte aufgebaut. Ich vergas Ehrwald und die Zugspitze und fand in dem Gasthaus „Klocker Hof" ein angenehmes Quartier, für unseren

Weihnachtsaufenthalt. Nun wollte ich nicht gleich wieder nachhause fahren und quartierte mich schon mal probeweise dort ein. Schnee gab es noch keinen aber die Berge waren da, was lag näher als eine Bergtour zu machen. Gleich nebenan lehnte sich ein ziemlich hoher Berg an das Zugspitzmassiv an. Man sagte mir, dass der „Bastian" relativ leicht zu erklimmen sei. Na, wenn das die Einheimischen sagen, sollte man nicht unbedingt darauf vertrauen, denn meine Bergerfahrung bezog sich damals nur auf den mittleren Schwarzwald und eine Bergwanderung in den Alpen. Die Wirtsleute sagten: „Was im Blitzschutzbau sind sie tätig, dann schaffen sie das locker." „Schietebums", stattdessen hätten sie mir besser ein Bergseil mitgeben sollen. Diesen Flachlandtirolern traute man wohl zu den Bastian zu besteigen, aber ein teures Berg Seil wollte man ihnen nicht anvertrauen. Die gute Kunde hörte ich wohl, allein mir fehlt der Glaube! (Faust J. W. v. Goethe) Trotzdem machte ich mich am nächsten Morgen auf die Bergtour. Das Gelände wurde nach und nach immer schwieriger, war aber zu bewältigen, zumal die Wege schon damals alle farblich gut ausgezeichnet waren. Ich kam also gut voran, machte ab und zu mal Pause und schaute immer besorgter nach oben, denn der Weg zum Gipfel wurde immer spitzer und steiler. Wie man dort ohne Seil und Haken hochkommen sollte, war mir schleierhaft. Nun ja, ich konnte ja umkehren, dachte ich so bei mir, doch das Schicksal hatte etwas anderes mit mir vor. Anscheinend hatte es mich aus meinem schönen „Tor zum Schwarzwald" aus Offenburg nur herausgelockt, um in Tirol Lebensretter zu werden. Während ich noch meine Chancen zum Gipfelkreuz hoch zu gelangen einschätzte, hörte ich von oben kommend laute Rufe und sah, als ich hochschaute ein heftiges Winken. Da musste wohl irgendwas passiert sein, was genau konnte ich nicht ausmachen. Ja, nun war guter Rat teurer, als Heldenmut. Hochklettern und selber abstürzen oder zurück ins Tal um Hilfe zu holen, das waren die Alternativen. Wo ich stand hörte das Wandern auf und das Bergsteigen begann. Nun ich war damals jung und sportlich, klettern konnte ich auch, aber das bezog sich in meiner Knabenzeit auf Bäume und seit ein paar Jahren auf Dächer. Weil ich zu dicht an der Bergwand stand, ging ich ein paar Meter zurück, um besser nach oben schauen zu können und schon begann das heftige Rufen lauter zu werden. Die oben dachten wohl, ich wäre weiter gegangen, weil sie mich nun nicht mehr sehen konnten. Gut, damit waren die Würfel gefallen und ich stieg in die Wand ein. An den Kratzspuren und den eingeschlagenen Tritten, erkannte ich den Weg. Ab und zu waren im Felsen ein paar Griffe zu finden, dort hatten sich schon die Spuren vieler anderer Hände und Füße abgebildet. Je höher ich kam desto mehr dachte ich darüber nach, wie ich wieder runterkommen sollte, denn das wusste ich ja:

Alpinisten

†

†††

†††††

Hoch geht
es meistens leicht,
groß ist die Fantasie,
ob man das Ziel erreicht,
weiß man vor dem Gipfel nie.
Der Abstieg ist meist schlimmer,
Doch runter kommt man immer.

Rei©Men

Langsam näherte ich mich den Rufern, sah schon das Gipfelkreuz und da saßen sie dann. Eine Frau und ein Mann in den Dreißigern, er mit Straßenschuhen und die Frau hatte überhaupt keine an. Schnaufend zog ich mich die letzten Meter hoch und fragte: „Was ist denn los?" Denn ich konnte den Grund nicht erkennen, warum sie mich gerufen hatten. „Ich habe einen Schuh verloren, der fiel plötzlich runter, haben Sie unten was gesehen." „Und deshalb rufen sie mich hoch und bringen mich in Gefahr?" „Nein, nein", meinte nun der Mann, „Meine Frau hatte nur so blaue Segler-Leinenturnschuhe an, als wir uns die Blasen an ihren Füßen ansahen, fiel einer runter und nun können wir nicht mehr absteigen." Jetzt machen Sie erst einmal ein Foto von mir am Gipfelkreuz. (siehe Buchdeckel 1973) Ich war stinksauer, setzte mich und packte erst mal mein Vesperbrot aus. Als sie meine Trinkflasche sahen fragten sie, ob ich ihnen eventuell was zu trinken geben würde. Na toll, da habe ich wohl so nebenbei ein paar sonderbare Spaßvögel aufgelesen. Keine Schuhe,

74

nichts zu essen und zu trinken, aber Zweitausender hochklettern. O.K. sagte ich, nachdem ich mich wieder beruhigt hatte, nahm mein Messer aus der Tasche und kratzte mehrere Markierungen in die Flasche, wo sich der Wasserpegel befand. „Jeder Trinkt eine Daumenbreite, nicht mehr. Sie halten den Daumen an die Markierung und trinken bis sie unter dem Daumen ist, dann kommt der Nächste. Die Flasche muss bis unten reichen. Zu essen hatten sie natürlich auch nichts mitgenommen, so ein bodenloser Leichtsinn. Aber es half alles nichts, die Frau musste runter, aber ohne Schuhe, barfuß? Das geht auch nicht, denn die Tritte waren nicht gerade fußgerecht, immer wieder standen spitze Brocken raus und das waren genau die, die mir beim Hochklettern geholfen hatten nicht abzurutschen. Schuhe, Schuhe, ein Himmelreich für ein paar Schuhe Größe 40. „Heehh, welche Schuhgröße haben denn Sie?" Fragte ich ihn. „42", „Mensch das könnte passen. Geben Sie die mal Ihrer Frau." „Geht einigermaßen", meinte sie. „Wer hat Papier", niemand, meine Brote waren in einer Blechschachtel gewesen. Ich überlegte ihr meine Schuhe anzuprobieren, aber die waren noch größer. Trotzdem zog ich einen mal aus und fand die Lösung. Die Einlagen kommen raus und in die anderen Schuhe rein. Passt. Dann brachte ich erstmal die Frau, vor mir im Krebsgang rückwärts runter, indem ich sie von unten stützte und danach brachte ich die Schuhe ihres Mannes wieder hoch. Nachdem er dann auch unten war, bandagierten wir ihren nackten Fuß mit seinem zerrissenen Unterhemd, und den zwei Einlegesohlen von mir und los gings, den Markierungen folgend talwärts. Das Dankeschön, und ein Abendessen, hatte ich mir redlich verdient. Heutzutage würde so eine Aktion in der Zeitung stehen, damals verbuchte man das einfach unter Nächstenliebe.

Der Hofhund im Schwarzwald

Telefone hatten um 1960 herum die wenigsten Leute, man konnte mit ihnen keine Termine vereinbaren, sondern fuhr für die Montagearbeiten einfach mal zu den Kunden hin. Wenn man Glück hatte, waren sie zuhause, wenn man sie nicht antraf, fragte man die Nachbarn und erfuhr oft wo sie sich aufhielten. Schlimmstenfalls fing man mit den Montagearbeiten schon mal an, denn damals waren tagsüber die wenigsten Hoftüren und Tore abgeschlossen. Einmal machte ich so ein Hoftor einen Spalt weit auf und schon fuhr eine Hundeschnauze durch den Spalt. Das fiese daran war, der Köter biss sofort zu und das ohne vorher zu knurren. Mit seiner Schnauze hatte er mich quer und knapp unter meinem Knie erwischt. Die neue Manchesterhose war kaputt und das Schienbein, eines der empfindlichsten Körperteile des Menschen, zerfleischt. So ein Mistköter dachte ich, da kam Gerhard mein Arbeitskollege, sah sich die Bescherung an und machte das Tor nochmal vorsichtig auf, aber nur soweit, bis die Schnauze des Köters rausschaute. Dann schlug er es wieder kräftig zu. Das Geheul habe ich heute noch in den Ohren. Wieder schaute er, wo sich der Hund befand, aber der hatte sich die Schnauze leckend in seine Hundehütte verzogen. Während ich einen Verband anlegte, ging er rein und machte das breite Hoftor weit auf. Ich war immer noch damit beschäftigt meine Wunde zu „verarzten" sah aber, dass der Hund an einer langen Laufleine angebunden war und dachte, was hat der denn nun wieder vor? Gerhard setzte sich ans Steuer und fuhr mit dem Montagewagen in den Hof. Der bösartige Köter hatte sich anscheinend etwas erholt und kam sofort bellend und zähnefletschend auf das Auto zu gerast. Jetzt stellte Gerhard den Wagen mit der Auspuffseite parallel zu der Laufleine und fuhr immer mit dem Auspuff direkt auf den Hund zuhaltend im Hof hin und her. Damals waren bei LKWs die Auspuffrohre noch Richtung Straßenmitte montiert.

Jedes Mal, wenn der Hund stehenblieb, hielt er auch an und gab im Leerlauf nochmal kräftig Gas. Es dauerte nur wenige Minuten, dann war der Hund in seiner Hütte verschwunden. Ich sah ja, was er vorhatte und stand schon mit einem Holzbrett bereit und stellte es quer vor das Loch. Gerhard holte dann noch ein paar Nägel und der Köter war gefangen. Nun konnten wir endlich mit den Montagearbeiten anfangen und bis die Bauersleute vom Feld heimkamen, war auch der Blitzableiter fertig. Als wir dann mit dem Bauern abrechneten, holte er eine Flasche mit Himbeergeist aus dem Schrank und nach dem ersten Schluck frage er uns: „Wie habt ihr es denn fertiggebracht diesen scharfen Hund in seiner Hütte einzusperren? Der hat bisher alle gebissen, die ihm zu nahekamen." Ach ja der Hund, den hatten wir ja völlig vergessen. „Halb so wild", meinte Gerhard dann, ich habe ihm ein wenig gut zugeredet und eingesperrt haben wir ihn nur, damit ihm nichts passiert, falls etwas vom Dach runterfällt."

Die brennende Zigarette

Ein Kollege von mir, hatte die schlechte Angewohnheit, im Bett noch eine Zigarette zu rauchen. Ich las noch ein Buch und nickte dabei ein, schreckte aber wieder hoch, vermutlich hatte mich mein Schutzengel gewarnt. Das Zimmer war inzwischen durch Werners Qualmerei, mit dichten Rauch-Wolken verhangen, so dachte ich jedenfalls, doch weil niemand das Licht ausgeknipst hatte, sah ich, dass er auf seinem Bauch nur noch ein glühendes Deckbett liegen hatte. Damals hatten die Zimmer weder Duschen, noch Toiletten oder fließendes Wasser. Aber es gab eine Waschschüssel und einen großen Wasserkrug. Den nahm ich und schüttete ihn über dem Bauch des Delinquenten mit einem dicken Strahl schön langsam aus und zwar so, dass ich mit dem wenigen Wasser die Glut ausbekam. Nun ja, das Federbett war hinüber und Werner hatte einige Brandblasen auf dem Bauch, die erst bis zu anderen Morgen richtig aufblühten. Er musste dann natürlich sofort zum Arzt und:

Ich hatte wieder mal das Unvergnügen,
mit der Wirtsfrau den Schaden zu regulieren.
Aber wir kamen ganz glimpflich davon,
denn es war ein altes Bett von ihrem Sohn.

Rei©Men

Man sagt ja nicht umsonst: „Rauche nie im Bett, denn die Asche die zu Boden fällt, könnte deine eigene sein.
Autor: Horst Reiner Menzel

Der Kleiderschrank

Wir schliefen in einem Vierbettzimmer, und unsere Unglücksraben hatten wieder mal zu viel getankt, das kam zwar nicht allzu oft vor, aber wenn man abends in einer geselligen Runde zusammensaß und zudem noch einer seinen 20. Geburtstag feierte, flossen Ströme von Freibier. Oft arteten solche Ereignisse dann aus, doch diesmal hatte ich den Eindruck, dass dem Geburtstagskind der Orientierungssinn total verloren gegangen war. Ich war schon lange in Tiefschlaf gesunken, als die anderen dann nach Mitternacht die Treppe hochpolterten und ins Bett sanken. Irgendwann weckte mich ein Geräusch, ich hatte den Eindruck, dass eine Tür aufgemacht wurde. Dann hörte ich ein leises Plätschern und Rauschen und machte die Nachtischlampe an. Ich dachte ich sehe nicht gut, doch da stand einer vor der geöffneten Tür und pinkelte in den Kleiderschrank hinein. Na, den Ärger mit der Wirtin am nächsten Morgen, können sie sich vorstellen, denn die Pisse hatte die ganze Reservebettwäsche unten im Schrank durchtränkt und vergilbt. Die Summe die er abdrücken musste, habe ich nie erfahren. Die Wäsche konnte man in der damaligen Zeit, wo es in den meisten Häusern noch keine Waschmaschinen gab, nicht sauber bekommen und musste in die Reinigung. Als wir dort Wochen später wieder einkehrten, empfing man uns am Stammtisch gleich so: „Jetzt kommen die Bettnässer", die Angelegenheit hatte sich im ganzen Ort herumgesprochen und war zur Lachnummer Nr. 1 geworden.

Die Skigeschichten

Der Stromausfall auf der Seiser Alm

Ungeübte Skifahrer fand man damals in den 70er Jahren massenhaft, denn es gab nur wenige Menschen, die so wie meine Frau und ich, schon in den 50er Jahren mit dem Skisport angefangen hatten. Die Skischulen boomten und waren meistens hoffnungslos überfüllt. Nun ja, den Berg ohne Sturz runterkommen, oder elegant wedelnd Skifahren, das waren zweierlei Stiefel. Deshalb hatten wir uns mit den Kindern schon zum dritten Mal in einem Skikurs angemeldet, um unsere Fertigkeiten weiter zu verbessern. Meine Frau übte mit ihrem Lieblingsschilehrer, da konnte man richtig eifersüchtig werden, wenn der Kerl sie an den Schultern packte und in die Gegenrichtung, in der die Skispitzen zeigten, drehte, um ihr den modernen Arlbergstil beizubringen. Dann standen sie auch noch an der Eisbar und süffelten einen Jagertee. Na ja, ich gönnte es ihr ja, solche Affinitäten liegen mir fern, sie würde sicher wissen, wie weit sie gehen durfte. Schöne Frauen werden halt immer von anderen Männern belagert und in meinem Kurs gab es auch ein paar hübsche Skihaserln, die man nicht von der Bettkannte gestoßen hätte. Wir waren jung und immer noch sehr erlebnishungrig, was all die Dinge des Lebens anbelangt, die uns bisher in der Kleinstadt in der DDR, wo wir unsere Jugendjahre verbracht hatten, verschlossen geblieben waren. Die Skipisten waren leicht zu befahren, ab und zu fiel damals in Italien der Strom aus, dann konnte es schon mal ein- zwei Stunden dauern, bis es wieder weiterging. Man saß dann eben in der Sonne und genoss das Berg-Panorama mit dem „Lang- und dem Plattkofel" auf der Seiser Alm, es war gewaltig. Dort drüben müssen wir unbedingt auch mal runterfahren, doch das war noch ein sehr weiter Lehrlings Weg und der sollte sich bis in die 8oer Jahre hinziehen, bis wir skitechnisch so weit waren. Die eine Woche-Skischule war dann beendet und mein Sohn meinte, dass wir doch mal ein wenig näher heranfahren könnten, zu den hohen, begehrten Bergspitzen. Das war schon möglich, weil es dorthin eine Skischaukel gab. Wir beschlossen uns von den Mädchen zu trennen und meine Frau blieb bei unserer Tochter. Die hockte sowieso viel lieber an der „Sanonhütte", wo immer die Pferdeschlitten standen. Zum Mittagessen wollten wir uns dort wieder treffen, denn da kochte eine alte Sennerin auf mindestens zehn Töpfen. In jedem brutzelte und wellte es, doch für uns Flachlandtiroler waren diese Suppen und Eintöpfe nicht zu identifizieren. Man nahm sich eine tiefe Tonschüssel und einen Schöpflöffel und schöpfte sich eine kleine Probe aus dem Topf, probierte und ging zum nächsten. Am Eingang hing ein Schild: „Essen 15 Lira (etwa 1,50 DM)." Ein Spottpreis, egal wieviel man zu sich nahm, doch es schmeckte alles hervorragend. Das Geld schmiss man dann einfach in einen alten Tontopf. Meistens immer etwas mehr, denn Wechselgeld hatten die Italiener keins. Manchmal bekam man stattdessen ein paar Gutsle in die Hand gedrückt oder eine Streichholzschachtel.

Doch mit dem Essen sollte es nichts werden. Als wir drüben, auf der anderen Seite ein wenig die Hänge ausprobiert hatten und schon in der Liftschlange für die Rückfahrt standen, fiel wieder der Strom aus. Nach zwei- bis drei Stunden Wartezeit wussten wir immer noch nicht, wann die Lifte wieder anfahren würden. Alternativ hätten wir in dieser Zeit auch die drei- bis vier Kilometer bergauf zur Bergstation hochstapfen können. Aber ich hätte zwei Paar Ski über 500 Höhenmeter hochtragen müssen, denn meinem zwölfjährigen Sohn konnte ich das nicht zumuten. Dann wurde uns gesagt, dass die Lifte heute nicht mehr fahren würden. Da hatte wohl der Luis Trenker an der Elektro-Kapazität gespart, denn dem gehörten seiner Zeit, diese Lifte auf der Seiser Alm. Nun war guter Rat teuer, den bekamen wir dann von den Liftbetreibern. „Ja", meinte einer, „do missens holt hi oabernochten." Ja spinnen die denn, dachte ich. Die Zeit war vertan und in zwei Stunden würde es dunkel werden. Die Seiser Alm war damals schon so gut wie Autofrei, Ski-Taxis oder Busse unbekannt und die Seilbahn nach St. Ulrich schaffften wir auch nicht mehr, bevor sie den Betrieb einstellten. Graue naturbelassene Skiareale ohne Infrastruktur, wie man das heute neudeutsch ausdrücken würde. Eine Riesensauerei fanden wir, doch ich hatte eine andere Idee, denn als leidenschaftlicher Schiwanderer, war ich früher schon oft und kilometerweit, durch die tiefverschneiten Wälder unserer Heimat gelaufen.

Durch die Ebene schlängelte sich ein zugefrorener Bach talwärts Richtung Osten und verlor sich in einem Waldgebiet. „Wo kommen wir denn da hin, der müsste doch irgendwo in St. Christina rauskommen?" „Richtig", und dann immer an der Straße entlang nach St. Ulrich, wo wir bei Kostners wohnten. „Also, dann mal los", sagte ich zu Jürgen. „schaffst du das?" „Na klar Papa." Bedenken hatte ich schon, denn wir hatten seit dem Frühstück nichts gegessen oder getrunken. Ein paar Leute hatten mitgehört und wollten sich uns anschließen. „Gut, sagte ich besorgt, was zu essen und zu trinken einpacken, dann nehmen wir euch mit." Insgeheim dachte ich, wären wir dann nicht allein auf dem schwierigen Abstieg, der dann zwischendurch öfters zum Aufstieg mutierte. Den Weg zu finden war eigentlich einfach, weil andere Skifahrer ihn mit ihren „Brettelspuren" markiert hatten. Trotzdem ging es sehr langsam voran, denn die Kondition der „auch Skifahrer", nahm im Quadrat zur Streckenlänge rapide ab. Irgendwann wurde es mir zu dumm, ständig musste ich verhakte Skispitzen aus dem Gestrüpp befreien, und/oder aufgegangene Bindungen vom Schnee befreien, es war zum Auswachsen mit diesen Anfängern. Die Leute waren mit ihren Schiern noch nie in einem ungebahnten Gelände gewesen. Was für uns in der märkischen Heimat, in Thüringen, dem Erzgebirge und später als Schwarzwaldskifahrer zur täglichen Ski-Praxis gehörte, ging ihnen total ab. Im Schwarzwald gab es damals noch keinen einzigen Skilift. Nach der Abfahrt, trug man den Ski am Rande der Piste wieder hoch. So ergab sich eine lange Schlange von „Bergsteigern" und nach zwei Minuten Abfahrt, fing die Kraxelei wieder von vorn an. Das baute ungeheure Kraftreserven auf. Oft fuhren wir auf selbst ausgeknobelten Strecken, querwaldein wieder zu einer Bushaltestelle und dann wieder hoch ins „Skigebiet". Da konnte sogar mein zwölfjähriger Sohn mithalten, denn er spielte im Dorfverein Fußball. „Was sind denn das für Sonntagskifahrer", mault er.

Endlich kamen wir dann in St. Christina an. Immer noch fast nichts gegessen und es war inzwischen 20h30. „Hältst du noch durch bis St. Ulrich?" „Ja Papa, das schaffen wir nun auch noch." Von den verstädterten „Pisten-Skifahrern" verabschiedeten wir uns „auf Französisch." Sie waren ja jetzt wieder in ihrer geliebten Zivilisation angekommen und sollten sich gefälligst selber weiterhelfen. Nach einer weiteren halben Stunde, konnte uns unsere liebe Mutti wieder in die Arme schließen. Sie hatte natürlich mitbekommen, dass der Strom weg war und musste mit unserer Tochter auch den Berg zur Seilbahn nach St. Ulrich hochmarschieren. Da sieht man wieder mal, dass das „Pisten-Skifahren", und das in unwegsamen „Gelände-Skifahren", zwei verschiedene Qualitäten hat. Ein paar Jahre später war ich wieder mal mit einer Skigruppe unterwegs, da zog starker Nebel auf. Plötzlich konnte niemand, von den sonst „gefühlt" besseren Pisten-Skifahrern mehr mit mir mithalten, ihnen fehlte völlig das Feeling für blindes Skifahren, das sich aus dem Kontakt der Füße mit den Bodenunebenheiten ergibt.

Der Vater der den Sohn verhaute
und die Skibremsen

Die Seiser Alm war im Jahre 1976 das zweite Skigebiet, das wir unseren Kindern zumuten konnten. St. Ulrich im Grödnertal, war damals auch noch eine sehr günstige Skiregion, wir zahlten für drei Wochen Skipässe mit zwei Erwachsenen und zwei Kindern „nur 800 D-Mark" und die Preise in den Pensionen, Geschäften und Gaststätten waren auch noch sehr moderat. Natürlich hatten wir von Offenburg aus, über den Schwarzwald, am Bodensee entlang und dann die Österreichische Hochalpenstraße, bis zur Autobahn über den Brenner, eine sehr lange Anreise. Aber das zahlte sich mehrfach aus, denn die Schneeverhältnisse und die Liftanlagen waren schon damals hervorragend. Die vielen Tellerlifte konnten auch Kleinkinder allein benutzen. Der Schnee lag damals noch meterhoch und die wenigen Pistenraupen schafften es nicht, immer große Flächen freizuräumen, soviel Schnee gab es damals in den Dolomiten. An den Rändern blieben immer meterhohe Schneewände stehen. An ihnen konnte man die verschiedenen Schneefallschichten, die aufeinanderlagen abzählen. Inzwischen, wagten wir uns nun schon ein wenig höher hinauf, Richtung Sellerjoch. Wir standen am Pistenrand, da kam ein kleiner Junge vorbei und stürzte. Kein Problem, in dem hohen Schnee, war ihm nichts passiert. Wir putzten ihm den Schnee ab, und wollten ihm gerade, seine beiden Ski wieder anschnallen, doch einer fehlte. Alle Erwachsenen halfen nun bei der Suche, doch ohne Erfolg. Dazu muss man wissen, dass wir anfangs der 70er Jahre den Ski, nur mit Gewebebändern um das Fußgelenk sicherten. Die später entwickelten Skibremsen gab es standardmäßig noch nicht. Ja, das Riemchen war noch an seinem Fuß, aber der Ski war weg. Plötzlich war sein Vater da, schaute sich die Bescherung an, schrie den armen kleinen Kerl an und schlug in ins Gesicht, weil der Ski weg war. Das ging ja nun überhaupt nicht, wir schritten ein und befreiten ihn aus dieser Lage. Er schimpfte dann noch eine Weile: „Ich habe dir doch gesagt, du sollst den Ski anschnallen." „Hat er doch," sagte ich, „suchen Sie lieber nach dem Ski." Nun ja, damals waren auf einer solchen Piste gerade mal 10 – 20 Personen unterwegs, wir hatten ja schon lange unsere Bretter abgeschnallt und mit den Skienden senkrecht in den Schnee gesteckt, so konnten sie sich nicht selbständig machen. Inzwischen kamen die ersten Suchmannschaften schon wieder aus dem Tal an, aber einen Ski brachten sie nicht mit. Die Suche wurde aufgegeben, denn wenn so ein Ski, ohne den Skiläufer die Piste herunterraste, saust er in der Regel mit hoher Geschwindigkeit, in die meterhohe Schneewand hinein und „ward nicht mehr gesehen." Wir rieten dem nun wieder beruhigten Vater, beim Pistendienst seine Adresse zu hinterlegen und nach dem Abtauen im Frühjahr mal nachzufragen, ob man den Ski gefunden hatte. Dann zeigte ich ihm unsere nigelnagelneuen automatischen Skibremsen, er und die Umstehenden staunten nicht schlecht, über diese neue Errungenschaft. Denn davor hatte es des Öfteren schwere Unfälle mit Ski gegeben, die unkontrolliert die Piste herunterrasten. Jeder Skifahrer der so einen Ski ankommen sah, versuchte natürlich ihn aufzuhalten, aber die Gefahr sich dabei selber zu verletzen war sehr groß. Das wir an unseren Skis Bremsen fuhren, verdankte ich meinem Skilehrer in Lermoos. Als er seinen Ski abschnallte, sah ich ein merkwürdiges Gerät, das war zwischen den Vorder- und Hinterbacken seiner Bindung verschraubt.

„Ja", erklärte er mir, das sind die neuen Skibremsen der Firma „Tirolia", aber die gibt es noch nicht im Handel, wir haben sie zu Testzwecken zur Verfügung gestellt bekommen." „Und haben sie sich bewährt?" „Hervorragend, kann man nur empfehlen." Wir mussten dann noch ein paar Monate warten, dann konnte ich sie in meinem Sportgeschäft in Offenburg bestellen. So gehörten wir wohl zu den ersten Skiläufern, die im Jahre 1977 mit diesen Skibremsen unterwegs waren. Heute sind die Skibremsen natürlich in alle Skibindungen integriert und eine wenig beachtete Selbstverständlichkeit.

Meine erste Sellerrunde

Unser Hauswirt Herr Kostner, wollte mit seinem Bruder eine Sellerrunde machen und fragte ob ich mitginge. Die Sellerrunde kannte ich nicht. Sie erklärten mir, dass man rund um das Sellermassiv, eine Skitour machen könne. Für Tiroler Buben war mein damaliges skifahrerisches Können sicher noch nicht sehr gut ausgebildet. Doch immerhin stand ich, wenn ich meine Kinderzeit mitrechnete, nun schon seit 25 Wintern auf den Brettern und das bei jedem Wetter, hatte an Bezirksmeisterschaften teilgenommen, das Zittauer Skigebiet um Waltersdorf, den Thüringer Wald und das Erzgebirge unsicher gemacht, warum also nicht, runter geht's immer, notfalls auf dem Hosenboden, dachte ich. Bald merkte ich dann, dass die Jungs auch nicht so viel besser waren, denn der Bruder rauschte mit voller Wucht in eine senkrechte vom Wind geschaffene Schneewand hinein, wir mussten ihn regelrecht wieder ausgraben. Am gleichen Hang war eine „schwarze" Abfahrt, ein Steilstück und ich überkreuzte gleich beim Einschwingen beide Skier übereinander. Das war dann die längste Rutschparty meiner Skikariere den ganzen Abhang hinunter, bis vor die Füße meines Hauswirtes. Danach ging es nach „Canazei", über die Berge und Lifte wieder hinauf. Zum „Pordoijoch" mussten wir dann mit dem Bus hochfahren. Zum „Campolongopass", nahmen wir ein Taxi und teilten den Fahrpreis durch drei. Von „Corvara" nach „Colfosco", mussten wir Stöckern wie die Langläufer, denn die Strecke hatte nur ein minimales Gefälle, heute verkehrt dort eine Verbindungsseilbahn. Die zwei Kilometer waren dann doch etwas anstrengend. Hoch zum „Grödnerjoch", gab es dann wieder Schlepplifte, allerdings musste man fünf oder sechs Mal umsteigen. Bis man endlich oben war, dauerte es 35 Minuten. Damals konnte man noch an jedem Lifthäuschen Fahrkarten kaufen. Von dort oben ging es bis St. Ulrich nur noch abwärts. Ein Wahnsinnserlebnis für einen Mittelgebirgs-Skifahrer. Ich dachte davon werde ich noch meinen Enkeln berichten können, doch als wir Jahre später wieder dort hinkamen, war das Naturerlebnis zum „Skikarussel" verkommen, der Cappuccino kostete 4,50 € und der Ehrgeiz von ein paar Skiverrückten war, daheim erzählen zu können, dass sie die Sellerrunde zweimal am Tag gemacht hatten. Das erstaunlichste war, das wir damals überhaupt keine Skipässe hatten und auch nicht brauchten. Die Jungs kannten sich alle recht gut, quatschten mit den Liftwärtern, man rauchte eine Zigarette und rein ging es in den Skilift, der damals noch ein sogenannter Tellerlift war. Man steckte sich den Teller, der an einer Schnur hing, zwischen die Beine und auf gings mit einem Affenzacken. Beim Ausstieg schleifte der Teller durch den Schnee und man bekam bei Tauwetter einen nassen Hintern.

Die Langkofel-Scharte

Die Kinder waren größer geworden und wir quartierten uns dann in den Folgejahren gleich in Wolkenstein ein. Immer wieder, wenn wir durch den Steingarten des „Plan de Gralba" zum Sellerjoch hochkamen, schaute ich hoch zu der Eimerkettenbahn, die zum „Langkofel" aufstieg. Es konnten jeweils immer nur zwei Personen befördert werden. Um ehrlich zu sein, traute ich mich nicht hochzufahren, doch dann, - eines Tages fühlte ich mich dafür fit, nahm das Herz in beide Hände und fuhr hoch. Meine Frau meinte noch, ausgerechnet an unserer Silberhochzeit musst du nun da hoch. „Weißt du mein Schatz, ein Mann muss das tun, was ein Mann tun muss, sonst ist er kein Mann mehr. Seit Jahren will ich da hoch und heute fühle ich mich dazu fit." Als ich oben aus dem Eimerlift stieg, beschlich mich dann doch ein eisiges Gefühl, da ging es teilweise 45 Grad runter, allerdings, es war mildes Wetter der Schnee weich und alle 50 Meter hatten die Abfahrer fünf Meter hohe Schneewechten aufgeworfen, die eventuell einen Sturz etwas abfingen. Trotzdem, so glaube ich heute noch, hatte ich mein schifahrerisches Können gewaltig überschätzt. Allerdings war ich ein ziemlich sicherer Skifahrer und stürzte eigentlich nie. Aber wie man weiß, es gibt auch keinen, der noch nie gestürzt ist, genauso wenig wie es Radfahrer oder Fußgänger gibt, die noch nie hingefallen sind.

Hier lagen die Dinge aber ein wenig anders, da gab es keine Bremsen und auch das antrainierte Wissen, dass man sich lang ausstrecken musste, wenn man stürzte, denn dieses Verhalten, bremste den Köper auf einer normalen Piste auf Tempo Null, half hier nicht mehr. Kam man hier ins Trudeln, fiel oder rutschte man 500 Meter talwärts und diese Rutschbahn war mit vielen Felsen gespickt, die aus dem Schnee hervorragten. Also was nun Reiner, du bist mit deinen 46 Jahren auf der Höhe deiner Leistungsfähigkeit: Jetzt oder nie! Jedenfalls war für mich die Blamage mit dem Eimer runterzukommen unmöglich. Natürlich standen unten ständig Schaulustige, wie an der Eiger Nordwand herum und warteten nur darauf, dass der Rettungs-Hubschrauber gerufen wurde. Ein Weilchen schaute ich von oben noch zu, wie andere die Abfahrt angingen. Die meisten fuhren im oberen Steilstück immer nur von einer Schneewechte zur anderen. Dann guckten sie sich die nächsten zwei, drei Schwünge aus und blieben hinter den Schneewechten wieder stehen. So machte ich das dann auch, und oh Wunder es ging sehr gut, das Eis war gebrochen und ich dachte nicht mehr an einen Sturz. Nach und nach wurde es flacher und ich konnte gleich zwei drei Wechten kassieren, bevor ich wieder einen Konzentrationshalt einlegte. Als ich endlich unten war, nahm mich meine Frau in die Arme und sagte: „Sowas machst du nie wieder, ich habe tausend Ängste ausgestanden, schau mal auf die Uhr." Ich hatte fast zwei Stunden für die Auf- und Abfahrt gebraucht, doch für mich hatte sie gefühlt nur eine viertel Stunde gedauert. Als wir wieder mal im Grödnertal Skifuhren, hatte man die Piste gesperrt und die Seilbahn abgebaut, weil es einige Todesfälle gegeben hatte. Allerdings hatten sich die Schneeverhältnisse auch total verändert. Es schneite nicht mehr so viel wie früher und der Südtiroler Schnee taute eben auch schneller weg, als in den Nordalpen. Dadurch erhöhte sich natürlich auch das Gefahrenpotential bei Stürzen erheblich.

Die endlos lange Tour in die DDR

Am Heiligen Abend 1963, kam mitten in unser Weihnachtsessen ein Telegramm an: „Oma Emma gestorben! Beerdigung am zweiten Feiertag. Gilt zur Einreise über den DDR-Grenz-Kontrollpunkt Gutenfürst." Wo iss'n das", fragte jemand. Im Schulatlas war das Kaff nicht zu finden, also riefen wir am Bahnhof an, ob von dort ein Zug in die DDR fahren würde. Die Auskunft war niederschmetternd. Um noch rechtzeitig zur Beerdigung anzukommen, hätten wir fast sofort einen Zug nehmen müssen um über Nürnberg nach Hof zu kommen, denn dort wurde der Interzonenzug nach Dresden eingesetzt. Unser

Sohn war erst im Oktober geboren worden und mein Onkel wollte nicht riskieren, dass er in der Ostzone wieder im Gefängnis landete, denn er war erst 1954 nach Stalins Tod, als politischer Gefangener vom Westen freigekauft worden. Also kamen nur die Enkel, sein Sohn und ich in Frage, um zu dieser Beerdigung zu reisen. Nun ganz sicher war ich mir auch nicht, ob ich wieder glücklich in den Westen zurückgelangen würde, weil ich ja erst 1959 die DDR über Westberlin verlassen hatte. Aber das Republikfluchtgesetzt gab es damals noch nicht und erst vor einem Jahr, hatten die Kanuten von unserem Heimatverein Einheit Spremberg, an einer Freundschaftsregatta in Mainz teilgenommen. Wir waren natürlich auch dort gewesen, um die alte Paddelkameradschaft zu pflegen. Deshalb dachte ich: „Wen die reinlassen, lassen sie auch wieder raus."

Früh morgens um 4 Uhr, fuhren wir los und dachten den Zug in Hof, in den verbleibenden acht Stunden bis um 12 Uhr locker zu erreichen. Wir wollten von Offenburg über Karlsruhe, Stuttgart, München, Nürnberg nach Hof fahren, das war damals die einzig mögliche Autobahnstrecke. Bis Stuttgart ging das gut, doch dann fing es an zu schneien. Schon am ersten Anstieg hinter Leonberg blieben die wenigen Autos hängen. Winterreifen waren damals noch sehr selten und kaum jemand hatte Schneeketten im Kofferraum? Weil der Albaufstieg bei Wiesensteig noch vor uns lag, und den hätten wir nie geschafft, kehrten wir um und fuhren auf der Bundesstraße B 14 weiter. Doch was ich damals nicht wusste, hinter Sulzbach begann der Aufstieg in den Schwäbischen Wald. Zwar nicht so hoch und so steil wie der Albaufstieg am Drakensteiner-Hang, aber auch nicht zu schaffen. Am Straßenrand waren schon etliche Fahrzeuge liegengeblieben. Was nun, die Zeiger der Uhr rückten unaufhörlich weiter: Um 12 Uhr ging unser Zug nach Dresden und unsere Räder drehten sich durch. Keine Bodenhaftung und kein Schneepflug in Sicht. Da kam plötzlich ein VW-Käfer an uns vorbeigepprescht, hinten auf der Stoßstange standen zwei Männer und hielten sich am Dachträger fest. Wir schauten nur dumm hinterher, doch nun wusste ich, was zu tun war. Hinten musste mehr Gewicht ins Auto, nur, was konnte uns beschweren? Aha, da standen sie ja, diese Holzkisten mit Deckel und innen drin jede Menge Schotter. Wir packten unsere Koffer auf die Rücksitze und schlugen mit dem Wagenheber die gefrorene

Schotterschicht kaputt. Die Brocken kamen in den Kofferraum und den nun freigelegten losen Schotter, schaufelten wir mit einem Schuhkarton in den Kofferraum, - randvoll. Nun kam Wolfgang obendrauf. Ich hatte ihm eingeschärft, immer wenn die Räder durchdrehen, rechts und links eine Hand voll Schotter unter die Hinterräder zu werfen. Langsam ging es weiter und endlich waren wir oben in „Groß Erlach" angekommen. Doch die Uhr zeigte inzwischen auf die achte Morgenstunde. Noch vier Stunden bis Hof!

Als wir endlich in Nürnberg ankamen, war es bereits 11h30. Nach der Stadtdurchfahrt, erreichten wir um 10h50 die Autobahn München-Berlin und hatten wieder freie Fahrt, denn inzwischen waren die Schneeflüge durchgefahren und es hatte aufgehört zu schneien. Kurz vor Hof fand Wolfgang einen ganz winzigen stilisierten Stadtplan von Hof auf einer Karte. Ich durfte nicht anhalten und sagte: Suche mal auf der schwarzen Bahnlinie in der Karte nach einem rechteckigen, schwarzen Balken, das ist der Bahnhof." Er hatte es kapiert und lotste mich durch das Straßengewirr zum Bahnhof. Ich schmiss die Koffer raus, gab ihm Geld für die Fahrkarten und suchte einen Parkplatz. Als ich im Sprint zum Bahnhof zurückkam war es Punkt 12 Uhr. Wolfgang hatte schon die Koffer im Abteil, aber die Polizei musste noch unsere Ausweise auf ihre Gültigkeit kontrollieren, dann durften wir einsteigen. Ich dachte nur geschafft! Aber ich auch! Doch statt abzufahren ging die Abteiltür wieder auf, ein junger Mann stellte seinen Koffer rein und bat mich auf ihn aufzupassen, er müsse noch seinen Pass verlängern lassen. Tatsächlich, diese Beamten am Grenzbahnhof, hatten ausnahmsweise mal mitgedacht, eine Passstelle eingerichtet, und auch die Bahn wartete geduldig, bis der letzte Nachzügler eingestiegen war. Endlich dampfte der Zug los. Bis nach Gutenfürst, die erste Station in der DDR dauerte es nur 10 Minuten. Rechts und links des Zuges standen die Russen mit der MP im Anschlag und schauten böse in den Zug hinein, als wenn sie es mit Verbrechern zu tun hätten. Der junge Mann mit dem Koffer war immer noch nicht zurück. Erst dachte ich, er hat den Zug doch nicht geschafft, aber dann kamen schon die DDR-Kontrolleure und durchsuchten die Leute und das Gepäck. Wem gehört der Koffer, denn der stand immer noch unten im Gang. Niemand meldete sich, auch ich verkniff mir eine Antwort, doch dann erklärten sie uns die Sachlage:

„Wenn sie nicht sofort den Koffer zuordnen, steigen sie alle aus und fahren wieder zurück." So eine rüde Behandlung und das unter zivilisierten Mitteleuropäern? Unglaublich aber wahr. Ein Kind sagte dann zu den Männern in Uniform: „Den hat ein junger Mann reingestellt." Ich ergänzte dann: „Ja, der wollte noch seinen Pass verlängern lassen." Inzwischen kamen sie schon mit dem jungen Mann, zwischen zwei Russen eingekeilt an und fragten ihn: „Ist das ihr Koffer?" „Ja, bekannte er." Nun hätten diese Unmenschen nur den Inhalt seines Koffers überprüfen müssen und die Sache wäre erledigt gewesen. Stattdessen führte man ihn ab, nicht einmal seinen Koffer durfte er selber tragen. Was hofften diese Idioten denn bloß bei dem armen Kerl zu finden bzw. was warfen sie im vor? Wir haben es nie erfahren, doch es gibt ja heute noch Leute die behaupten, dass die DDR kein Unrechtstaat gewesen war. Was dieser Rechtsanwalt, der das behauptet, für ein Rechtsverständnis hat, ist mir bis heute völlig unverständlich.

Nun ging es endlich weiter, wir hatten ja seit dem Frühstück nichts mehr gegessen und im Zug gab es nur Getränke und ein paar Kekse zu kaufen, natürlich nur gegen Devisen, denn auf unser Westgeld war die DDR extra scharf, wie der „Nettel auf die Gänse". Irgendwann kamen die fliegenden DDR-Devisenhändler bei uns durch und ich tauschte vorsorglich, zähneknirschend 50 DM West gegen 50 DDR-Mark um. Der Hunger zwang die furztrockenen Kekse rein, aber in der größten Not, frisst ja bekanntlich sogar der Teufel Fliegen. In Dresden erkundigte ich mich nach dem nächsten Bus nach Spremberg und kaufte gleich Fahrkarten. Wir hatten nur noch fünf Minuten Zeit, eine am Kiosk gekaufte Bockwurst runter zu würgen.

Geschafft dachte ich, aber das Leiden war noch nicht beendet und es sollte noch dicker kommen. Kaum saßen wir im Bus und waren losgefahren, da erklärte uns der Fahrer, dass die Heizung kaputt ist. Ob er weiterfahren solle, denn normalerweise müsse er einen Ersatzbus mit Fahrer anfordern, den wollte er in der nächsten Gaststätte ordern, denn nur dort gab es ein Telefon. Wir entschieden uns mehrheitlich für die Weiterfahrt. Halt ein wenig frieren, aber es heißt ja nicht umsonst: „Besser schlecht gefahren als gut gelaufen." Unser Fahrer war leider anderer Meinung, weil es inzwischen wieder angefangen hatte zu schneien, müsse er nun wohl doch zurückfahren, meinte er. Aber er erntete einen massiven Protestturm: „Ja wie stellen sie sich denn das vor, wir wollen nachhause, fahren sie weiter." Überredet, es ging weiter, doch im Bus wurde es immer kälter und kälter. Dann schlief Wolfgang, 15 Jahre alt, an Übermüdung ein. Die Kälte kroch durch alle Ritzen und unser Fahrer hielt sich anscheinend nur noch mit lauter Radiomusik aufrecht. Nach und nach merkte ich, dass die Innenbeleuchtung immer dunkler wurde und auch die Scheinwerfer lieferten nur noch gelbes Licht. Deshalb ging ich zu ihm vor und sagte: „Haben sie nicht bemerkt, dass das Licht immer dunkler wird, ich an Ihrer Stelle würde mal etwas Strom sparen." Gleich motzte er mich an, dass ich mich um meine … usw. kümmern solle. Ich erklärte ihm noch, dass sein Diesel keinen Strom frisst und wenn er Strom spare, würden wir noch ans Ziel kommen. Nach einer weiteren Viertelstunde ging dann auch sein Radio aus und kurz danach schaltete er endlich auch die Innenbeleuchtung ab, das war sowieso nur noch eine Funzel. Na Gott sei Dank, endlich ein Einsehen. In Hermsdorf stiegen ein paar Leute aus und ein paar Nachtschwärmer wollten noch zusteigen. Draußen schneite es immer stärker, doch der Bursche war nicht bereit sie einsteigen zu lassen. Er erklärte, dies sei ein Fernbus, sie müssten auf den Linienbus warten. Es gab eine heftige Diskussion, aber er war unbelehrbar, laut seiner Dienstanweisung usw. usf. Die armen Leute mussten bei diesem Schietwetter draußen stehen bleiben und sich die Beine in den Bauch frieren. In rechtsstaatlichen Ländern hätte er Prügel bekommen, oder man hätte ihn wegen unterlassener Hilfeleistung vor Gericht zitiert. Doch die duldsamen DDR-Bürger, eingeschüchtert und hoheitsgläubig, ließen sich zu dieser Zeit noch alles gefallen. Mit Ach und Krach, reichte der Strom noch bis Spremberg, dann gingen die Scheinwerfer endgültig aus. Nun schmiss der Kerl alle Fahrgäste am Kohlenbahnhof raus. Auch die, wo noch nach Cottbus wollten, standen um 11h30 im Schneegestöber auf der Straße, aber auch wir mussten eigentlich noch zwei Kilometer zu meinem Elternhaus zurücklegen und das mit zwei schweren Koffern, in denen allerlei Leckereien für die Eltern und Verwandten verstaut waren. Also wählten wir den kürzeren Weg zu meinem Cousin Adelbert, denn der hatte ja ein Auto. Er fiel aus allen Wolken, als er zwei unbekannte Schneemänner vor seiner Haustür entdeckte, doch als er dann meine Stimme erkannte rief er:

„Mensch Reiner, wo kommst du denn her." „Vom Kohlenbahnhof."
Es wurde dann doch noch drei Uhr, bis die Wiedersehens-Feierlich-
keiten auch bei meinen Eltern beendet waren und wir endlich schlafen gehen konnten. Insgesamt hatten wir 24 Stunden für diese Reise
gebraucht, dann ging die Wiedersehensfeier in die Trauerfeier über
und wir brachten unsere Mutter und Oma feierlich unter die Erde.
Die Gräber auf dem Trattendorfer Friedhof sind längst eingeebnet,
von den damaligen Trauergästen leben nur noch sehr wenige, doch
immer, wenn ich wieder mal in meine Heimatstadt komme, gehe ich
über diesen Friedhof und schau mir die Stellen an, wo sie alle begraben liegen, denke an die Vorfahren und an diese Reise.

Die Geschichte hat aber erst 40 Jahre später ein Ende gefunden.
Nach dem Bau der Mauer in Berlin und den verbrecherischen Befes-
tigungsanlagen an der Deutsch-Deutschen Grenze, besuchte meinen
Onkel Gerhard dann öfters einmal seinen Vater Alfred, der im Osten
lebte. Auch Gerhard traute sich dann wieder in die DDR zu fahren und
so konnte er Jahre später erstmals das Grab seiner Mutter besuchen.
Bei seinem letzten Besuch in Offenburg, starb sein Vater Alfred dann
im Alter von 87 Jahren im Josefs-Krankenhaus in Zell-Weierbach. Wir
richteten eine Trauerfeier aus und die Urne wurde dann mit der Post
nach Spremberg, auf die letzte Reise geschickt. So dachten wir jedenfalls, doch dann kam die sogenannte Wende und die Mauern und
Grenzzäune fielen. Gerhard fuhr nach Spremberg um seine Schwester Margarete zu besuchen, die inzwischen mit ihrem Mann in meinem Elternhaus wohnte. Natürlich war bei dieser Gelegenheit ein
Friedhofsbesuch angesagt. Da musste ihm wohl diese Idee gekommen sein, denn Greta, so der Kosename seiner Schwester, musste
ihm genau zeigen, wo sich die Urne seines Vaters, in dem Grabhügel
seiner Mutter befand. Er musste wohl ein besonders, spirituelles Verhältnis zu seinem Vater gehabt haben, denn er kniete nieder und
schien zu beten. So berichtete es uns Greta. Monate später besuchten wir Gerhard in Offenburg-Weier. Er sagte nur zu mir: „Komm mal
mit, ich habe doch da hinten in meinem Garten diese Steinskulptur."
Als wir dann davorstanden, sprach er weiter: „Schau mal Reiner, ich
habe meinen Vater zu mir geholt." Er hatte die Urne seines Vaters in
die Arme der schönen Nymphe gelegt und sagte: „Wenn ich nicht
mehr bin, soll sie mit mir beerdigt werden." Als er dann 2003 starb,

schüttete der Pfarrer, der ihn aussegnete die Asche seines Vaters um seine Urne herum in die Grube. Damit endete die Reise seines Vaters. Mögen sie beide in Frieden ruhen.

Torben und der Spielmann

Meine Frau und ich waren noch nicht allzu lange Mitglieder im Kanu-Club Marbach. Wir sind wohl seit unserer Jugendzeit Kanuten, waren aber in den dazwischen liegenden Jahren nur Gelegenheits-paddler, weil uns Ski- Radfahren und Segeln wichtiger erschienen. Die Ausfahrt in die Rheinauen war angesagt und wir kamen im befreundeten Kanu-Club in Kehl am Rhein als erste an. Nachdem wir unser Wohnmobil aufgebaut hatten, packte ich mein Keyboard aus und spielte eine kleine Serie Oldies nur so zur ständigen Übung durch. Die Sonne meinte es an diesen Herbsttagen unverschämt gut. Ich saß zwar im Schatten, trotzdem wurde mir heiß. Deshalb zog ich meine Jacke aus und legte den Strohhut, rechts neben das Keyboard.

Hallo guten Tag, sagte jemand, wie geht's und dann fiel ein Euro in den Hut. Ich schaute verdutzt hoch, da stand ein Bär von einem Mann und grinste mich an: „Ich bin der Torben sagte er und der Vereinsvorsitzende vom Kehler Kanuclub." „Na ja, so gut spiele ich nun auch nicht, dass ich damit Geld verdienen muss", sagte ich. Und dann begann ein sehr langes Gespräch über Gott und die Welt und speziell über das Paddeln. So begann eine lange Freundschaft, die bis heute angehalten hat.

Das Freischwimmerzeugnis

Es soll ja bei der Marine viele Matrosen gegeben haben, die nicht schwimmen konnten, jedenfalls noch im 18. Jahrhundert war das so, wenn man den Berichten und Romanen aus jener Zeit Glauben schenken darf. Kaum vorstellbar das Seeleute, nicht schwimmen konnten, denn wenn man von einem Schiff ohne Schwimmweste ins Wasser fällt, hat man kaum eine Chance gerettet zu werden. Große Seeschiffe benötigen bis zu fünf Kilometer um aufzustoppen, selbst die viel kleineren alten Holz-Segelschiffe, die ja früher keinen Motor hatten, mussten die Segel backstellen um anschließend zu wenden oder zu halsen. Ein umständliches Manöver und bis man ein Boot ins Wasser gebracht hatte, waren Nichtschwimmer längst ertrunken. Als Kinder machten wir in den 50er Jahren das Fahrtenschwimmerabzeichen, man musste sich eine ¾ Stunde über Wasser halten können, zwei Meter tief tauchen und vom drei Meter Brett ins Wasser springen können. Diese ¾ Stunde ist mir immer noch in böser Erinnerung, den in den offenen Gewässern oder Freibädern, war das Wasser saukalt und man fing an zu zittern. Heute werden solche Prüfungen in einer halben Stunde im Hallenbad absolviert. Das Absurde ist immer noch, dass Jedermann- und jede Frau in die Schwimmbäder eingelassen wird, egal ob er/sie schwimmen, springen oder tauchen kann. Ich finde das unverantwortlich, denn immer wieder passiert es, dass weniger gute Schwimmer, die man eigentlich den Nichtschwimmern zurechnen muss, in Schwimmbädern ertrinken. Wir waren eine nette Gruppe von fünf oder sechs Personen, die in Wiesbaden kurten. Jemand kam auf die Idee, ins Wellenbad zu gehen. Na gut, dachte ich, ich muss das nicht haben, aber aus der Gruppe ausschließen wollte ich mich auch nicht. Jedes Mal, wenn die Welle kam, brüllten alle und versuchten darüber hinweg zu kommen. Wenn man sich ein wenig auf den Rücken dreht, hebt das Wasser den Schwimmer leicht über die Welle. Schwimmt man jedoch mit offenem Mund gegenan, kann es sein, dass man Wasser einatmet und bis die nächste Welle kommt, geht der Schwimmer unter, weil er keinen Auftrieb mehr hat. Was viele, selbst versierte Schwimmer nicht wissen, ist, dass ein Mensch nicht untergeht, wenn er mit luftgefüllter Lunge den Atem anhält. In einem Wellenbad muss man also nur tief einatmen und die Luft anhalten, dann trägt die Welle den Körper von ganz allein wieder hoch. Aus und einatmen kann man dann, wenn es auf dem folgenden Wellenrücken wieder runter geht.

Nach ein paar Wellen, die über uns hinwegrauschten, schaute ich zufällig nach unten und sah zu meinem Erschrecken eine junge Frau aus unserer Gruppe, auf dem Beckenboden herumrudern. Verdammt nochmal, dachte ich und als die Welle am Tiefsten war, griff ich sie an der Hüfte, nahm sie mit nach oben und hielt ihren Kopf über Wasser. Als mich die Welle überspült hatte, holte ich danach wieder Luft. In der nächsten Welle ging ich mit hoch und sah, dass sie wieder richtig atmete. So ging das dann noch weitere zwei bis drei Minuten weiter. Immer wenn die Welle kam, blieb ich unter Wasser auf dem Beckenboden stehen und hob sie hoch, war die Welle durch, konnte ich selber atmen. Wir haben danach noch lange auch mit dem Bademeister darüber gesprochen, aber keiner hatte etwas von der Notsituation bemerkt. Wie auch, wenn alle ihren Spaß haben wollen, wie die Irren im Wassergetümmel herumbrüllen und sich nicht um ihre Mitmenschen kümmern.

Die „*Gelben Seiten*" des Lebens

Immer wenn er auftauchte freuten sich die Frauen und die Männer schmunzelten darüber, wie er bei ihnen mit seinem Esprit „ankam", dieser eloquente Typ, und manch einer fragte sich ernsthaft, ob er seine Frau mit ihm allein gelassen hätte. Wer weiß, wer weiß, der Herr Hardymann, ein gelungenes Produkt einer Deutsch-Italienischen Kriegs-Liaison. Natürlich kannte er seinen Vater, aber er wuchs bei seiner Mutter in Deutschland auf, doch die Ferien verbrachte er bei seinem Vater und den Großeltern in Italien. Nach der Kaufmannslehre arbeitete er bei einem großen Werbe-Verlag, doch das befriedigte ihn irgendwann nicht mehr, er brach zu neuen Ufern auf und machte sich in der Werbewirtschaft, als freier Handelsvertreter selbständig. Das war genau das Ding, für das er geboren schien. Die wirtschaftlich erfolgreichen Jahre der Bundes-Republik, als der Personal-Computer noch nicht erfunden war, gaben ihm recht und sicherten ihm ein überdurchschnittliches Einkommen. Sein Verlag war eigentlich fast konkurrenzlos, denn wer etwas suchte oder bestellen wollte, der schaute rein in die dicken, gelben Bücher und wurde in seiner Region schnell fündig. Man fuhr einen tollen Wagen und den Urlaub, verbrachte man immer in Italien, später sogar im eigenen Wohnwagen. Immer wenn er kam, ging es weniger um den Verkauf, denn den Auftrag hatte er meistens schon in der Tasche, bevor das erste Händeschütteln vorbei war, sondern nur um die Gestaltung der Annonce und um die Kosten. Nebenbei unterhielt man sich über die Freizeitgestaltung und dies und das. Wir waren wieder mal umgezogen, hatten unser Reihenhaus verkauft und der Käufer suchte einen Mieter für seine Geldanlage. Na klar, dieses Mal waren wir es, die ihm eine Offerte machten. Das passte genau, er zog ein, in unser altes

Haus und alle waren wieder mal glücklich und zufrieden. Hardymann ging mit seiner Frau da und dort in den Alpen zum Skifahren und wir woanders hin, wir fuhren mit unserem Wohnmobil, er schwor auf seinen Wohnwagen, nie und nimmer würde er sich ein Wohnmobil zulegen, dann hatte er sich plötzlich doch eins gekauft. Diesmal sollte die Reise nach Griechenland gehen, er hatte sich in einer Tauchschule angemeldet und wollte einen Kurs belegen? Alles Abraten von dieser dämlichen Idee nutzte nichts, er wollte im „hohen Alter von 55 Jahren" noch Tauchen lernen. Ich war in meinem ganzen Leben nie ein sehr guter Schwimmer gewesen, doch ich konnte sehr gut und lange freitauchen, also ohne Atemgeräte, diese Sportart war mir zu gefährlich. Ich fragte ihn wie lange er unter Wasser die Luft anhalten und wie weit er getaucht schwimmen konnte? Das wusste er nicht, trotzt allem konnte ich ihn nicht überzeugen, die Finger vom Gerätetauchen zu lassen. Ich erzählte ihm, dass ich schon mehrmals bei einem Segeltörn, fast einen Taucher „erwischt" hatte. Und alle Segler, Fischer und Bootfahrer, machen irgendwann die gleichen Erfahrungen mit den Unterwassermenschen, die meistens tourismusbedingt schlecht ausgebildet, sich Gefahren aussetzen, die sie nicht kalkulieren können. Meine Frau und ich beschworen Hardymann noch einmal vorsichtig zu sein. Ich erklärte ihm auch die grundsätzlichen Unterwasser-Verhaltensweisen, machte ihn auch auf den Unfall aufmerksam, den der Schauspieler Götz George erlitten hatte, als ihn beim Schwimmen ein Motorboot überfahren hatte. Doch dann wünschten wir ihm eine gute Reise. Eine Woche später mussten wir in der Zeitung eine Todesanzeige lesen, der so nette, freundliche Hardymann, war beim Tauchen tödlich verunglückt. Auf seiner Beerdigung erfuhren wir dann von seiner Frau den genauen Sachverhalt. Er war schon am Morgen mit nassen Füßen auf den Stufen zum Haus ausgerutscht und hatte sich eine Platzwunde am Kopf zugezogen. Vermutlich hatte er auch eine Gehirnerschütterung davongetragen, von der er nicht glaubte, dass sie für den an diesem Tage angesetzten Tauchgang relevant sei und so nahm das Schicksal seinen Lauf. Murphys Gesetz schlug wieder einmal gnadenlos zu. Der Volksmund sagte dazu: „Ein Unglück kommt selten allein." Er hatte sich unter Wasser etwas zu weit von seiner Tauchgruppe entfernt und wurde beim Auftauchen von der Schleppangel eines vorbeifahrenden

Motorbootes totgeschleppt. Zu seiner Beerdigung waren ca. 150 Kollegen einschließlich der Chefs seines Verlages gekommen. Jeder den man fragte, bedauerte dieses schreckliche Ende ihres Kollegen und Freundes, der die warnende Stimme der Vernunft nicht hatte hören wollen.

Geburtstage

Einer von drei Freunden will seinen 20. Geburtstag feiern. Fragte: Wo gehen wir denn hin? Ach, in die Alte Post, sagt einer, da sind die Mädels so süß. 20 Jahre später - na, wo wollen wir denn meinen 40zigsten feiern? Ach, in der Alten Post, da schmeckt das Essen immer so gut. 20 Jahre später - na, wo wollen wir meinen 60zigsten feiern? Ach, in der Alten Post, da schmeckt der Wein so gut und die Toiletten sind so schön zu ebener Erde. 20 Jahre später - na, wo wollen wir denn meinen 80zigsten feiern? Ach, wir gehen mal in die Alte Post, da waren wir doch noch nie.
Autor unbekannt

Nachbarn

Unser Nachbar fragte mich, ob wir den Hof gemeinsam nutzen könnten. Dabei hatte er wohl im Blickwinkel, unsere breitere Einfahrt für seine Material-Transporte zu nutzen, denn seine war zu schmal, um mit LKWs in den Hof zu fahren. Gut sagte ich, dann müssen wir nur ein Tor bauen lassen. Ja meinte er und ließ schon mal das Fundament für den Pfosten betonieren, bevor die Pflasterung verlegt wurde. Ein halbes Jahr später fragte ich ihn schon zum zweiten Mal wann wir nun das Tor bestellen könnten, denn ich hatte ein Angebot vorliegen, das mir günstig erschien. „Ach", sagte er nun, „ich brauche eigentlich kein Tor!" „Ja, und wie stellen Sie sich das vor, soll ich jetzt auf ihrer Hälfte das Tor auch noch bezahlen?" „Ne, machen sie doch die Lücke mit einem Zaunstück zu." Na toll, ich bestellte „um des lieben Friedens willen", das Teilstück für die Lücke, aber ohne Scharniere. Es wurde vom Schlosser dann fest verbaut. Die Rechnung für das Teilstück, hat er aber dann bis heute nicht bezahlt. Fortan, lagerten und zersägten seine Leute auf dem Hof das Holz, aber die Sägespäne durften wir zusammenfegen. Na gut, wir nahmen das in Kauf, weil wir keinen Krach mit ihm riskieren wollten. Dafür schoben wir dann im Winter den Schnee in die ungenutzten Ecken seines Grundstückes. Ein paar Jahre später hatte er einen Autounfall, gab seine Firma auf und vermietete die Hallen an eine CNC-Frästechnik-Firma. Die arbeitete im drei Schichten Rhythmus und ließen im Sommer trotz des Höllenlärms, den ihre Maschinen erzeugten, alle Fenster offen und stellten noch ihr Radio auf Lautstärke, um den Maschinenlärm zu übertönen. Trotzt mehrfacher Mahnungen änderten sie ihr Verhalten nicht, aber die Firma baute dann in der Nähe eigene Hallen und zog um. Ab dem Zeitpunkt war unsere Tor- und Zauntechnik nutzlos, weil potentielle Diebe auch von vorn, um sein Haus herum, in unser Grundstück gelangen konnten, denn sein Tor im Zwischengang, hatte der Wind umgehauen. Als der Herr F. einen Kontrollgang machte, behauptete er, wir hätten sein Tor am Durchgang nicht geschlossen und deshalb sei es vom Wind aus den Angeln gerissen worden. Das stimmte überhaupt nicht, das lag schlicht und einfach nur an der mangelhaften Konstruktion des Schiebetores. Es kam der Tag, da wollten wir anbauen, reichten einen Bauantrag ein und bekamen die Baugenehmigung mit der Auflage, dass wir Schallschutzfenster einzubauen hätten. Auf Nachfrage erhielten wir folgende Auskunft. Sie haben sich über den Lärm, ausgehend vom Nachbar beschwert, deshalb usw. Also im Klartext: Sein Mieter macht 24 Stunden lang einen unerträglichen Lärm und wir sollen uns dagegen schützen. Da wären doch eher Lüftungsanlagen, auf seinen Hallendächern angesagt gewesen. Na gut, der Spaß für die Schallschutzfenster kostete uns dann 5000,00 DM. Was mit unserer Lebensqualität ist, dass wir nun ständig mit geschlossenen Fenstern leben mussten, konnte uns das Amt auch nicht erklären. Doch die Firma war ja nun in ihre neu erbauten Hallen umgezogen. Lange Zeit genossen wir nun die Ruhe, gelegentlich sahen wir ihn auf den Dächern herumklettern, anscheinend war Wasser eingedrungen, doch dann schlug das Schicksal erneut zu. Die Hallen standen ja leer, er war nun im Unruhestand und knobelte weitere Schikanen aus. Nun ja, wir hatte ihn ja bisher immer elegant ausgebremst und ließen ihn ins Leere laufen. Doch das befleißigte ihn anscheinend den Druck zu erhöhen. Zufällig sah ich ihn mit einem Zollstock, den Zwischenraum von unserer Garage zu seinem Gebäude abmessen und schon kam er angemeckert: „Herr Menzel, Ihre U-Steine stehen auf meinem Grundstück". Ich wusste im Moment nichts weiter zu sagen als „Wieso?" „Ja, das müssen 3,00 m Abstand sein, sind aber nur 2,90 m, ich verlange, dass Sie die Steine versetzen" Auweier, wie war das damals???, Ah, natürlich der hatte ja seinen Hof vor uns gepflastert. „Ja, Herr F., da muss ich Sie enttäuschen, aber das sind ihre U-Steine, nicht unsere." Ich holte eine lange Schlagschnur, wie sie Maurer benutzen und spannte sie zwischen den Grenzsteinen, das Ergebnis war niederschmetternd. „Sehen Sie Herr F. ich verlange, dass sie Ihr Gebäude abreißen, denn Ihr Dach steht auch noch 40 cm über, das macht 0,50 cm, die Sie zu dicht bei uns gebaut haben alles klar." Dann drehte ich mich um und ging. Das war natürlich nur ein Bluff, denn der Abstand musste nur 2,50 m sein, also stimmte alles. Der Abstand von Dachrand zu den vom ihm eingebauten U-Steinen betrug 2,40 m. Gelegentlich fuhren wir mit unseren Fahrrädern über sein Grundstück, aber nur wenn unser Hoftor abgeschlossen war. Diese Freiheit nahmen wir uns, weil wir inzwischen so eine Art kostenlose Aufsichtspflicht für sein Grundstück hatten, denn er wohnte ja in der Stadt. Im Winter schoben wir auch noch den Schnee und streuten seinen Bürgersteig. Eines Tages hatte ich kurz nach unserer Abfahrt „einen Platten". Ich schaute mir den Reifen an und da steckte doch tatsächlich eine Zwecke drin. Das war dann schnell repariert, und wir traten wieder in die Pedale. Nach dem Neustart, war die Luft kurz danach wieder raus und schon wieder eine Zwecke im Vorderrad drin. Nun schaute ich mir die gefahrene Strecke an und siehe da, in der Durchfahrt lagen sie dicht an dicht, die Zwecken und genau zwei fehlten. Ich schrieb einen Zettel und heftete ihn an seine Tür. „Die Botschaft ist angekommen und in Zukunft dürfen Sie ihren Schnee wieder selber räumen und bei Eis den Bürgerssteig streuen."

Gott sei Dank, hat er dann seine Bude, die nun schon drei Jahre leer stand verkauft. Ein paar Tage später lag in unserer Post eine Rechnung der Firma F. über 8000,00 DM-Mark, für die Mitnutzung seines Grundstückes. Jetzt reicht es, den bringe ich um, dachte ich bei mir. Aber ich bekam ihn nicht zu fassen. Eines Abends, mein Zorn war verraucht, machte er eine Abschiedsfahrt um seine Bude herum und bevor er wieder verschwinden konnte, schnappte ich ihn mir und stellte ihn zur Rede. „Sie spielen mit Ihrem Leben, jetzt reichts, ich bekomme für meine Ausgaben für das Tor und die Schallschutz- fenster noch 7000,00 DM von Ihnen und für Ihre in Anspruch genom- mene Hofbenutzung bei mir auch noch mal 8000,00 DM. Was haben wir denn verbrochen, dass Sie uns ständig schikanieren?", fragte ich ihn. „Sind Sie bloß stille, sie waren es doch der, der mich bei meiner Versicherung verpfiffen hat", maulte er, „Jetzt haben die mir meine Invalidenrente gekürzt, weil ich auf dem Dach rumgekraxelt bin, das waren Sie doch! " Bumm, das hat gesessen, wer den Typ nun ange- schwärzt hatte wurde mir auch langsam klar, denn er hatte auch mit dem alten Mieter Streit angefangen, jedenfalls war uns das zu Ohren gekommen. „So, Herr F., das ist üble Nachrede, das kann Sie teuer zu stehen kommen, ich wusste nicht einmal, dass sie aus dem Unfall- schaden einen Rentenanspruch hatten, sie Weihnachtsmann sie und jetzt können Sie mich mal am Adler treffen." Kurze Zeit Später ließen wir neue Dachfenster einbauen. Der Meister Herr P. fragte uns, wie wir mit unserem Nachbarn F. ausgekommen seien. Na, ich machte aus meinem Herzen keine Mördergrube und erzählte ihm unsere Lei- densgeschichte. „Wissen Sie, der hat mal bei uns gearbeitet, alles ab- gekupfert und sich dann mit seinem Wissen selbständig gemacht. Das ist ein Prozesshansel. Ich war mal bei ihm zuhause, da hat er mir alle Gerichtsurteile von gewonnenen Prozessen gezeigt, die einge- rahmt in seinem Büro an der Wand hängen. Seien Sie froh, dass Sie die Nerven behalten haben." Zu Besinnung kam er, als wir bei unse- rem Neubau, aus Platzgründen den Baukran auf sein Grundstück stellen durften. Heute treffen wir uns immer wieder mal bei Pedelec Fahrten und lachen über die vergangenen Zeiten.

Das Abendmahl der gleichen Sinne

Philosophie, im Sinne von denken, ist nachdenken zum Zwecke der Überprüfung und Erneuerung seiner eigenen Erkenntnisse auf ihre Richtigkeit. Kein Mensch und keine Organisation hat das Recht hundert, oder mehr Jahre auf festgefügten Grundsätzen zu beharren, sondern alle sind aufgefordert und verpflichtet diese im Laufe seiner-ihrer Existenz, oder seines-ihres Lebens bzw. Bestehens, ständig zu überprüfen und den veränderten Gegebenheiten anzupassen. Tut er/sie dies nicht, wird er/sie sich gemäß den Evolutionsgesetzen nicht weiterentwickeln, ja zurückfallen in reaktionäre Denk-Schemata. Das wird nicht nur ihn/sie selbst betreffen, sondern hat auch eminente Auswirkungen auf die Nachkommen - Nachfolger, weil Wissen- und Erfahrungen mit Sicherheit auch genetisch weitergegeben werden. Was Eltern ihren Kindern durch den >Anschauungs-Unterricht< oder durch erlerntes Wissen vermitteln, muss sich demnach mit der Zeit auch genetisch verankern. Lücken im Denkgebäude, werden auch Löcher im Wissen der Nachkommen/Nachfolger hinterlassen. Damit meine ich, dass auch Institutionen als Organismus anzusehen sind, die gleichfalls der Evolution unterliegen. Die Natur hat es im Laufe von Millionen Jahren geschafft, Lebewesen auf die Anforderungen die das Überleben sichern, hervorragend einzustellen. Alles was lebt oder existiert, ist der Veränderung unterworfen, alles was sich nicht anpasst, ist zum Untergang verurteilt. In den letzten Jahren liefert eine Menge wissenschaftlicher Erkenntnisse den Beweis, dass nicht allein der Mensch, sondern alle höheren Lebewesen Bewusstsein und mehr Verstand besitzen als wir meinen, und überaus lernfähig sind. Natürlich werden diese Fähigkeiten durch den Umgang mit dem Menschen erweitert. Ein, in einem menschlichen Haushalt lebendes Tier, erlernt im Laufe seines Lebens einige zehn bis hundert Wörter, die der Mensch an ihn richtet zu deuten, und wird diese Anlagen zum Sprachverständnis genetisch an seine Nachkommen weitergeben, weil schließlich auch diese Gehirne einem Weiterentwicklungs-Prozess unterliegen, sodass man davon ausgehen kann, dass domestizierte Tiere, immer intelligenter werden. Die größten Fortschritte hat bei diesem Prozess bisher der Haushund gemacht, aber auch Katzen, obwohl ausgeprägte

Individualisten, machen große Fortschritte, wenn sich der Mensch intensiv mit ihnen beschäftigt.

Doch zurück zu den Menschen, die zum Leidwesen der mit etwas mehr Verstand bewehrten Individuen dieser Spezies, offensichtlich in diesen bewusstseinserweiternden Prozess, nicht alle mit der gleichen Geschwindigkeit voranschreiten können, sich aber oftmals Macht über andere aneignen, die ihnen auf Grund ihrer Fähigkeiten, ihres Könnens und ihrer Geistesgaben nicht zustehen. Andererseits erheben durchaus vernunftbegabte Menschen, in dieser Welt Ansprüche auf Absolutismus, schaffen Orthodoxie, die einer genauen, logischen Prüfung nicht standhalten können und daher den esoterisch- religiösen- Denkregionen zugerechnet werden müssen. Dazu zählen in erster Linie alle Weltreligionen, die weitgehend in absolutistischen Denkschablonen verharren. Zu welchen Ergebnissen diese zweckgebundenen, nur auf Erhalt der Deutungs-Hoheit und Macht ausgerichteten Dogmen geführt haben, ist hinlänglich bekannt. Millionen unschuldige Menschen sind ihr im Laufe der Jahrhunderte zum Opfer gefallen, und jeden neuen Tag kommen ein paar Tausend hinzu. Da erhebt sich zwangsläufig die Frage, sind denn nun alle verrückt geworden, können sie nicht erkennen, dass es trotz der Meinungsunterschiede möglich sein muss, in Frieden miteinander auszukommen; sind denn ihre ausgeprägt, verknöcherten Ansichten und ihr Machtanspruch wichtiger, als die Wohlfahrt, Unversehrtheit und das Recht der Menschen auf Glück und ein Leben in Freiheit?

Da es offensichtlich eine vorwärts gerichtete Entwicklung im Leben der Individuen gibt, (siehe hierzu meine philosophischen Betrachtungen: „Informationsfelder"), erhebt sich die Frage: Kann es auch eine rückwärtige Entwicklung geben? und kann es sein, dass wir diese bisher noch nicht registriert haben. Das klingt vielleicht provokant, wenn man sich jedoch die Ereignisse der letzten 150 Jahre objektiv betrachtet, muss man konstatieren, dass die Menschen zwar große Fortschritte in ihrer geistigen Entwicklung und Bildung gemacht haben, leider aber nicht in ihrer Überlebensfähigkeit. So sind Fertigkeiten, die unsere >Altvorderen< locker beherrschten, völlig verlorengegangen. Sei es, man stellt Heutigen die Aufgabe ohne große Hilfsmittel ein Feuer zu entzünden, oder einen Überlebens-Marsch über mehrere 100 km durchzustehen und sich unterwegs ohne Geld, Nahrungsmittel und Unterschlupf zu beschaffen, so werden die meisten damit nicht zurechtkommen. Bestes Beispiel hierfür ist der Umgang der Raucher mit >offenem Feuer<, welches sie ja immer und überall in Form ihrer brennenden Zigaretten bedenkenlos herumwerfen, das ist ihnen zur unausrottbaren Gewohnheit geworden, ja, sie betrachten diese gefährliche Unsitte als ihr Recht. Die technische Revolution beschert uns Menschen, deren Wissen sich in immer mehr >Wissens-Pakete< aufgliedert, sodass einzelne Individuen inzwischen nur noch Teilgebiete beherrschen, einen riesigen Berg an Wissen, angehäuft in Gehirnen, Computern und Büchern, aber neben einem lebenden Schwein würden sie verhungern, wenn ihnen keine anderen Nahrungsquellen zur Verfügung stehen würden.

Könnten sie lieber Leser sich vorstellen, dass sie in einem Schützengraben des 1. oder 2. Weltkrieges länger als ein paar Tage überlebt hätten, selbst wenn sie dort keine tödlichen Verletzungen erlitten hätten? Es ist kaum vorstellbar, was diese Menschen erleiden und erdulden mussten, wie viel Elend sie sahen und ertragen mussten, ohne dass sie einen Psychiater aufsuchen konnten, so wie es heutzutage üblich ist, wenn jemand ein Kriegs-Traumata bekommt. Inzwischen sind wir so weit gekommen, dass ein Polizist, der ja von Natur aus mit einem etwas robusteren Nervenkostüm ausgestattet sein sollte, nach ein paar abgefeuerten Schüssen auf Verbrecher, die er ja abgab um sein eigenes oder das Leben anderer zu retten, in psychiatrische Behandlung geschickt wird.

Heutige Menschen leben weitgehend in vom Staat rundumversorgten Verhältnissen, das fängt mit der Nahrung an, geht über Wohnung, das Auto, die Heizung, bis hin zur Alters- Ärztlichen- und Krankenversicherung. Kanadier haben sich inzwischen vollklimatisiert eingerichtet, d. h. sie fahren morgens mit dem geheizten Auto in die geheizte Tiefgarage und mit dem Fahrstuhl ins vollklimatisierte Büro, gehen dann im selben Hochhaus, in dem sie arbeiten einkaufen, oder zum Frisör und landen abends wieder in ihrem vollklimatisierten Eigenheim, indem sie mit dem Fahrzeug in die geheizte Garage einfahren, die Tür mit der Fernbedienung schließen und durch eine Schleuse in ihr Haus gelangen, ohne einmal die sicher schöne, klare, kalte Luft dieser Region tief eingeatmet zu haben, - ist das nicht

102

traurig. Medien berichten schon >vom Schneechaos<, wenn es draußen gerade mal fünf cm geschneit hat. Da fragt man sich ernsthaft,
wie diese Menschen überleben wollen, wenn einmal mehr als vierzig
Zentimeter Schnee liegen sollten. Zum Vergleich; in den kalten Wintern, der 40ziger und 50ziger Jahre des vorigen Jahrhunderts, lagen
oft 60 cm Schnee und das manchmal sechs oder acht Wochen lang.
Damals gab es nicht einmal motorisierte Schneepflüge und manche
Dörfer waren wochenlang von der Außenwelt abgeschnitten. Die
Menschen kannten das und richteten sich darauf ein, machten einfach mal Pause, wenn man durch den Schnee nicht zur Arbeit kam.

Damit ist die Frage des Fort- oder Rückschritts nicht beantwortet, aber es ergibt sich ein Ausblick, was passieren könnte, wenn der
Ernstfall eintreten sollte, wenn völlig verweichlichte Menschen, die
sich hauptsächlich von Fastfood ernähren, die Lebensmittelläden
leergegessen hätten; jedenfalls hielten Haushalte in früheren Zeiten
für den Ernstfall Lebensmittelvorräte für mehrere Monate vor. Das
glauben sie nicht? Da wurden vor dem Winter mehrere Zentner Kartoffel eingekellert. In einer Sandkiste lagerte man Gemüse, man
hatte eine Getreidemühle, mit der man den Getreidevorrat mahlte
und zu Brot verarbeitete. In Fässern wurde Sauerkraut eingemacht,
Obst wurde eingeweckt, und im Hof gab es einen Hühnerzwinger,
selbst Städter hielten im Hinterhof Kaninchen. Heranwachsende
Knaben lernten von ihren Vätern, wie man diese Tiere fachgerecht
schlachtet, Holz hackt oder einen Gemüsegarten pflegt.

Heute sind die ehemaligen Wiesen und Felder zubetoniert, ein
Ende des Wahnsinns ist nicht absehbar und wir werden bei wachsen-
der Weltbevölkerung, bald nicht mehr in der Lage sein, uns selber zu
ernähren. Bisher galt zwar, für Geld können wir uns alles kaufen,
wenn aber erst der Run auf die knappen Nahrungsmittel ernsthaft
einsetzt, ist unser heute schon sehr knappes Budget bald aufgebraucht, dann müssten wir den Beton aufessen, den wir ständig in
die Landschaft setzen, hat daran schon mal jemand gedacht? Ich
habe es schon einmal erlebt, als in den Kriegsjahren und danach, die
Zierrasen in den Gärten und den Parkanlagen in Schrebergärten um-
gewandelt wurden, um noch etwas zum Beißen zwischen die Zähne
zu bekommen, das möchte ich keinem >modernen Menschen mit
seinem Handy und Laptop< wünschen. Damals lebten nur ca. 1,3

Milliarden Menschen auf dem Erdball und es war absehbar, wann es wieder genug zu essen geben würde. Für fast acht Milliarden wird es diese Hoffnung aber nicht mehr geben. Sollte es noch einmal zu einem globalen Krieg kommen, was der Schöpfer dieser Welt verhindern möge, so wird er nicht mit Atombomben entschieden werden, sondern über die Fähigkeit der Gesellschaft seine Bevölkerung zu versorgen und zu ernähren.

Damit komme ich wieder zur Frage des Rückschrittes, in der einseitig, geistigen Entwicklung. Was nutzt es dem Menschen, wenn er zwar in fast allen Bereichen riesige Fortschritte macht, aber in absehbarer Zeit, die in Millionen Jahren erworbenen Überlebens-Fertigkeiten vergisst, verlernt und leichtfertig aufgibt? Die Natur hat uns doch nicht als Individuen hervorgebracht und lebenstüchtig gemacht, um uns nun einer periodischen Ausrottung, die ja zwangsläufig folgen wird, zu überlassen, was ist da schiefgelaufen? Unterliegen auch wir dem Zyklus, dass der Bussard stirbt, wenn er fast alle Mäuse gefressen hat, die Mäusepopulationen sich wieder erholt, und sodann gibt es wieder mehr Bussarde, usw. usf. – handelt es sich hier um eine Degeneration der erlernten naturhaften Fähigkeiten? - trotz gleichzeitig erhöhten geistigen Niveaus der Menschheit?

Eindeutig ja, wir stehen an der Spitze der Nahrungskette, da können noch so viele Agronomen und Agrar-Wissenschaftler an der Welternährung arbeiten, die Naturgesetze werden sie nicht aushebeln, selbst dann nicht, wenn ein neuer Justus von Liebig geboren würde. (Deutscher Chemiker und Universitäts-Professor der den Superphosphat-Dünger entwickelte, war der Mitbegründer der "Bayerischen Aktiengesellschaft für chemische und landwirtschaftlich-chemische Fabrikate" BAG, Werk in Heufeld mit Sitz München, die bis 2012 unter dem Namen Süd-Chemie firmierte).

Schon lange zeichnet es sich ab, dass die modernen Menschen, an immer neuen nie gekannten Krankheiten sterben, oft schon in jungen Jahren, dieser Trend wird sich im Quadrat des nicht aufzuhaltenden Wachstums der Weltbevölkerung verstärken. Die >Beschleunigung< aller Lebens- und Arbeitsbereiche hat inzwischen beängstigende Ausmaße angenommen, nicht nur die Brief- und Päckchen-Zusteller hasten im Laufschritt von Tür zu Tür, es ist fast so, als hätte die Menschheit ein unbekannter Geschwindigkeits-Virus befallen, der sie mit Top-Speed ins Jenseits befördern will und das im wahrsten Sinne des Wortes. Vielleicht ist auch dieser Prozess von der Evolution gesteuert, da wäre es für vernunftbegabte Wesen höchste Zeit, eine >Entschleunigung< anzustreben, bevor das Burnout alle erfasst. Es scheint jedoch ein Naturgesetz zu geben, wonach bei Überpopulationen, ein Reduzierungsprogramm einsetzt, das bei Massen-Wachstum in Flora und Fauna, eine verschärfte Konkurrenz-Situation schafft, die das Wachstum weiter beschleunigt. Wir können das in unseren Wäldern sehr schön beobachten, da wachsen keine normalen Bäume, wie wir sie aus Parkanlagen kennen, sondern lange Spargel die ans Licht hochmüssen, sonst sterben sie ab. Ich nehme an, dass es für die Menschheit da keine Ausnahme-Regelung gibt, auch sie werden durch den erhöhten Konkurrenzdruck reduziert, falls sie nicht mit humanitären Maßnahmen gerettet werden. Diese Hilfe endet jedoch da, wo es um das eigene Überleben geht. Ein altes Sprichwort besagt:

„Not kennt kein Gebot." Wir werden uns daran gewöhnen müssen, dass nicht nur Pflanzen und Tiere, sondern auch Menschen sterben werden, wenn sie nicht in der Lage sind, sich eine Basis für ihren Lebensunterhalt zu schaffen.

Menschen und vor allem Politiker versuchen immer alles zu ändern und den jeweiligen Trends und Erfordernissen anzupassen, sie glauben damit der Wohlfahrt der Menschen zu dienen, erreichen aber meistens das Gegenteil, je mehr Verordnungen und Gesetze erlassen werden, engen sie den Ermessensspielraum des einzelnen Individuums ein, mindern seine Eigenverantwortung. Diese Gängelung, wie sie in letzter Zeit auch von den überbordenden europäischen Institutionen praktiziert wird, entmündigt den Bürger und macht ihn zum Kleinkind, das man am liebsten in sein Gatter einsperren würde, damit es dort wie die Hühner seine Eier legen kann und keinen weiteren Schaden anrichtet. Das alles ist ein verzweifelter Versuch, ein Kampf, den drohenden Untergang zu verzögern, zu verhindern. Es fehlt die Kenntnis der Zusammenhänge und die Einsicht, diesen aussichtslosen Kampf zu beenden und stattdessen die Veränderung zulassen. Alles ist der Veränderung unterworfen, nur Menschen möchten, dass immer alles so bleibt, wie sie es sich eingerichtet haben. Man muss endlich Umdenken, diesen aussichtslosen

Kampf aufgeben, die Veränderung akzeptieren, und in dem auf den ersten Blick negativen, das positive Lichtlein am Horizont erkennen. Wenn die Zeit dafür reif ist, wird sich alles fügen, so war es immer, so wird es bleiben, bis in alle Ewigkeiten und der Mensch wird trotz aller Weisheit und Erkenntnis, dabei nicht der Handelnde, sondern nur der Zuschauer sein.

Kürzlich las ich ein Essay des renommierten Theologen und Kirchenkritikers Prof. Dr. Hans Küng aus Tübingen, (Er ist leider im Jahre 2021 verstorben) der nun schon seit Jahrzehnten versucht hatte, seine Kirche aus den verhängnisvollen, absolutistischen Denkstrukturen herauszulösen und in die Moderne zu führen. Was hat er in diesem Kampf erreicht, die Kath. Kirche ist in ihren selbstgeschaffenen Denk- und Machtstrukturen gefangen und verstrickt sich darin immer tiefer. Was heißt das für meine Überlegungen und für diese Kirche: Es muss alles immer noch viel schlechter und schlimmer kommen, damit es besser werden kann. Erst, wenn fast alles zusammenbricht, wird sich ein Umdenkprozess in den Gehirnen der Menschen durchsetzen, der plötzlich da ist, der sich rasend schnell ausbreitet, wie ein Buschfeuer um sich greift, und zum Durchbruch, zum Entstehen neuer Strukturen führt. Bestes Beispiel hierfür ist das Nachkriegsdeutschland, dass zwar seine Vergangenheit mit sich schleppte, im Gegensatz zu vielen anderen Ländern in der Welt aber aus der Kriegs-Katastrophe gelernt, daraus die Konsequenzen gezogen hat und seine Hausaufgaben gründlich und ordentlich gemacht hat, wie ich meine. Prof. Dr. Hans Küng hat in seinen Anstrengungen nie nachlassen, ist er der Mahner gewesen, der Gegenpool, an dem sich seine Feinde abrieben, der Fels in der Brandung, man muss nicht glauben, dass seine Feinde dies nicht wissen, so dumm sind sie nicht. Gerade wegen dieses Wissens, versteifen sie sich bis zur Unkenntlichkeit, statt besseres zulassen. Seine Arbeit ist bestimmt nicht umsonst gewesen, irgendwann, nicht mehr zu seinen Lebzeiten, werden die alten Denk-Strukturen seiner Kirche ad absurdum geführt, sich in Luft auflösen, als hätte es sie nie gegeben. Ich weiß, Vergleiche hinken immer, aber ist nicht erst vor ganz kurzer Zeit das gesamte Glaubensgebäude des Kommunismus zusammengebrochen? Von dem wir auch nicht glaubten, dass es jemals einstürzen könnte, genauso brachen fast über Nacht die Grenzbefestigungsanlagen zwischen den beiden deutschen Staaten, an denen Stunden zuvor noch geschossen wurde, als der verlogene Sozialismus, der keiner war, implodierte, weil die Zeit dafür gekommen war. Damit möchte ich nicht zum Ausdruck bringen, dass der Sozialismus grundsätzlich falsch ist, nur die Ausführung hat den Ansprüchen nicht standgehalten. >Geduld ist die Mutter der Weisheit <, man muss dem Negativen das Positive abgewinnen, in der Kritik am Bösen nicht nachlassen und wachsam sein, so wie Mathias Claudius es seinem Sohn Johannes auf den Lebensweg mitgab, als er schrieb: >*Hüte dich vor allen Ismen*<, nur auf diesem Wege kann die Menschheit überleben. (Vermächtnis: An meinen Sohn Johannes. Autor: Matthias Claudius 1740 - 1815 Dichter und Journalist)

Lebensweisheiten die bis heute ihre Gültigkeit nicht verloren haben.

Unbegreifliche chaotische Ereignisse, zerstören alte Ordnungen, ermöglichen aber das Entstehen neuer besserer Strukturen. Neue Denkweisen schlummern sehr lange in Hirnarealen, werden mit Erfahrungen und dem genetischen Gedächtnis abgeglichen, überlagern erst zögerlich, dann erkenntnisplötzlich alte Denkbarrieren, infizieren die Gehirnströme anderer Menschen und explosionsartig, wussten es eigentlich ja schon immer alle.

Rei©Men

Wenn sie werter Leser mein Buch: Denkanstöße – Gesellschaft im Wandel der Zeiten Philosophische – Betrachtungen, gelesen haben, (BoD-Verlag) werden sie verstehen, weshalb ich die Überschrift: >Abendmahl der gleichen Sinne< gewählt habe. Abendmahl ist mehr als Ritus, ist vor allem geistige Gemeinschaft, ist Vereinigung ist Synchronisation, in die durch die Medien und die fortschreitende elektronische Vernetzung, immer mehr Menschen einbezogen werden. Das lässt hoffen, dass sich Wahrheit und Erkenntnis nach und nach durchsetzen. Man kann diese Hoffnung nicht besser zum Ausdruck bringen, als mit dem bekannten Goethezitat: >*Edel sei der Mensch, hilfreich und gut*<, an dieser Weisheit ist nicht zu rütteln. Durch den immer schnelleren Datenaustausch, werden es Diktatoren und Dogmatiker in Zukunft immer schwerer haben, ihre falschen Inhalte zu transportieren. Was mir eher mehr Sorgen macht, ist der nicht mehr aufzuhaltende Moral- und Werteverlust, der überall auf der Welt wie eine Seuche um sich greift. Wo man auch hinschaut, ob in Politik, Wirtschaft oder privatem Umfeld, wird zu viel gelogen, betrogen und gestohlen, aber auch diese Auswüchse werden in der Sonne verglühen, wenn sie ihren Gipfelpunkt erreichen, weil die vielen anständigen Menschen, die diesem allgemeinen Trend nicht zu folgen bereit sind, die Oberhand behalten werden, so wie auch allen Unredlichkeiten und Lügen nur ein kurzeitiger Erfolg beschieden ist. Da sich unsere Welt in einem in diesem Maße nie gekannten Umbruch befindet, wird die Menschheit wohl ein paar Jahrzehnte zu warten haben, bis in diesen Prozess wieder etwas Ruhe einkehrt; bis sich ein Ausgleich in den Denk- und Verhaltens-Schablonen in den Köpfen der durcheinander-wogenden Menschenrassen einstellt. Ja, dieser Durchmischungsprozess der Ansichten und Meinungen, wird sehr lange dauern. Erst dann wird die Zeit kommen, auf die alle so sehnlichst warten. Mögen unsere Nachfahren nach der zu erwartenden, unvermeidlichen Apokalypse in einer besseren, gerechteren und geläuterten Welt leben dürfen, im Gleichklang der Sinne, und im Geiste Jesu Christi, der ja sagte, er sei Gottes Sohn, womit er wohl meinte, wir seien alle Kinder des Schöpfers dieser Welt, ich hoffe es und bete im Stillen für unsere liebe, alte Erde.

Aspach - Sommer 2018, das Leben im >Fautenhau<

Samstag 4 Uhr morgens, der LKW, vom Getränke-Hersteller fährt vorbei, Zeit auf die Toilette zu gehen. 6 Uhr, gerade wieder eingeschlafen - gegenüber kommen PKWs an, einer hat seine Basstöner noch an: Wumm, Wumm, Wumm. Endlich steigt er aus und schreit seinen Kollegen auf dem Hof rüber: „Du Wolfgang, vergesse' nicht die Sicherungskästen einzuladen", „hab' ich schon gemacht", schreit der zurück. Mehrere Transporter werden beladen, laute Zurufe hallen jetzt durch die samstags eigentlich ruhige Straße, Autotüren knallen usw. 11 Uhr, Bastler aus einer nahen Autowerkstatt probieren die Ergebnisse ihrer illegalen Tuningversuche rund um die Diesel- und Benzstraße aus, rasen mit dröhnenden Motoren im Kreis herum. Ein Höllenlärm, endlich ist ein Weilchen Ruhe eingekehrt, dann röhren die Organspender die Aspacher-Straße auf ihren Bikes rauf und runter, das Getöse verliert sich endlich Richtung Autobahn.

Samstag 16 Uhr, wir sitzen nach getaner Haus- und Garten-Arbeit bei Kaffee und Kuchen auf der Terrasse, ein neu angesiedeltes Autohaus mäht gleich mit zwei Rasentraktoren seinen Garten. Dazwischen kommen Autokäufer, die gebrauchte Porsche die L 1115 zur Autobahn hoch Heizen, oder den Motorensound im Leerlauf immer wieder aufdröhnen lassen.

Elf Uhr abends, es ist noch sehr warm, wir sitzen wieder auf der Terrasse und schauen in die aufgehenden Sterne, plötzlich knallt uns ein gleißendes Licht von der 300 Meter entfernten Autowerkstatt bei EDEKA an den Hausgiebel. Aha, der Bewegungsmelder hat angesprochen und schaltet die Halogenstrahler an. Die leuchten aber nicht nur das Grundstück dieser Firma aus, sondern im Halbkreis von 300 Metern die ganze Gegend. Vom nahen Wald kommt die laute, vom Wind verstärkte Popmusik der „Andrea Berg-Festspiele" herüber, man kann sogar den Text verstehen. Ein Riesenlaser ist steil in den Himmel gerichtet, was wohl die Rehe und die Fledermäuse dazu sagen? 24 Uhr, - das Feuerwerk kündigt an, jetzt wird es endlich Ruhe geben. ein Uhr, immer noch ziehen enthusiastisch verklärte, johlenden Funs am Haus vorbei und suchen nach ihren im gemischten Wohn- Industriegebiet illegal abgestellten Fahrzeugen. Die weggeworfenen Plastikbeutel, leeren Bierflaschen und Zigarettenschachteln werde ich dann am frühen Sonntag-Morgen auflesen gehen. Bevor ich das Schlafzimmerfenster schließen „muss", schaue ich nochmal die Straße runter, sie ist taghell erleuchtet, ein Nachbar meint, er muss die ganze Nacht hindurch mit seiner Leuchtreklame die Lichtverschmutzung verstärken und ein paar Millionen Insekten grillen. Ein anderer hat zwischen den Häusern einen Metallcontainer mit einem Kühlaggregat aufgestellt, dass alle fünf Minuten anläuft, um die Kunstharze, die hier zu Karbonteilen verarbeitet werden zu kühlen.

Rattatattata, die ganze Nacht hindurch. An Nachtruhe mit offenen Fenstern ist nicht zu denken rattatattata, rattatattata. Ich denke, die sollten sich doch endlich mal einen Kühlraum anschaffen, so wie andere Firmen auch. Samstag-Sonntag ab 9 h, ein nahes Autohaus feiert unisono mit einem Landmaschinenhaus, sein Sommerfest. Der ganze Fautenhau ist zugeparkt, Menschenmassen strömen, an Sonntags-Ruhe ist nicht zu denken, das geht wieder bis in die

Nacht hinein. Wir suchen mit dem Fahrrad Richtung Wasserturm das Weite, doch der Feldweg wurde auf wundersame Weise zu einem Privatweg umfunktioniert. Wir sehen und staunen, fahren weiter und begehen eine Straftat. Montag 3 h 40, endlich bin ich eingeschlafen, unter dem Fenster quietschen Bremsen, gegenüber setzt ein Materiallieferant rückwärts in den Hof einer Firma rein, piep, piep, piep, piep. Türen knallen, die Hebebühne geht mit hochfrequenten Tönen nach unten, wuieieieieih, Material wird in den Hof geknallt. Motor starten Türen zuknallen, Abfahrt, nach einhundert Metern, hat der Wagen schon 60 Sachen drauf und muss scharf bremsen, damit er nicht aus der Kurve fliegt. 5 Uhr Ein weiterer Transporter stoppt, setzt rückwärts in den Parkplatz usw. Zeitungspakete fliegen mit lautem Knallen gegen das Vordach, Türen knallen, the same Prozedere. Der Enkelsohn verdient sich ein paar Cent Taschengeld mit der Verteilung dazu. 5 h 30, der Zeitungsausfahrer fährt an, steckt die Tageszeitung in den Briefkasten, der Deckel knallt runter, peng. 7 Uhr, laute Rundfunkmusik schallt aus der offenen Hintertür des Maschinensaals, der Firma mit der Leuchtreklame in unseren Hof, das wird den ganzen lieben langen Tag so weitergehen. Langsam erwachen auch die CNC-Fräsmaschinen des Nachbarn und erzählen mit lautem hochfrequentem Pfeifen und zischen was sie heute alles so produzieren werden.

Dienstag 17 Uhr, wir wollen ein wenig Radfahren, doch der Durchgang zu den Feldern, ist von ehemals 2 m Breite auf knapp einen Metern geschrumpft, Brombeeren wachsen aus den Hecken heraus, hängen 60 cm in den Weg, man muss mit dem Rad jonglieren, besser absteigen, damit man sein Augenlicht nicht verliert.

Ach, wie lange wird es diese lieben Felder und Wiesen, derentwegen wir uns vor 35 Jahren hier ansiedelten noch geben? Wir brauchen doch Wachstum und Wachstum braucht Industrie und Arbeitsplätze und Arbeitsplätze brauchen Wohnraum, alles zusammen Infrastruktur, nun ja was soll das alles, die Bauern stellen ja kaum noch was zum Essen her, sie müssen doch die Biogasanlagen und die 44 Millionen PKW's in der BRD für das Super E 10 mit Maisstroh versorgen. Aber Essen kann man ja drüben bei EDEKA kaufen. Ach, fast hätte ich es vergessen, alle paar Wochen dröhnen dort die Gokart-Motoren, dann toben sich die verhinderten Hamiltons und Vettels auf dem Parkplatz aus. Macht doch nichts, hier in der Umgebung wohnen, leben und arbeiten doch höchstens 1500 Personen mit ihren Familien plus ein Altenheim.

Betrachtungen über Freunde und Freundschaften

Freunde, gewinnt man wohl nur in den sogenannten Jugendjahren, später, so kann ich aus meiner Erfahrung berichten, wird es immer schwerer, man kann sie im eigentlichen Sinne nur noch als Bekannte bezeichnen. Manche, die dir vielleicht ein Freund sein möchten und sich aufdrängen, werden lästig, weil einfach eine geistige Basis, oder gemeinschaftliche Interessen fehlen. Man muss sie freundlich doch sehr sanft wegstimmen.

Andere, denen man gern Freund sein möchte, werden mit der Zeit unerträglich, weil sie eventuell zu Reichtum und Größe gelangt sind und langsam abheben, ohne es zu merken; man zieht sich zurück. Plötzlich wird es bemerkt und sie melden wieder Ansprüche auf die einstige Freundschaft an, man denkt, na probierst es noch einmal, aber man wird erneut enttäuscht, es ist wie mit der Katze, du musst sie jeden Tag streicheln, sonst holt sie sich ihre Streicheleinheiten anderswo.

Pseudo-Freundschaften hast du meistens, wenn es dir gut geht oder du bist in einer starken Position, man erwartet von dir einige Vorteile, die man sich nicht entgehen lassen möchte. Ist diese Phase vorbei, kümmert sich kein Schwein mehr um dich.

Wieder andere möchten dich mit Ihren Ansichten, oder ihrem Glauben als Freund vereinnahmen, solange du das Spielchen mittust geht das gut, gibst du aber zu erkennen, dass du anderen Erkenntnissen folgst, lassen sie dich fallen wie eine heiße Kartoffel.

Am schlimmsten sind die Freunde, die vorgeben es zu sein, dich aber nur ausnutzen, solange du es mit dir machen lässt. Das hat nichts damit zu tun, dass man einem Freund, auch auf Dauer immer mal etwas in der Kneipe bezahlt, oder anderweitig hilft, weil man weiß, er hat es nicht so dicke, dann sollte man aber nicht darüber reden. Ich meine eher diejenigen, die über dir stehen und dich für ihre Zwecke einspannen wollen.

Bier- und Skatfreunde, findest du in jeder Eckkneipe, da bist du ein gern gesehener Gast, wenn du immer einen Witz auf Lager hast, oder einen ausgibst. Du wirst wegen deiner Lebenserfolge bewundert und beneidet und anderen als „mein Freund" vorgestellt. Du schaust pikiert, wusstest gar nicht, dass der ein Freund von dir ist. Blitzartige Erkenntnis, du hast hier keine Freunde, das sind nur Trittbrettfahrer die sich in deinem „noch anhaltenden Erfolg" sonnen. Bei der kleinsten atmosphärischen Störung, werden sie sich über dich das Maul zerreißen, sich von dir abwenden, dich überhaupt und eigentlich sowieso nicht gekannt haben wollen.

Manche, mit denen du seit Kindesbeinen "befreundet" bist, machen diese Freundschaft zur Einbahnstraße, solange du immer brav zu ihnen kommst, bist du gern gesehen, im Gegenzug aber sind sie selten bereit, Mühen und Kosten auf sich zu nehmen, um den freundschaftlichen Verpflichtungen nach zu kommen. Du wirst zu jedem Geburtstag eingeladen und gehst auch hin, lädst du selber ein, haben sie nie Zeit. Erkenntnis, man benötigt natürlich zu jeder Feier Dekoration, will zeigen mit wem man verkehrt und wer man ist.

Dann sind da die sog. Gebrauchsfreunde, „Helf mir doch mal Freunde", sie brauchen dich nur für bestimmte Gelegenheiten, zum Beispiel wollen sie nicht alleine Tanzen gehen, brauchen jemand, der bei ihrer Familienfeier Musik macht, oder können ohne ein zweites paar „Deckshände" nicht segeln gehen, dann wissen sie plötzlich wo du wohnst und wie du heißt. Sie suchen sich immer und für alle Vorhaben den gerade passenden Freund aus. Ganz besonders gefragt sind immer Vollbluthandwerker, oder Spezialisten für Fachgebiete, als solcher bist du auf Lebenszeit Freund-Jedermann.

Dann die Gleichgesinnt-Freundschaften, Vereine, etc., die nur der Oberfläche zugewandten Freundeskreise. Dies sind meistens die ehrlichen zweckgebundenen Freunde, man verabredet sich, macht etwas zusammen und trennt sich wieder, man geht keine Verpflichtungen ein, außer dem Verein gegenüber.

Die Versprech-Freundschaften, z. B. im Urlaub, oder in der Kur ist man voneinander begeistert, man will den Kontakt halten, sich besuchen, aber dann holt einem doch der Alltag ein, man erkennt, es war sehr nett, vielleicht auch schön, aber, eben nur in dieser Umgebung, wo man das Leben und auch alles andere schön fand.

Mit einem Titel: zum Beispiel von Sowieso, als Firmenchef, Abgeordneter, Professor oder Doktor, bist Du von ungebetenen Freunden förmlich umlagert. Diese Reihe könnte man endlos fortführen. Langsam wirst du alt, und als Freund unbrauchbar, man kann mit dir keinen Staat mehr machen, es sei denn du bist zu einer großen Nummer aufgestiegen und man kann mit dir richtig angeben.

Mach dir nicht zu viele Gedanken über
Freunde aus deiner Vergangenheit.
Es gibt gute Gründe, wenn sie
es nicht in deine Gegenwart geschafft haben
und nie zu deiner Zukunft gehören werden.

Rei©Men 2016

Ohne Dich

Die Jahre vergehen,
So schnell ist's geschehen,
Doch es kommt eine Zeit,
Von der dir nichts bleibt,
Wirst kaum wahrgenommen,
Von all jenen Jungen.
Du hast sie gezeugt, geboren,
Hast sie an den Ohren gezogen,
Doch nun bleibst du zurück,
Sie lieben ihr Lebensglück,
Nun allein - ohne Dich.
Fallout, du kannst gehen,
Man will dich nicht sehen,
Du bist nur noch peinlich,
Ach, sei nicht so kleinlich,
In diesem Leben, alter Tor,
Kommst du nicht mehr vor.

Rei©Men

Schon damals, als wir in der Schule Schillers Gedicht:

Die Bürgschaft

Zu Dionys dem Tyrannen, schlich Damon den Dolch im Gewande, ihn schlugen die Häscher in Bande, lernen mussten, wunderte ich mich über den so überaus friedlichen Schluss-Vers:

Und blicket sie lange verwundert an. (Der Tyrann)
Drauf spricht er: "Es ist euch gelungen,
Ihr habt das Herz mir bezwungen;
Und die Treue, sie ist doch kein leerer Wahn -
So nehmet auch mich zum Genossen an:
Ich sei, gewährt mir die Bitte,
In eurem Bunde der Dritte!" (Freund)

Waren doch ein beabsichtigter Mord und die vorgesehene Strafe des Hängens für den verhinderten Täter vorangegangen. Was beabsichtige nun Schiller mit diesem so glücklichen Ausgang der Geschichte. Zwischen dem psychopatisch gestörten Tyrannen und den beiden Freunden sollte plötzlich Freundschaft herrschen? Unglaublich, hatten die treuen Freunde - der eine bürgte mit seinem Leben für den anderen, den Tyrannen doch so gerührt, dass er für sich selber eine solche Freundschaft wünschte, eine Freundschaft die er nie erleben durfte, war der vereinsamte Tyrann von ebensolchen "Freunden" umlagert? So oder ähnlich müssen wohl Schillers Gedankengänge gewesen sein. Eine schöne, aber leider unrealistische Geschichte im Reich der Lyrik angesiedelt und von Schiller wunderschön erzählt. Rücksinnend kann ich für mich erkennen, ich hatte im Leben wohl nie einen wirklichen Freund, mit allen musste immer "ich" die Kontakte pflegen, sonst wären sie eingeschlafen, immer musste ich zu viele Kompromisse machen, zurück kam selten etwas, oder wie man das heute neudeutsch als Feedback bezeichnet. In meinem Alter denkt man doch öfters mal an das Ende unseres bewussten irdischen Daseins nach, aber ich werde mich nicht im Groll daraus verabschieden. Jesus soll gesagt haben "Es ist vollbracht", womit er wohl sein Lebenswerk, wegen der Liebe zum Mitmenschen als Märtyrer zu sterben meinte, dass wirkt bis in unsere Zeit hinein.

Mein Großvater sagte am Sterbebett zu meinem Vater " 'Is alle Paul, ich hab' mein Leben gelebt". Ein guter Freund sagte kurz vor seinem Tode zu mir: Reiner: "Wenn es soweit ist, kommt kein Arzt mehr an mich heran, dann soll es so sein". Er starb kurze Zeit danach an Krebs und verfügte, dass Freunde nicht zu seiner Beerdigung kommen sollten. Er sagte: Wirkliche Freunde werden danach mein Grab in Leipzig besuchen.

Wenn man die Toten beweint,
sollte man sich daran erinnern,
wie oft man mit ihnen gelacht hat.

Freunde werden zweckgebunden,
später als sehr störend nachempfunden.

Rei©Men

So nimm den Abschied von den Freunden, und den Freundschaften, alles im Leben hat seine Zeit, auch eine solche, in der es keine Freunde und Freundschaften mehr gibt.

Es lebe die Freundschaft!

Hast du einen Freund gefunden,
schau genau in sein Gesicht.
Freundschaft zählt nicht nur in schönen Stunden,
sie muss wachsen, oder sie zerbricht.

Oft ist es schwierig dem Freunde die Wahrheit zu sagen,
manchmal ist`s besser, es mit sich selbst auszutragen.
Wenn es dir auch nicht am Mute gebricht,
in manchen Dingen wird Schweigen zur Pflicht.

Wenn sie kommen, und dich mit ihren Sorgen plagen,
wir genießen immer die Zeiten, die wir mit ihnen haben.
Mögen auch sie von meiner Seele kosten,
so hab' ich das Beste an ihnen genossen.

Rei©Men

An meinen Sohn Jürgen und meine Enkelsöhne David und Jakob

In meinem nun schon langen Leben, habe ich weit über zweitausend Bücher gelesen und selber auch ein paar geschrieben. Aus dieser Erfahrung, kann ich euch nur raten zu lesen, lesen, lesen. Selbst aus dem schlechtesten Buch kann man oft noch etwas lernen. Das setzt allerdings voraus, dass man ein Buch nicht nach dem ersten Kapitel gleich wieder ins Regal stellt. Allerdings habe ich das Buch der Bücher, die Bibel auch nicht gelesen, diese rätselhaften, Jahrtausende alten, dreimal übersetzten Überlieferungen, sollen sich andere reinziehen, die mehr Geduld haben. Das heißt jedoch nicht, dass ich die christlichen Lehren völlig ablehne. Selbst Gregor Gysi, der Altkommunist, sagte sinngemäß: >Ich glaube nicht an Gott, aber ich kann mir eine Welt ohne die Kirchen nicht vorstellen. < Diese weisen Worte kann man auch so interpretieren, >Die christlichen Kirchen halten unsere verrückte Welt noch einigermaßen zusammen. < Doris meine Frau und ich sehen das genauso und sind deshalb Kirchensteuerzahler und spenden der Kirche noch ein paar Euros, genauso wie an Greenpeace. Allen anderen Spenden-Einsammlern trauen wir nicht über den Weg.

Nun zum vorliegenden Buch. Stefan Zweig, ein Österreichischer Jude, 1880 – 1942, von den Nazis verfolgt, flüchtete in mehreren Etappen bis nach Brasilien, wo er sich mit seiner Frau das Leben nahm. Er war ein genialer Schriftsteller, der meiner Ansicht nach eher den Nobelpreis verdient hätte, als Tomas Mann, Hermann Hesse und Günter Grass. Ich habe fast alle Bücher von Zweig gelesen und erlaube mir deshalb dieses Urteil, das andere vielleicht nicht teilen mögen. Die Palette seiner schriftstellerischen Tätigkeit reicht von der Novelle, geschrieben, im Stil von Courts Mahler, über viele lesenswerte Romane und Erzählungen, bis hin zu sehr gut recherchierten, geschichtlichen Werken wie:

„Magellan", die Geschichte der ersten Weltumsegelung.

„Amerigo", die Entdeckung der Neuen Welt - Amerika und wie es zu seinem Namen kam.

„Marie Antoinette", die berühmte Gattin des Franz. Königs Ludwig des XVI (sechzehnten) die auf dem Schafott endete. „Maria Stuart",

die schottische Königin, die durch die Intrigen der englischen Königin Elizabeth I sterben musste!. In „Die Welt von gestern", beschreibt er weitsichtig die Geschichte der Französisch – Deutschen Kriegsauseinandersetzungen bis ins Jahr 1942 und das große Reformationsbuch Castellio gegen Calvin, wer dieses Werk gelesen hat, - keine Minute kommt Langeweile auf, - versteht die heutige Welt besser, denn all die Dinge über Dogmatiker, Diktatoren und selbsternannte Potentaten sind heutzutage immer noch genauso vorhanden, wie er sie beschrieben hat.
Horst Reiner Menzel Aspach 2019

Der kleine Nagel, mit der großen Wirkung

Die Sparsamkeit meines Vaters ging so weit, dass es mir schon lächerlich erschien. Als er von der Arbeit kam, fand er kurz vor unserer Haustür einen kleinen Nagel. Er war nur zwei Zentimeter lang und er muss ihn wohl in der tief stehenden Sonne angeblinzelt haben. Vielleicht wollte er ihm sagen, „nimm mich doch mit, ich bin hier so allein, ich will zu meinen Brüdern, hier tauge ich doch zu nichts." Nun ja, er erbarmte sich, hob ihn auf und legte ihn neben meinen Teller auf den Tisch und fragte mich: „Kennst du diesen Stift". Ich wurde puterrot, hatte ich ihn doch auf dem Wege zu einer Bastelarbeit mit meinem Freunde verloren.

Ja, so warn' s, die Alten, doch auch solch kleine Dinge,- sie sind es, die im Leben zählen. Was lernen wir daraus? Dass die „Schlamperei gerade da anfängt und im Chaos endet", das ist es wohl, was mein Vater mir mit seiner Aktion sagen wollte. Dass ich mir diese Episode, die nun über 70 Jahre her ist gemerkt habe, zeugt letztlich auch davon, dass ich etwas dazu gelernt hatte.

„Alles beginnt im Kleinen, wenn etwas Großes daraus werden soll."

Die Geschichte der großen weißen Emaille-Schüssel

Ich vergesse nie den Tag, als unser Vater die schöne große weiße Emaille Schüssel kaputtgefahren hat. Mit dem Traktor ist er darübergefahren – und was soll ich Euch sagen – die Schüssel war so platt wie ein Pfannkuchen. Unsere Mutter war spinnengiftig, sie hat geschimpft wie ein Straßenfeger, aber das hat alles nichts mehr genutzt, die schöne große weiße Emaille-Schüssel war kaputt. Am nächsten Morgen hat sich unsere Mutter auf das Fahrrad gesetzt und ist in die Stadt gefahren. Alle Geschäfte und Läden hat sie abgefahren, aber sie fand nichts Passendes, die Dinger waren alle viel zu klein. Dann wollten die meiner Mutter eine Plastikschüssel andrehen: „Nein, sagte Mutter, die sind mir alle nicht hygienisch genug und man kann sie nicht auf den Ofen setzen." Dann war Trödelmarkt, meine Mutter ist mit dem Fahrrad hingefahren. Sie hat den ganzen Markt abgeklappert, hat links und rechts geguckt, wollte schon aufgeben, aber auf einmal sah sie eine große weiße Emaille Schüssel. Die Schüssel hatte zwar eine kleine Delle, aber dafür war sie billig, nur 5 Mark, kostete sie, und unsere Mutter war wieder versöhnt und glücklich. Und nun muss ich Euch erzählen, was unsere Mutter mit der großen weißen Emaille Schüssel so alles anstellte. Morgens um 6.00 Uhr wurden die jüngsten im Hause wach. Es waren 10 kleine Schweine, die quiekten vor Hunger. Unsere Mutter kochte also in der großen weißen Emaille-Schüssel Mehlsuppe und brachte sie den Schweinen und ruck zuck hatten die das weggeschlabbert. Um 7.00 Uhr stand unser Vater in der Küche und wollte gern etwas zu Essen haben, dann stand die große weiße Emaille-Schüssel auf dem Tisch mit Milch und Zwieback drin und ruck zuck war die Schüssel wieder leergeschlabbert. Aber vorher hatte unsere Mutter die große weiße Emaille-Schüssel mit Soda ausgescheuert. Denn ihr wisst ja, unsere Mutter war für Hygiene. Um halb 8 kamen wir Kinder dran. Dann stand die große weiße Emaille-Schüssel in der Waschküche auf einem Stuhl und wir mussten uns waschen, damit wir auch sauber zur Schule kamen. Denn ihr wisst ja, unsere Mutter war für Hygiene. Um 9.00 Uhr wurde unser Benjamin wach. Der wurde in der großen weißen Emaille-Schüssel gebadet und in dem warmen Wasser hat Mutter dann schnell die Windeln gewaschen. Dann wurde die große weiße Emaille-Schüssel wieder mit Sodawasser ausgescheuert, denn unsere Mutter war ja für Hygiene. Um 12.00 Uhr kamen wir Kinder aus der Schule und Vater kam um diese Zeit vom Feld und die große weiße Emaille-Schüssel stand auf dem Tisch voll mit Erbsensuppe und ruck zuck war die Schüssel leergeschlabbert. Nach dem Mittagessen nahm unsere Mutter immer ein Sitzbad in der großen weißen Emaille-Schüssel, sie hatte doch so dicke Hämorriden. Dann hat sie sich ein halbes Stündchen ausgeruht. Danach tat unsere Mutter in der großen weißen Emaille-Schüssel einen Rosinenstrudel kneten für den 4 Uhr Kaffee. Um 19.00 Uhr stand die große weiße Emaille-Schüssel wieder auf den Tisch voll mit Buttermilchsuppe, mit Pflaumen und Rosinen und ruck zuck hatten wir die Schüssel leergeschlabbert. Aber vorher hatte unsere Mutter die Schüssel mit Sodawasser ausgescheuert, denn ihr wisst ja, unsere Mutter war für Hygiene. Um 20.00 Uhr saß unser Vater im Sessel. Er freute sich auf sein Fußbad in der großen weißen Emaille-Schüssel. Ihr müsst nämlich wissen, unser Vater hatte Schweißfüße. Das konnte man durch das ganze Haus riechen. Um 22.00 Uhr gingen Vater und Mutter dann schlafen und sie nahmen die große weiße Emaille-Schüssel mit in die Schlafkammer, denn die passte genau unter das Bett. Und wenn die große weiße Emaille-Schüssel voll war, dann war es wieder genau 06.00 Uhr morgens und alles ging wieder von vorne los. Autor unbekannt.

Die Hoffnung stirbt zuletzt

Die Hoffnung eine Insel zu finden, ich meine damit nicht ein Island in einer verzauberten Südseewelt, sondern einen Platz in der Welt, in ihr zu leben und seine Erfüllung, Profession und Lebensqualität zu erlangen, beseelt viele Menschen. Egal, ob in einer Dorf-schmiede, in der Hütte eines Schrebergartens oder vielleicht auch auf einer Südseeinsel. Man kann einen Doktortitel haben oder Inge-nieur sein und trotzdem als Clochard auf der Straße in Paris glücklich und zufrieden leben. Oder ein Weltenbummler auf der ewigen Suche nach dem Glück sein. In allem Kleinen etwas Großes zu sehen, kann oft mehr Befriedigung schenken, als in die scheinbar große Welt der Schönen und Reichen einzutauchen. Man kann sie einfach nicht mehr sehen, diese Promis und die vielen, die auch dazu gehören möchten, das ganze Szenario der Politprominenz, der Preis-Verlei-hungen und dergleichen Selbstbeweihräucherungen des Establish-ments. Hier eine kleine Auflistung der „Preisverleihungen 2016"

- AACTA International Awards 2016
- Amadeus-Verleihung 2016
- Internationale Filmfestspiele Berlin 2016
- British Academy Film Awards 2016
- César 2016
- Critics' Choice Movie Awards 2016
- Critics' Choice Television Awards 2016 (Januar)
- Critics' Choice Television Awards 2016 (Dezember)
- Deutscher Fernsehpreis 2016
- Deutscher Filmpreis 2016
- Deutscher Musical Theater Preis 2016
- Deutscher Schauspielerpreis 2016
- Echoverleihung 2016
- Europäischer Filmpreis 2016
- Faustverleihung 2016
- GoEast-Festival des mittel- und osteuropäischen Films 2016
- Golden Globe Awards 2016
- Goldene Himbeere 2016
- Goldene Kamera 2016
- Goldener Spatz 2016
- Grammy Awards 2016
- Grimme-Preis 2016
- Ingeborg-Bachmann-Preis 2016
- International Opera Awards 2016
- Internationale Filmfestspiele von Cannes 2016
- Internationale Filmfestspiele von Venedig 2016
- Kerrang! Awards 2016

- MTV Europe Music Awards 2016
- MTV Movie Awards 2016
- MTV Video Music Awards 2016
- Verleihung des Nestroy-Theaterpreises 2016
- Nickelodeon Kids' Choice Awards 2016
- Oscarverleihung 2016
- Österreichischer Filmpreis 2016
- Primetime-Emmy-Verleihung 2016
- Pulitzer-Preis 2016
- Radio Disney Music Awards 2016
- Romy-Verleihung 2016
- Saturn-Award-Verleihung 2016
- Screen Actors Guild Awards 2016
- Verleihung der Student Academy Awards 2016
- Sundance Film Festival 2016
- Teen Choice Awards 2016
- Tony Award 2016
- Toronto International Film Festival 2016
- Wind Music Awards 2016

Man erkennt zweifellos die Inflation dieser Ehrungen. Große Probleme ergeben sich dem unvoreingenommenen Betrachter auch, schaut er sich die Namenslisten der Jury-Mitglieder genauer an. Bei jeder Veranstaltung kommen sie zusammen, je prominenter, desto weiter vorn platziert und hochgestylt in den Sitzreihen. Oder die Typen, mit Schlips und Kragen, einen neuen Spaten in der Hand, stehen sie reihenweise an einem vorher aufgeschütteten Sandhaufen und machen den „ersten Spatenstich, dabei könnten sie vielleicht nicht einmal ihren eigenen Garten umgraben. Sodann die Inflation von Straßen-Einweihern: Weil es nicht geht, dass nur einer das Band durchschneidet, bekommen sie jeder 50 cm Absperrband zugemessen, wie die kleinen Kinder, die um ein Spielzeug streiten. In der heutigen Zeit, macht sich ein bisher unbekannter Virus breit, der Selbstdarsteller-Virus, der an Dummheit nicht zu überbieten ist. Selbstdarstellung und Publicity um jeden Preis, auch um den Preis, sich der Lächerlichkeit preiszugeben.

Was treibt sie an, die selbstverliebten Bergs, Fischers, Stones, - die Schauspieler, Sportdarsteller und all die kleinen- und großen- öffentlichkeitsgeilen Gernegroßen? Haben sie in ihrem bisherigen

Leben nicht schon alles erreicht, alles Geld der Welt verdient, alle Ehrungen genossen? Könnten sie sich nicht genüsslich zurücklehnen und sagen: „Es ist genug, gehen wir den Leuten nicht länger auf die Nerven und lassen die Welt in Ruhe."

Nein, wenn alles schon ausgereizt ist, wenn man keine Peinlichkeit ausgelassen hat, setzt man noch eins drauf und inszeniert publicitysüchtig irgendeinen Skandal, um wieder ins Rampenlicht zu kommen. Der Nachwelt muss man auch noch ein Buch mit dem geistigen Inhalt eines Oberschülers hinterlassen, das natürlich von einem Ghostwriter geschrieben wurde. Klar doch, was könnte die Nachwelt denn mehr interessieren, als die Memoiren eines abgehalfterten Politikers, der in seinem politischen Leben ohnehin schon genug Mist gebaut hat. Es ist die ungezügelte Angst in Vergessenheit zu geraten, ins Niemandsland der unbekannten breiten Masse zu versinken.

Wahre Größe zeigt sich aber darin, abzutreten von der Weltbühne, ehe es zu spät ist, nicht wenn man sich, wie ein Johannes Heesters bereits am Flügel festhalten muss, um noch ein letztes Mal das Publikum zu nerven, sondern, wenn man mit dem Alter seinen Frieden macht, der Welt und dem Publikum erlaubt den Menschen, den man in seiner Zeit mochte, in guter Erinnerung zu behalten. Die Menschheit wartet schon zu lange auf diesen Tag des Friedens in der Welt - und das Fest, dass wir am 24. Dezember feiern, ist der Legende nach vor 2017 Jahren zu Christi Geburt in die Welt gekommen. Aber der Frieden wird immer und immer wieder von Verbrechen überschattet. Alle Menschen wollen das Gute, auch diese Glaubensfanatiker begehen Verbrechen, wenn sie anderen Menschen ihre Version von Gott aufzwingen, sie meinen mit Schlechtem Gutes zu schaffen.

Doch die eigentlichen Verbrecher sitzen an den Schalthebeln der Macht und versuchen anderen Menschen und Völkern, „ihren Frieden" aufzuzwingen, der meist nur darin besteht sich zu bereichern. Am Allerschlimmsten empfinde ich die Machtbesessenen, auch in unserer Mitte, sie glauben sie seien die Guten und die anderen die Bösen. Sie liefern Waffen,

MP's, großes Kriegsgerät und U-Boote an Staaten, die mit ihren Nachbarn keinen Frieden machen wollen. Wir kaufen den Arabern das Öl ab und mit dem Geld bezahlen sie dann die Waffen, die wir ihnen liefern, so machen wir uns mitschuldig. Mit Donald Trump und Kim Jong Un, rasen zwei Züge aufeinander zu. Diese Bushs und Co. führten Kriege, die Putins probieren ihre neuen Waffen in Syrien aus und Obama, der Friedensnobel-Preisträger, ermordet per Fernsteuerung die Feinde der USA und alle meinen damit die Welt verändern zu können, doch sie erzeugen nur Gegengewalt.

Wenn man Frieden will, darf man andere Menschen nicht bedrohen, man muss mit gutem Beispiel vorangehen und wie Jesus den Frieden nicht nur predigen, sondern leben. Leider hat auch er den Frieden auf Erden nicht erlebt, sondern ist von Machtbesessenen Verbrechern der Weltgeschichte ermordet worden.

Friede ist nur durch Friedfertigkeit zu erreichen, das heißt nicht die andere Wange hinzuhalten, sondern eine angepasste Verteidigungslinie aufzubauen, die notwendige Abschreckung gegen verbrecherische Angriffe auf den Frieden ermöglicht, doch Rache wie im Fall Osama bin Laden darf es nicht geben, solche Leute gehören vor das Kriegsverbrechertribunal in DEN Haag. Man lässt es in Syrien zu, dass sie ihr eigenes Volk totbomben und zusammenschießen, wo ist die UNO, wo die Anklage, die ihre Verbrechen gegen die Menschlichkeit ahndet? Wo ist das >Weltgesetzbuch<, der moderne Codex Hammurapi? Doch ich bin sicher, er wird noch geschrieben werden.

Seit es Menschen gibt,
versuchen sie mit immer schlimmeren Waffen –
Frieden zu schaffen.

Rei©Men

Die Pechvögel der Evolution;
der Bart ist an allem schuld.

Wozu benötigt das Männchen einen Kinn- und Backenbart?

Damit es furchterregender aussieht?

Damit man es von den Weibchen unterscheiden kann?

Damit das Gesicht in den nördlichen Ländern gegen Kälte geschützt ist?

Damit jagdbares Wild die Männchen nicht so leicht erkennen können?

Wegen der geringeren Verletzungsgefahr beim Überlebens-Kampf?

Imponiergehabe bei den Weibchen?

Wenn wir den Bart wachsen ließen, wäre er eventuell schon längst verschwunden, weil er gemäß den Evolutionsbedingungen nicht mehr benötigt wird. Stattdessen rasieren wir ihn immer wieder ab, also meint „die Evolution", er wird stärker beansprucht und lässt ihn immer schneller und dicker sprießen. Übrigens: Bei den „Nordmännern" ist der Bart viel stärker ausgeprägt als bei anderen Menschen, vermutlich weil es dort viel kälter ist.

Wie hätten unsere urzeitlichen Vorfahren ausgesehen, wenn der Bart immer länger gewachsen wäre, ohne eine Möglichkeit ihn abzuschneiden. Sie wären vermutlich verhungert, weil sie bei der Jagd im Gebüsch hängen geblieben wären. Heutzutage gibt es ja Männer, deren Bart so lang ist, dass sie drauftreten können, also muss er schon einmal kürzer gewesen sein. Und wie steht es mit der Gehirngröße im Verhältnis zur Bartlänge? Die wird dazu führen, dass der Mensch dank seiner Intelligenz den Planeten vollends ausplündert und dann trotz seines Bartes, wegen Überbevölkerung ausstirbt. Also muss der Bart ab, basta.

Sehr geehrte Damen und Herren Intendanten von ARD und ZDF, Regisseure, Drehbuchschreiber und alle Beteiligten an diesem Desaster

Ich wollte Sie ja schon immer mal fragen, ob Sie mit den Filmen und Serien die Leute für dumm verkaufen wollen. Einerseits machen sie einen Aufstand wegen zu niedriger Einschaltquoten, andererseits aber keine, wenn Ihnen die Zuschauer abhandenkommen, weil Sie so einen unwirklichen Mist über den Sender jagen. Machen Sie doch bitte Sendungen, die der heutigen Wirklichkeit, der Wahrheit und Sachlichkeit entsprechen.

Sie sollten aufhören, solche lebensfremden und unwirklichen Stories zu produzieren und das alles noch, mit unseren guten, zwangsweise erhobenen Gebührengeldern.

Wenn in Ihren Produktionen ein Vertrag geschlossen wird, der die Verhältnisse in der Geschäftsführung ändern soll, oder bei Grundstücksgeschäften und dergleichen, braucht anscheinend niemand einen Notar, das geht einfach so am Küchentisch.

Wenn jemand bedroht wird, wendet er sich nicht an die Polizei, sondern jagt die Verbrecher selbst. Letztendlich sind Sie doch der Ordnung in unserem Staat genauso verpflichtet wie andere Bürger. Was sollen denn unsere Kinder lernen, die glauben doch das ganze Zeug, das da übern Sender läuft. Statt das man aus den Filmen etwas lernen kann, lernt man nur Unsinn, den es in der wirklichen Welt nicht gibt. Ich finde das unverantwortlich von Ihnen und Sie sind bestimmt für manches Unheil mitverantwortlich zu machen, weil Sie den Leuten die falschen Lehren erteilen.

Manche Sachen, die gedreht werden, sind bis zu einem Punkt oft sehr schön und lehrreich, aber dann kommt die Stelle, wo der Drehbuchschreiber, oder der Regisseur ausrastet. Dabei ist das Leben viel spannender als die Fantasien Ihrer Schreiber. Zum Ende einer Story muss immer etwas explodieren, sich überschlagen oder ein Protagonist erst in letzter Sekunde und durch die überragenden Geistes- oder Kraftleistungen der Mitwirkenden gerettet werden. Immer die gleichen inzwischen langweiligen Szenarien.

Sie meinen immer, die Leute wollen Aktion, in Wirklichkeit wollen sie das Leben sehen, wie es wirklich ist. Da kann man sich ja gleich amerikanische Schinken mit explodierenden Innenstädten ansehen. Das ist doch abartig, wenn in beiden großen Sendern des Deutschen Fernsehens zur gleichen Zeit acht Krimis laufen, oder gleichzeitig Unterhaltungssendungen starten.

Warum? Es sind die Einschaltquoten, denen alle anderen Überlegungen untergeordnet werden. Was treibt Sie an? Es gibt doch auch andere Kunden, die keine Krimis mögen, Sie haben die Verpflichtung dem auch Rechnung zu tragen. Man hat den Eindruck, dass es da um ein Wettrennen nach dem Motto:

„Einer wird die Einschaltquote gewinnen", geht.

Sport, Sport und nochmal Sport, das füllt den Sender, mit endlosen Kommentaren und dem dusseligen Gequatsche der Reporter, welche Unterhose der Sportler heut anhat! Reporter sollen Berichte liefern und nicht den Leuten mit Unsinn den Kopf zumüllen. Die kriechen in den Hosentaschen der Sportler, nur um dort noch eine kleine, vermeintliche, unverzichtbare Unwichtigkeit zu erhaschen. Das ist Voyeurismus. Wenn eine Sendung zwei Stunden dauert, wird auch zwei Stunden lang geratscht, getratscht und abwechselnd noch mit zwei Reportern oder pensionierten Sportlern agitiert.

Wenn dann mal eine weltweit interessante Sportveranstaltung, wie der Amerikas Cup ausgesegelt wird, kommt das im Fernsehen nicht vor. Angeblich wegen mangelnden Interesses. Dabei wird gern vergessen, dass Interesse erst einmal geweckt werden muss.

Auch Soap Opera's könnten angenehme Sendungen sein, wenn sie dann nicht so schlecht gemacht wären. Sie müssten sie nur wirklichkeitsnah darstellen. Nehmen wir mal Alica, das fing ganz nett an, aber dann gibt es nur noch einen Schurken, dessen Weg mit Gemeinheiten, Mord und Totschlag gepflastert ist. Da liegen reihenweise Leute im Koma, der Verbrecher kann sich austoben wie er möchte und Ihre Spezialisten haben anscheinend keinen blassen Dunst vom Deutschen Bürgerlichen Gesetzbuch. Sonst würden sie mal einen Notar Termin einbauen oder die Rechte von Erben berücksichtigen, bevor sie ganze Firmengruppen und Geschäftsführer hin und her manipulieren. Das ist an Idiotie nicht mehr zu überbieten, dabei sind die Grundideen vieler Storys eigentlich sehr gut. Allerdings hat man den

Eindruck, dass manche Schauspieler über die Naivität von Zehnjährigen nicht hinauswachsen dürfen, sie tun ganz einfach so, als hätten die Zuschauer überhaupt keine Lebenserfahrung. Da kann man nur sagen: Gut gedacht, aber schlecht gemacht. In der allerletzten Doofi-Story, wie „Um Himmels Willen", werden sie den ewigen Fritz Wepper noch im Sarge herumtragen müssen, bevor er endlich in Pension geht. Dabei mochten ihn alle sehr gern, aber man muss immer wissen, wann man aufhören sollte.

Warum, warum, warum? Gerade nachmittags schauen auch Kinder zu oder wissen Sie das nicht? Was sollen die lernen, aus Ihren Sendungen bestimmt nichts Brauchbares.

Wenn man Ihre Marktführerschaft berücksichtigt, muss man annehmen, dass Sie glauben, ganz Deutschland sei von Bekloppten bevölkert. Immer wieder die gleichen Schauspieler, anscheinend gibt es für beide großen Sender nur 100 Schauspieler, die man für alles einsetzen kann, immer die gleichen Gesichter, Jahrzehnte lang, bis sie aus Altersgründen ausgemustert werden müssen. Ältliche Damen und Herren mit Facelifting spielen junge Liebeshelden*dinnen, als wenn man in Deutschland keine anderen passenden Schauspieler finden könnte. Alle Produktionen verweben sich inhaltlich und von der schauspielerischen Ausstattung ineinander, man kann die Sendungen nicht mehr voneinander abgrenzen. Sie produzieren ein Sendungs-Konglomerat, es ist nicht mehr auszuhalten.

Geben Sie doch mehr alten- und/oder jungen Schauspielern eine Chance, Sie können doch nicht immer nur Ihre Spezial-Klientel bedienen, bloß weil Sie meinen, sonst schaut da niemand mehr rein. Umgekehrt ist richtig. Neue, unbekannte gute Schauspieler müssen im Fernsehen auch mal eine Chance zum Auftritt bekommen. Dann findet man für ähnliche Rollen immer die gleichen Schauspieler und Charaktere für ähnliche Sendungen, einmal Köchin, immer Köchin, einmal Dieb, immer Dieb oder Bösewicht. Tauschen Sie doch mal die Rollen, andere können das auch spielen.

Dann dieses Werbegewitter, wenn Sie im Millisekunden Takt Lichtblitze von Bildsequenzen über den Schirm schießen lassen. Das gleiche fangen jetzt auch noch die Regisseure an, sie setzen teilweise nur noch Bruchteil Sequenzen ein oder Köpfe an denen die Stirne fehlt, Bildausschnitte die es im Leben so nicht gibt. Neueste

Untersuchungen belegen die Vermutung, dass durch dieses Lichtgewitter Schizophrenie ausgelöst werden kann, das ist eindeutig Körperverletzung. Kein Mensch kommt einem anderen so nahe, dass er nur noch sein Auge erkennen kann, jedenfalls nicht im gegenseitigen Miteinander, da gibt es ganz natürliche Distanzen, die Menschen unbewusst einhalten. Das sollte auch im Film so sein.

Mord und Totschlag, gleich in zehn Sendern. Jeden Abend 100 Leichen; Leichen pflastern Ihren Weg, schämen Sie sich nicht, das muss doch nicht sein. Loben muss man allerdings auch mal, die Sex-Scenen sind besser geworden, aber wohl eher, weil die Schauspieler sensibler geworden sind, die ziehen sich für Geld nicht mehr so schnell aus wie noch vor Jahren.

Dann diese ewigen Neu Drehs von alten Storys, man kann die Schnulze Sissi nicht besser machen, nur verschlimmbessern auch wenn man sie jedes Jahr dreimal zeigt. Man kann einen Seewolf nicht neu erfinden. Man kann „Vom Winde verweht" nicht übertrumpfen. Warum kaufen sie diese Remake-Schinken? Man kann diese Kultfilme wie Casablanca nur so genießen wie sie vorhanden sind. Wieso glauben Ihre Regisseure Heinz Rühmann und Gerd Fröbe ersetzen zu können? Z. B. in „Es geschah am helllichten Tag". Der einzige neu gedrehte Film, der mich in den letzten Jahren überzeugen konnten, war die Titanic.

Reich-Ranicki mit seinem Eklat, sollte Ihnen zu denken geben, das war seine Absicht, aber Sie haben anscheinend genau so wenig daraus gelernt, wie die meisten Banker aus ihren Bankrotten. Nun, ich weiß schon, was sie einwenden werden: Sie müssen sich das doch nicht ansehen, stimmt, aber bloß wegen der Nachrichtensendungen, Wiso, Plusminus, usw. oder Will, Ilgner und Sport bekomme ich für mein Geld zu wenig geboten. Manchmal sehe ich einen Film, denke der ist gut, aber plötzlich kommt unnötige Effekthascherei hinein. Abschalten hilft da auch nicht immer, erst wird die Neugier geweckt und dann kann man sich dem Unsinn schon nicht mehr entziehen. Sie machen auch wirklich sehr gute Sendungen, Sie können das doch, also lassen Sie doch den Mist weg und natürlich dürfen Sie auch Krimis machen, aber bitte nicht so viele und nicht so viele Knall-Effekte, sonst stirbt ganz Deutschland noch auf dem Fernseh-Bildschirm aus. Wo sind denn die guten alten Krimis geblieben, wieder Der Alte, oder

Horst Tappert, die ließen sich doch weltweit verkaufen. Das können Sie doch wieder machen. Interessante Ansätze sind ja da, aber an der lebensnahen Ausführung fehlt es. Jede Woche eine Leiche in den Rosenheim Cops. Schon die englische Wortwahl lässt auf die dümmliche Ausführung schließen, in Deutschland gibt es keine Cops. „Sie sind vorläufig festgenommen".….trallala. Inzwischen haben Sie in Ihren Streifen schon ganz Rosenheim und Umgebung ausgerottet.

Fall für Zwei ist immer noch gut, obwohl er schon Jahrzehnte läuft, nutzt sich aber auch langsam ab. Forsthaus Falkenau, immer die gleiche Gurkerei, die guten und die uneinsichtigen, aber dann am Ende alles eia popeia. Lassen Sie doch diese Dinger wie die Lindenstraße endlich mal in Rente gehe, sie hat den Ruhestand schon lange verdient. Neuerdings ist nun der Bergdoktor in die Stiefel seiner Vorgänger gestiegen und turnt seit Jahren auf den Alpengipfeln herum. Aber das ist nun schon der dritte der Kollegen, die in letzter Sekunde das Leben der Delinquenten retten. Vorher kommen, fast schon gerettet, drei oder viermal Komplikationen dazu, die dann wieder die Retter fast umbringen. Undsoweiterundso so fort……ein Mist ohne Ende. Fahrräder klappern grundsätzlich, werden in den Dreck geschmissen, stammen im Fernsehen aus den fünfziger Jahren. Von Pedelecs oder E-Scootern hat dort auch noch keiner war gehört. Wohnmobile sind Auslaufmodelle aus den 60er Jahren, und PKWs werden im Blindflug gefahren, weil sich die Schauspieler unterhalten oder Ehestreitigkeiten austragen. Wohnungs- und Hausschlüssel liegen grundsätzlich in Blumenkästen, und Türen haben gemäß den Vorstellungen der Cutter immer zu quietschen.

So hoffe ich, dass sie dieser Brief erreicht und nicht schon von Ihren Vorsortierern als Spam behandelt wird und glauben Sie mir bitte, ich möchte niemand beleidigen, mir nur mal den Frust von der Fernseh-Seele schreiben, nur zum Nachdenken anregen.

Am Schlimmsten sind die in letzter Zeit in die Sendungen eingefügten Effekthaschereien mit plötzlichen Tonanhebungen, dass man aus dem Sessel fällt. Irgendeiner von den bisher unbekannten Schauspielern hatte sich was einfallen lassen, wie er bekannt werden könnte. Er fing an zu Nuscheln und halbe Wörter zu verschlucken, und siehe da, man wurde auf ihn aufmerksam, ja, er wurde sogar berühmt. Inzwischen nuscheln alle, auch schon die, wo Rang und

Namen haben, ziehen sich den Text in den Kropf hinein. Der Zuschauer stellt die Lautstärke hoch und höher, versucht die Schauspieler zu verstehen, doch dann der Lautstärke-Schock. Die Fensterscheiben klirren, die Trommelfelle platzen und die Effekthascherei feiert Triumphe, wenn die Knalleffekte wieder einschlagen.

Ein in letzter Zeit gern eingesetztes Dramaturgie-Mittel, ist das

"Allesdurcheinanderbringen".

Es ist gerade so, als ob die Regisseure den fertigen Film, den in seiner Handlung jeder, der über zehn Jahre alt ist verstehen kann, in kleine Fetzen zerschneiden und die Einzelteile dann in falscher Reihenfolge wieder zusammenstückeln. Da hilft nur noch eines: Gerät ausschallten, ausschallten, ausschallten. Horst Reiner Menzel Einer Veröffentlichung dieses Schreibens stimme ich ohne meine extra Einwilligung zu oder noch besser, schreiben Sie denen mal Ihre eigene Meinung ins Pflichtenheft.

Die biologische Aufgabe

Mehr als unsere Vorfahren erwarten durften, haben wir unsere biologische Aufgabe erfüllt. Ich habe eine wunderschöne gute Frau gefunden, wir haben zwei wunderbare Kinder und inzwischen fünf Enkelkinder und einen Urenkel, was wollen wir mehr, alle sind gesund und werden vorrausichtlich ihren Weg machen. Nur, niemand dankt es uns, dass wir die Basis für ihr Überleben und Fortkommen schufen! Ach was, Dank kann man von Kindern nicht erwarten. Alles ist ganz normal und selbstverständlich, wie könnte es anders sein?

Wir waren Nichts, wir hatten nichts und konnten nichts, aber wir wollten etwas erreichen. Was uns unsere lieben sorgenden Eltern und Lehrer auf den Lebensweg mitgaben, reichte gerade so zum Überleben, mehr war da nicht möglich. Aber aus dem Nichts, schufen wir ein schönes Heim, eine Firma, Autos und Häuser um darin zu wohnen. Mit dem Wollen ging es langsam voran, aber alles, was heute da ist, ist selbstverständlich und ganz normal, wieso auch nicht, man kennt es ja nicht anders, man setzt das einfach voraus, man meint, es war immer so. Ein neues Fahrrad, ja das gibt es im

Geschäft nebenan zu kaufen, Geld, ja, das ist doch da, oder nicht? Auto, na klar auch!

Man lädt ein, mühsam ist ihr kommen, es gibt ja so viele andere interessantere Dinge, als mit den Alten zu zusammen zu hocken, man hört auch nicht zu, verliert den Respekt vor dem erfahrenen Alter, ach was reden die den da, das ist doch alles von Vorgestern, wo leben die den eigentlich, ich glaube, die kommen von einem anderen Stern. Ja, so ist das eben, macht nur weiter so, immer weiter, aber eines nicht allzu fernen Tages, seid ihr „die Alten", und genau so weit wie wir heute, und wundert euch nicht, wenn euch dann auch keiner mehr zuhört, und beschimpft nicht die Welt, so ist sie nun mal, und die Nächste wird nicht besser sein, so war es, so ist es und so wird es immer bleiben.

Hallo Herr Molitor, einen schönen guten Tag

Ich habe Sie immer für einen der besten Leitartikler gehalten, aber was Sie heute verzapft haben ist nicht nachgedacht, sondern Merkel nachgeplappert. "Deutschland geht's gut". Eben nicht! wo leben Sie eigentlich, die soziale Kälte lässt Sie wohl auch kalt? Hauptsache dem deutschen Establishment geht's gut. Merken Sie als politisch hochgebildeter Kommentator nicht, wo unsere Republik hinsteuert? Da stimmt doch überhaupt nichts mehr. Immer noch, zu hohe von den Regierenden versteckte Arbeitslosigkeit, unkontrollierbare Bankendominanz, Wohnungsnot, Ausverkauf von Wohn-Eigentum, prekäre Arbeitsverhältnisse, viel zu hoher Landverbrauch, Maisanbau für den Tank, ungerechtes Steuersystem, dass nur die Reichen begünstigt, Kaputtes Gesundheitswesen, Chaos auf allen Straßen 48 Millionen PKWs für 83 Millionen Menschen! Davon 68 Millionen über 18 Jahre alt. Mangelhafte Infrastruktur, Autobahncampingplätze für das LKW-Chaos, Überfremdung, Fehlende Raumordnung, unkontrolliertes Wachstum, bis die BRD eine zubetonierte Industrie-Stadt, von Oberstdorf bis Flensburg und von Aachen bis Bautzen ist. Zunehmende Schwerstkriminalität, marode Schulen und eine kaputt gesparte Bundeswehr und vieles andere mehr. Wir haben kaum den letzten Weltkrieg und seit 1945 die Flüchtlingsströme aus Osteuropa, der ehemaligen DDR und den Zusammenschluss Deutschlands halbwegs verkraftet, da überschwemmt man uns mit neuen Menschenmassen aus fremden Kulturkreisen, die über viele Jahrzehnte nicht integrierbar sein werden. Sie sollten in Ihrer hervorragenden Meinungsmacherposition etwas nachdenklicher agieren, wenn sich neue Strömungen wie „Aufstehen" etablieren und nicht alles gleich in den Boden stampfen, was Sie nicht verstehen. Deutschland sollte froh sein, dass es Menschen gibt, die diese Probleme erkannt haben und sie beim Namen nennen. Die etablierten Parteien wollen natürlich, dass alles so bleibt, aber das Volk hat begriffen, dass wir einen totalen Umbruch brauchen und wer die Zeichen der Zeit ignoriert, wird von der politischen Evolution hinweggespült werden. Das gilt auch für Leitartikler.

Wenn Sie weitere Einlassungen zu dem weiten Feld von mir lesen möchten, dann laden Sie sich mein E-Book bei Amazon herunter oder kaufen das Taschenbuch. Amazon Kindle Edition: Denkanstöße - Philosophische - Betrachtungen: Gesellschaft im Wandel der Zeiten-Philosophische-Betrachtungen-Informationsfelder - das ewige Leben15. Februar 2015 Horst Reiner Menzel

Dank sei den Rauchern

Die Sensibelchen dieser Welt,
qualmen was die Lunge hält,
der Nichtraucher sich nie beschwert,
gewöhnlich ist es umgekehrt.
Raucherbeine, Lungenkrebs,
rauchen bis die Lungen zischen,
mich wird es schon nicht erwischen.
Gesundheitsschäden Nebensache,
lieber neue Schachtel in der Tasche,
rauchen ist mein gutes Recht,
schau doch, geht es mir denn schlecht?
Ich brauche das zum Wohlgefühl,
auch wenn andere mich hassen,
die spinnen doch,
ich kann´s nicht lassen.

Rei©Men

Warum werden sich die Politiker wegen des Rauchverbots nicht einig? Weil sie hoffen, dass mit dem Artensterben, auch die Tabakpflanzen verschwinden. Wahrscheinlicher ist aber, dass die Menschheit vorher ausstirbt. Nun die EU plant ja das generelle Rauchverbot, stattdessen sollte sie lieber das Raucherverbot einführen, dann wäre das Problem ein für alle Mal gelöst. Ich hätte da aber noch einen humaneren Vorschlag.

Viele wollen ja die Mauer wiederhaben, da könnte man doch die ehemalige Grenze zur DDR und die Mauer wiedererrichten und die Minderheit von Rauchern nach Osten schicken, da wären sie dann unter sich, und auch näher an der osteuropäischen Zigarettenmaffia dran, könnten sich in Polen schneller mit billigen Glimmstängeln eindecken.

Das hätte noch weitere Vorteile, man hätte dann nur noch zwei Bundesländer und würde die vielen unnützen Politiker einsparen. Die Namen der Länder könnten auch so bleiben.
DDR = Deutscher Demokratischer Raucherbund
BRD = Bund Rauchfreies Deutschland

Für gegenseitige Besuchsanträge könnte man eine Internetseite einrichten und an der Grenze müssten die Zigaretten ausgemacht und die Zigarettenschachteln eingezogen werden.

Wäre noch der Umzug oder Familiennachzug zu regeln, wenn einer aufhört, oder ein anderer anfängt zu rauchen.

Wenn diese Idee erfolgreich sein sollte, könnte man ausgehend von Sizilien über die halbe Schweiz und quer durch Österreich und oben im Norden durch Dänemark usw. usf., die Raucher-Grenze ziehen.

Natürlich müssten dann englische, französische, spanische und natürlich polnische und russische Raucher usw. usf., umziehen. Dann wäre so nebenbei der Traum der Grünen endlich verwirklicht und wir hätten Multi-Kulti in ganz Europa.

So würden wir noch mehr überflüssige Politiker einsparen und den Rest nach Brüssel schicken, die würden dann die
EUMR = Europäische Union mit Rauch
EUOR = Europäische Union ohne Rauch regieren.
Wie sie sehen, hätten wir den Rauchern unendlich viel zu verdanken und vielleicht wäre ja so nebenbei noch der Staatshaushalt zu retten.

Allerdings müsste diese EU-Regierung dann paritätisch, jeweils mit einem Raucher- und einem Nichtraucher-Kommissar und Ministern besetzt werden, aber dann ginge vermutlich der Streit ewig weiter, oh je oh je oh je.....

Weitere, oder bessere Vorschläge dürfen eingereicht werden und werden dankbar entgegengenommen

Nach so viel Ärger noch ein bisschen Erheiterndes:

Warum sitzen die Raucher so gern am Feuer?
Weil sich Raucher immer dort treffen, wo es schön rauchig ist.

Warum bilden sich Raucher ein, dass sie hundert Jahre alt werden können?
Weil sie der Ansicht sind, dass sich Räucherware länger hält.

Auf welchem Erdteil gibt es die meisten Raucher?
In Australien, da brennen auch die meisten Buschfeuer.

Warum stellen Chef´s nicht gerne Raucher ein?
Weil sie jeden Tag ohne zu arbeiten etwa eine Stunde verrauchen lassen.

Warum streichen die Raucher in den südlichen Ländern Europas die Straßenlaternen grün an? Weil sie inzwischen alle Bäume mit brennenden Kippen abgefackelt haben.

Warum haben manche Raucher so graue Gesichter?
Weil sie gar nicht so alt werden können, wie sie aussehen.

Warum bestellen sich Raucher im Speise-Lokal nie ein Menü?
Weil sie zum Nachtisch Zigaretten verzehren.

Warum werfen Raucher immer brennende Zigarettenkippen aus dem Auto-Fenster? Weil sie sonst wegen des vollen Aschenbechers ein neues Auto kaufen müssten.

Warum kaufen sich Raucher in letzter Zeit immer mehr Zigaretten-etuis?
Weil sie vor den aufgedruckten Gräuelbildern auf den Schachteln Angst haben.

Warum werfen Raucher immer ihre leeren Schachteln auf die Straße?
Weil sie sich so schneller von ihren kürzlich begangenen Sünden und Altlasten befreien.

Warum gehen Raucher öfters zur Beichte?
Weil sie die Absolution nur dann bekommen, wenn sie versprechen jeden Tag 40-mal, eine Mega-Culpa zu rauchen.

Das Schulunwesen

Die Lerngeschwindigkeit in den Schulklassen, richtet sich im-mer nach den Fleißschülern, die aber nicht unbedingt die Intelligen-testen sind. Man muss die Schüler nach ihren Anlagen, Eignungen und ihren Talenten sortieren, unterrichten und fördern, stattdessen wird der Unterricht danach ausgerichtet, wie viel Wissensmüll sie in möglichst kurzer Zeit in sich hineinstopfen können. Spätestens wenn die Zensuren im Zeugnisheft stehen, klicken sie dann auf das Papier-korb-Symbol, um ihre Festplatte wieder zu löschen. Schule sollte da-her lehren zu Lernen, nicht nur lehren und lernen, wegen des Aus-wendiglernens.

Wir waren eine reine Jungen-Klasse und hatten einen „Pau-ker", den nannten wir nur den Sadisten. Er setzte sich erst einmal an sein Pult und machte gar nichts. Alle Schüler erwarteten den Beginn der Unterrichtsstunde, aber es passierte einfach nichts, er schaute abwechselnd in ein Buch, dann wieder in die Gesichter der Schüler. Uns wurde es langsam langweilig, ein paar fingen an zu flüstern oder grinsten. Das war überhaupt kein unerlaubtes, strafwürdiges Verhal-ten, sondern Ausdruck von Langeweile. Nach und nach wurden die Geräusche die von den 50 lebhaften Schülern, der quirligen Klasse ausgingen lauter, Papiertauben flogen durch die Luft, Grimmassen wurden dem Lehrer geschnitten, aber man musste aufpassen, dass er nicht gerade hochsah. Dann passierte es, einer hatte nicht aufgepasst und er hatte es gesehen. Dann hieß es Vortreten. Der Schüler stand in Erwartung der Strafe, die er sich ja redlich verdient hatte direkt vor dem Lehrer und ließ den Kopf hängen. Plötzlich knallte es, er hatte eine saftige Ohrfeige abbekommen. Dann hieß es „setzen".

Dieses Spielchen wurde nun fortgesetzt. Dacapo, wieder einer erwischt, vortreten Klatsch. So ging das Spielchen noch ein Weilchen weiter, immer mehr Schüler hatten rote Ohren und hielten sich die Schmerzverzerrten Gesichter. Eines Tages, kam einer dran, der hatte sich etwas Besonderes ausgedacht. Alle wunderten sich über den sonst so scheuen Jungen, was war denn da passiert, hatte der sich Mut angetrunken? Vortreten, - Klatsch, aber dieses Mal hielt sich der Lehrer die Handfläche und hupfte vor Schmerzen im Klassenzimmer herum. Dann rannte er auf den Flur, die Treppe hinunter, knallte die Eingangstür zu und man hörte sein schepperndes, altes Fahrrad davonklappern.

Erst jetzt, nachdem die Aufmerksamkeit vom Lehrer auf den Schüler überging, bemerkten sie in seiner linken Hand eine kleines aber sehr wirksames Nagelbrett, das er blitzschnell zwischen die Hand des Lehrers und seine Wange geschoben hatte.

Die Angelegenheit hatte dann noch ein Nachspiel, aber nicht für den Schüler, sondern für den Sadisten-Pauker, weil sich kurz zuvor eine Mutter beim Direktor beschwert hatte, denn ihr Junge hatte ein Knalltrauma erlitten. Dem HNO-Arzt war nicht entgangen, dass die Verletzung von einem Schlag herrührte und zwar von einem sehr heftigen. Die Angelegenheit machte die Runde und in der Folge bekam der Lehrer einen Verweis und die Klasse einen neuen Lehrer.

Uwe Groening

Keiner wusste wo er hergekommen war, er saß auf einem roten Motorroller und schaute uns beim Einladen von Material in die Montagewagen zu. Nach ein paar Minuten hatte er wohl herausgefunden, dass ich der Montagechef der Truppe war und fragte, ob wir noch Monteure einstellen. „Ja klar, hast du Lust, bei uns anzufangen?" „Was verdient man denn da?" War die Gegenfrage? Hhmm, kam es nachdenklich aus ihm heraus als er meine Antwort verdaut hatte und dann:

„Wo kann ich mich denn umziehen?" Ich dachte noch, solche Leute kann ich gebrauchen, die machen nicht lange herum, sondern handeln. „Komm mit, ich muss noch deine Personalien notieren", bemerkte ich. „Hast du deinen Pass dabei?" „Klar, muss ich doch." Erst jetzt bemerkte ich den Anhänger an seinem Roller.

„Wo kommst du den her", fragte ich, „Aus Uruguay". „Willst du mich verarsch...", „ne ne, is wahr, meine Eltern haben dort eine Schweinefarm und ich wollte mal die Heimat meiner Vorfahren kennenlernen." „Ja, und was haste denn gelernt in Uruguay?" „Ja eigentlich alles, wir züchten Schweine, aber sonst müssen wir alles selber machen, da gibt es keine Handwerker." Nun stellte sich heraus, der hatte keinen Handwerksberuf gelernt, aber sonst war er ein Allrounder. Stein, Holz, Eisen, Blech und Elektro, einfach alles. Zu uns hatte er sich durchgefragt, weil er einen Betrieb suchte, bei dem er viel in der BRD herumkam. Wie er uns dann später bei einem Bier erzählte, hatte er sich unseren Betrieb ausgesucht, weil ihm sein Vater aufgetragen hatte, sich in Deutschland das Wissen im Blitzschutzbau anzueignen, damit er dann die heimatliche Farm mit einer Blitzschutzanlage ausrüsten kann. Als wir uns dann noch besser kannten, erzählte er mir, dass er auch so im Hinterkopf spekulierte, sich eine deutsche Frau zu angeln und nach Uruguay mitzunehmen. „Weißt du", sagte er, „die einheimischen Mädchen dort, sind nicht so mein Ding, die passen nicht so in die Familie, weil wir ja alle auch Deutsch sprechen." Er war ein toller Kerl, der alles konnte auch ,den Draht verbiegen', so drückte er sich immer aus, „das kann doch jeder." Wenn man genau hinhörte, bemerkte man, dass er einen, dem typischen norddeutschen Platt, entlehnte Slang draufhatte.

„Sag mal", fragte ich ihn einmal, als wir richtige Freunde geworden waren, „wie kam deine Familie denn nach Uruguay?" Dann erzählte er von der Odyssey, die seine Familie durchgemacht hatte. Sein Vater, der einer kleinen Bauernwirtschaft entstammte, war nach Kriegsende 1945 aus der russischen Gefangenschaft und der SBZ-Besatzungs-Zone nach Hamburg geflüchtet, hatte die ererbte Wirtschaft kurzerhand gegen eine 42 Fuß mächtige Segelyacht getauscht, sie ausgerüstet und zur Ausfahrt mit den Vorräten der

Selbstversorger, so hießen die Landwirte damals, ordentlich mit Lebensmitteln vollgepackt. Damals erzählte er, gab es nur noch die Großmutter, seine Mutter, die beiden Schwestern und einen Bruder, er selber, war dann erst in Uruguay geboren worden. Dann saßen sie herum und warteten auf schlechtes Wetter, weil sie sich aus dem Kleinen Yachthafen herausschleichen mussten, denn die englische Besatzungsmacht überwachte den gesamten Schiffsverkehr und insbesondere die nahe Küstenschifffahrt. Aber es klappte, sie erwischten eine lang andauernde Nebelphase, in der sie sich in die nördlichen Gewässer verdünnisierten. Ihr Vorteil war natürlich, dass sie die hohen Masten der Frachter und vielfach noch verkehrenden Kriegsschiffe eher sahen, als man sie ausmachen konnte. Erst in Neufundland nahmen sie dann Wasser auf, danach schlugen sie sich zunächst mit einer kanadischen und später sogar mit einer US-Flagge am Heck, nach Süden durch. Das Ziel war Südamerika, nur dort konnte man sicher sein, als Deutscher nicht verfolgt zu werden.

Die Einfahrt in einen Flusslauf war unspektakulär, jetzt mussten sie noch ein kleines sauberes Bächlein finden, wo sie ihre Wassertanks auffüllen konnten. Das war in der damaligen Zeit kein leichtes Unterfangen, denn das Wasser musste Gießkanne für Gießkanne geschöpft und in den Einfüllstutzen des Tanks geleert werden. Das konnte Stunden dauern und die Gefahr entdeckt zu werden war groß. Doch sie hatten Glück und gingen wieder in See, folgten aber der Küstenlinie in den St. Lorenz Golf, so wie es auch die einheimischen Segler taten, mischten sich unter die anderen und niemand kam auf die Idee sie zu kontrollieren. Von dort aus steuerten die Bermudas direkt an und hangelten sich über Puerto Rico, entlang der Windward Islands hinunter nach Grenada und Tobago. Geschafft, nun konnte ihnen nur noch Französisch Guyana gefährlich werden, aber das meisterten sie indem sie wieder auf die Hochsee auswichen. In der Karibik hatten sie sich ordentlich mit Obst eingedeckt, Vater Gröning hatte dort zeitweilig eine Arbeit gefunden, sodass sie ein paar Dollar in der Reisekasse hatten. Gottseidank hatten die hanseatischen Vorfahren einen Teil ihrer Ersparnisse in Gold angelegt, Oma Gröning hütet diesen Schatz, aber der sollte nur im äußersten Notfall umgetauscht werden. Sie waren Anfang des Sommers aufgebrochen und kamen am Rio de la Plata auf der Südhalbkugel im Sommer wieder an.

Viele Altnazis hatten sich ja nach Kriegende nach Argentinien und Uruguay abgesetzt, es sprach sich schnell herum, dass ein deutscher Segler angekommen war. Aber es waren auch sehr viele unbelastete Deutsche unter ihnen, die sich schon vor Kriegsausbruch abgesetzt hatten und so wurden sie mit offenen Armen in der deutschen Gemeinde aufgenommen. Bald war auch eine kleine Farm gefunden, die man für wenig Geld kaufen konnte. Mutter Gröning war auf der Reise schwanger geworden und klein Uwe wollte wohl nun seine neue Heimat kennenlernen, jedenfalls wurde er nach ihrer Ankunft geboren. Aus dem Bauernhof wurde nach und nach ein Schweinezuchtbetrieb und aus Uwe ein tüchtiger Handwerker der in unsere Firma hineinpasste. Nach einem Jahr passierte dann eine Dusselei mit ein paar Kollegen, die wir ja schon aus den anderen Begebenheiten, die in diesem Buch geschildert werden, kennengelernt haben. Uwe stellte seinen roten Roller immer im Lager ab. Bevor ich es verhindern konnte, machten sich die Burschen einen Spaß daraus, den Roller in einen fahrenden Blitzableiter zu verwandeln. Vorn und hinten kamen lange Auffang-Stangen dran, die Ableitungen wurden fein säuberlich mit dem Rahmen verschraubt. Vor und hinter dem Roller hatten sie einen Erder eingerammt und die Erdungsleitungen unten mit den Speichen verklemmt. Als Uwe von seiner Montagetour zurückkam und seinen gepflegten Oldtimer sah, kamen ihm die Tränen. „Komm mal rüber und schau dir das an, sagte er zu mir, ich habe jahrelang für diese Vespa gespart." „Ach Uwe", sagte ich zu ihm, „wir schrauben deinen Roller wieder ab und die bekommen eine Abreibung, ich lasse mir was einfallen." Als wir das Teil wieder fahrbereit hatten, bedankte sich Uwe bei mir, setzte sich auf sein Gefährt und fuhr davon, so wie er gekommen war. Seit der Zeit suche ich diesen guten Menschen, habe aber nie wieder etwas von ihm gehört.

Der Schlüsseldienst

Weil wir immer nur Unfug im Kopf hatten, dachten wir Kinder daran unseren Nachbarn in der Siedlung einen Streich zu spielen, denn da hatten wir mit dem einen oder anderen auch noch "ein Hühnchen zu rupfen". Zum Beispiel, weil man uns den über den Zaun gefallenen Ball wochenlang nicht zurückgab, oder weil uns ein Hund im Grundstück ärgerte, der uns ständig mit seinem nie aufhörenden Gekläff nervte. Was auch vorkam, wir hatten von einem dieser „Kinderfreunde", wegen einer Kleinigkeit eine Maulschelle bekommen. Manche Leute beschwerten sich damals schon über den Lärm, den Kinder nun mal so machen. Wir kannten natürlich alle Grundstücke und auch die Gartenlauben, aber speziell hatten wir ausgekundschaftet, wo sie ihre Laubenschlüssel versteckten. Eines Nachts zogen wir los, kletterten über den Zaun, holten den ersten Schlüssel aus dem Versteck und dann ging es in den nächsten Garten und so weiter. In den Tagen danach, wunderten sich die Laubenpieper, dass ihre Schlüssel nicht mehr ins Schloss passten. Was war da passiert, die Schlüssel waren wohl an ihrem Platz, aber keiner passte mehr ins Schloss? Nach und nach stellte man fest, dass beim Nachbarn das gleiche Malheur passiert war. „Zeig doch mal deinen Schlüssel her Ernst", hörten wir. „Mensch, das ist doch meiner, gib mal her". Tatsächlich der passte ins Schloss. Nun ging eine große Schlüsselrücktauschaktion los, denn wir hatten ja die Schlüssel von einem Garten in den nächsten gebracht und im Versteck deponiert. Natürlich hatte man uns in Verdacht, aber beweisen konnte man nichts. Eines hatten wir leider nicht bedacht; Wir hatten die Schlüssel unserer eigenen Gartenschuppen nicht vertauscht, und so erhärtete sich der Verdacht gegen uns erheblich, man wurde bei den Eltern vorstellig, aber die ließen alles an sich abgleiten und sagten: „Wir nehmen unsere Laubenschlüssel mit ins Haus, da kann sowas nicht passieren, machen sie das doch auch so". Wie das so ist, geriet die Angelegenheit langsam wieder in Vergessenheit. Wenn wir später über den Zaun schauten und sahen, wie der Nachbar den Schuppenschlüssel nach dem Abschließen in die Hosentasche gleiten ließ, konnten wir uns ein leichtes Grinsen nicht verkneifen.

Die Motorräder

Er war der am meisten beneidete Junge in der Schule, nicht, weil er so schön oder so intelligent gewesen wäre, nein, er war einfach nur der Sohn des Molkereidirektors Müller und damit privilegiert, jeden Tag Milch trinken zu können so viel er mochte. Eckehardt Müller wurde mein Freund, weil ich der erste war, der sich in seiner neuen Heimat für ihn interessierte und ihn mitnahm zu unseren Exkursionen. Dann kam sein 12. Geburtstag, ich war eingeladen und durfte erstmals einen Schokoladenpudding kosten. Bestimmt hatte ich schon mal einen gegessen, doch das war lange her und ich konnte mich nicht mehr daran erinnern. Diese Delikatessen waren in den ersten Jahren nach dem Kriege eine Rarität, die nur wenige Menschen genießen konnten. Meistens wurden die Puddingpulver von „Dr. Oetker" über Westberlin eingeschmuggelt. Es gab buchstäblich nichts, was das Leben verschönern konnte, alles war nur aufs Überleben ausgerichtet. Bald stellte sich heraus, dass Eckehardt super in unsere Truppe passte. Müllers hatten auch einen Hund und so ergab es sich, dass wir dann unter Hundeschutz durch die Gegend zogen und viele Ausflüge in die Umgebung machten. An Pfingsten waren alle Molkereimitarbeiter zu einem Ausflug mit dem Kremser unterwegs. Der Chef engagierte einen Bauern mit Pferdekutsche, lud ein kleines Fass Bier und etwas zum Essen auf den Wagen und dann machten sie eine „Fahrt ins Blaue". Man lese eventuell Herrmann Hesse' s Roman "Die blaue Ferne". Diese unnachahmliche Beschreibung des Fernwehs kann niemand besser beschreiben. „Blau" kam man dann für gewöhnlich auch zurück, aber diese Art der Entspannung war wohl auch der Hauptzweck einer solchen Kremser-Fahrt.

Die Molkerei war leer, öd und verlassen, niemand störte unsere Aktivitäten. Nur sein kleiner Bruder und seine ältere Schwester, waren noch zuhause. Die Fahrräder und einige Motorräder der Angestellten standen im Hof und Eckehardt schlich um ein Kleinmotorrad von Miele mit einem Fichtel & Sachs Motor herum. Er drehte an den Hebeln und trat auch schon mal die Pedale durch, aber nichts rührte sich. „Eckehardt, mach keinen Scheiß", sagte ich zu ihm, aber er hörte nichts mehr, war in eine Technik versunken, von der ich damals noch keine Ahnung hatte. Die Molkerei hatte einen

„Rundkurs", von der Straße fuhren die Fahrzeuge in den Hof rund um die Gebäude und auf der hinteren Seite auf die Straße zurück. Nach weiterem probieren und studieren, schob er das kleine Motorrad in die Mitte des Hofes, dann rannte er damit los. Plötzlich sprang der Motor an, er enterte den Sattel und fuhr aus dem Hof heraus auf die Straße. Nach einiger Zeit tauchte er wieder bei uns auf, brüllte und jodelte vor Vergnügen. Bei der nächsten Molkereirunde sahen wir, wie er an der Karre herumfingerte. Auf der nächsten Vorbeifahrt rief er: „Ich kann nicht mehr anhalten". Eine Runde später, schon Panik im Gesicht, rief er: „Ich springe jetzt ab". „Nein rief ich, wir halten dich hinten fest, fahr in den Wald gegenüber". Wir stellten uns nun für die nächste Runde gegenüber in den Wald, da war der Boden weicher und schon kam er angefahren. Inzwischen hatte er den Gasgriff und die Bremse unter Kontrolle, und so mussten wir nicht mehr viel tun, um ihn am Gepäckträger abzustoppen, bis der Motor abgewürgt war. „Gott sei Dank", dachte ich – überstanden, aber da kannte ich Eckehardt doch noch nicht so richtig. Jetzt hatte er „Blut geleckt", fummelte weiter an dem Gerät herum und auf einmal startete er das Kleinkraftrad, wie das damals noch genannt wurde, mit den Pedalen und fuhr wieder los. Als er wiederauftauchte, konnte er schon richtig anhalten, bot uns an, auf den Sozius, so nannte man den Beifahrersitz, aufzuentern und mitzufahren. Mich konnte er nicht dazu überreden, denn ich hatte gesehen wie mein Onkel nach einem Sturz mit seinem Motorrad ausgesehen hatte. Gebrochen war nichts, aber Schuhe und Hosen durchgeschliffen, überall Abschürfungen - für mich reichte dieser Anblick, ich bin deshalb nie im Leben Motorrad gefahren. Aber bei seinem kleinen Bruder glühten schon die Augen, er konnte es kaum fassen, dass ihn sein großer Bruder mitfahren lassen wollte. Und so fuhren sie und fuhren sie, zuerst nur um die Molkerei herum, dann durchs Dorf und auch noch durch den Wald, bis der Tank leergefahren war. Nun wäre es ja kein Problem gewesen, das Gerät wieder hinzustellen, als ob nichts gewesen wäre, aber nichts da, Eckehardt wollte weiterfahren und weiter und weiter. So kam er auf die Idee, aus einem anderen größeren Motorrad etwas Benzin abzulassen um damit den Tank aufzufüllen. Gedacht getan, wobei ich ihm, nichts ahnend auf was wir uns da einließen, auch noch half. Doch mit dem neuen Sprit kam er nun nicht mehr sehr weit, dann machte es plopp, plopp und der Motor stand und ließ sich zu nichts mehr überreden.

Nun endlich stellte er das Kleinkraftrad auf seinen angestammten Platz und wir lösten für diesen Tag die Abenteuerrunde auf. Ich traute mich erst mal überhaupt nicht mehr in die Molkerei, wollte mal abwarten ob man etwas bemerkt hatte, aber dann fragte ich ihn in der Schule: „Wie ist es denn gelaufen", „Oh je, Vater hat alles rausgekriegt und mich mächtig angeschnauzt, der Motor ist kaputtgegangen und nun muss er einen neuen besorgen." Er erklärte mir dann noch, dass man das Kleinkraftrad nur mit einer Mischung aus Benzin und Öl fahren dürfe, und das große Motorrad würde nur mit Benzin gefahren. Das wären die Unterschiede zwischen Zweitakt- und Viertakt-Motoren. Was das wirklich bedeutete, habe ich dann erst ein paar Jahre später in der Fahrschule erfahren und diese Lektion mein Leben lang nie vergessen. Die Grundregel lautet: Ein technisches Gerät erst verstehen und beherrschen lernen und dann benutzen.

Der Nachtwandler „Lucky Boy" Keutschka

Der Kreisbaubetrieb Spremberg hatte die Kinder der Beschäftigten, zu einem Ferienlager in den Schulferien eingeladen. Eltern wurden aufgefordert als Betreuer mitzufahren. Mehrere meldeten sich unter anderen auch meine Mutter. Das Ziel war eine größere Gaststätte mit Saal in Geißmannsdorf bei Bischofs-Werder, in der Nähe von Bautzen. Ein paar Lehrer fuhren auch zur Betreuung der Kinder mit, einer brachte sogar sein neues Motorrad mit. Wir waren in etwa 50 Personen und in kurzer Zeit hatte sich das Leben in dieser kleinen Gemeinde eingespielt. Wir machten Sport und Spiele, Wanderungen und Ausflüge in die nähere Umgebung. Der Lehrer mit dem Motorrad fuhr mit den Jungen und Mädchen auf der Wiese hinter dem Dorfgasthof Korso und erzeugte Begeisterung, denn damals war es nur wenigen vergönnt gewesen schon einmal auf einem Motorrad mitfahren zu dürfen. Gekocht wurde unter Mithilfe der Frauen in der Küche und im Saal hatte man ringsum und auf der Bühne Matratzen zum Schlafen ausgelegt. Hier schliefen aber nur die Jungs, für die Mädchen und die Betreuer, waren die Zimmer und Nebenräume eingerichtet worden.

Einer der Nachbarjungen, der über der Wohnung meiner späteren Schwiegermutter und ihrer Tochter Doris, mit seiner Familie wohnte, war auch mitgefahren. Er war durch seinen Fenstersturz aus dem ersten Stock, immerhin 6 - 7 Meter Höhenunterschied, zum Stadtgespräch geworden, weil er diesen Sturz auf wundersamer Art und Weise, ohne einen Kratzer überlebt hatte, denn der Hof war unten gepflastert. Da mussten mindestens drei Schutzengel aufgepasst haben, dass ihm nichts passierte. Damals hatte man ja noch keine Waschmaschinen und Trockner, deshalb trocknete man die Wäsche auf einer Leine, die quer über den Hof gespannt wurde. Und genau auf diese Wäscheleine fiel er mit seinem Körper drauf, wurde wieder hochgeschleudert und landete, nur den Schrecken im Gesicht, unten im Hof. Dieser Lucky Boy war auch in Geißmannsdorf dabei und schlief oben auf der Bühne, während ich unterhalb der Bühne meine Schlafstatt hatte. Die Jungen von oben warfen immer ihre leeren Sprudelflachen herunter und wir Unteren schickten sie postwendend wieder nach oben. Eines Nachts flogen wieder die

Flaschen, dann ein Schrei! Und unserem Lucky Boy Koitschka fehlte ein Schneidezahn. Dieses Mal hatten die geflügelten Wesen wohl auch schon geschlafen und konnten das Unheil nicht verhindern und außerdem: „Hatte ja bestimmt niemand eine Flasche geworden, also auf Ehre, nee sowas?" Das ergaben dann jedenfalls die späteren peinlichen Befragungen durch die Aufsichtführenden.

Ein paar Tage später fiel wieder etwas sehr Schweres von der Bühne herunter und genau auf mich drauf. Es rappelte sich wieder auf und ich hatte noch das Gefühl, dass ein Tuch oder eine Decke über mich hinwegglitt, dann war ich wieder weg. Etwas später ging im ganzen Haus das Licht an, ich glaube so um Mitternacht. Es gab ein Gerenne und Getrappel, Stimmen, Rufe usw. doch ich schlief wieder ein. Am nächsten Morgen erfuhren wir dann die Ursache der nächtlichen Ruhestörung. Unser Lucky Boy Koitschka, war schlafwandelnd, die Schlafdecke nachziehend, von der erhöhten Bühne heruntergefallen und hatte auch noch zwei andere Jungen getroffen. Danach war er diagonal durch den Saal gewandelt und mitsamt seiner Schlafdecke aus dem offenen Fenster auf die Straße runtergefallen. Fallhöhe, aber das wissen Sie ja schon, wieder 6 – 7 Meter. Dabei hatte er es so eingerichtet, dass er unten genau auf seine Schlafdecke fiel und dann einfach weiterschlief, bis ihn ein paar Nachtschwärmer dort liegen sahen und beim Hauswirt klingelten. Dass er keinen einzigen Kratzer davongetragen hatte, brauche ich wohl nicht erst erwähnen. Doch der arme Kerl hatte bestimmt nur drei Schutzengel und die hatten mit ihm alle Hände voll zu tun, denn er kam dann, „Ironie des Schicksals", etwas später bei einem Verkehrsunfall ums Leben.

Die ersten Mountainbiker

Wolfgang, der ältere Bruder meines Freundes Jürgen Noack, hatte die Idee und fragte mich ob ich mitfahren wolle? Er hatte vor mit dem Fahrrad eine kleine DDR-Rundfahrt zu machen. Wir besprachen die Einzelheiten und so wurde dann eine Fahrt von Spremberg, über Torgau, Halle, Quedlinburg, den Harz, Nordhausen, Gotha und hinauf auf den Rennsteig, die Inselberge, dann hinunter nach Saalfeld und durchs Erzgebirge wieder nachhause, beschlossen. Wir hatten damals schon wieder eigene Fahrräder, aber die hatten keine Gang-Schaltungen. Die kauften wir und bauten sie in unsere Räder ein. Dann stellten wir die Ausrüstung zusammen, die aus Zelt, Schlafsack, Luftmatratze, Petroleums-Kocher, Lebensmitteln, Kleidung, Fotoapparat, (Wolfgang) Flickzeug und Werkzeug bestand. Die erste Station mit Stadtbesichtigung und einigen Fotos war Torgau an der Elbe. Am nächsten Tag besichtigten wir den Naumburger Dom und seine weltberühmten Stifterfiguren Uta und Ekkehard II. Dann ging es weiter nach Quedlinburg, durch die historische Altstadt mit ihren Holzfachwerkhäusern, heutiges UNESCO Weltkulturerbe. In der Ebene trafen wir viele Radfahrer und fielen unter ihnen nicht weiter auf, doch dann kamen sozusagen die dicken „Brocken". Das war harte Arbeit, die Schieberei hoch nach Schierke, Elend und Sorge und als wir dann mit den Rädern auf dem Brocken ankamen, erregten wir allgemeines Aufsehen. Jeder wollte wissen, wo wir herkämen und hinwollten, selbst die Russen, die damals dort oben eine Funkstation betrieben, waren verwundert. Radfahrer auf dem Brocken, das hatte es noch nie gegeben. In ihrer Freizeit spielten die „Freunde", wie man sie in Anspielung auf die staatlich verordnete „Deutsch Sowjetische Freundschaft" nannte, da oben Fußball und freuten sich, wenn jemand kam und mitspielte. Später wurde der Brocken für Wanderer und Besucher gesperrt und von der DDR zur Abhörzentrale ausgebaut, man musste ja den bösen Klassenfeind im Westen überwachen. Natürlich haben wir auf der Weiterfahrt, die Höhlen Rübeland, die Baumannshöhle und den Nordhäuser Korn auch nicht ausgelassen.

Danach ging es weiter, durch die schönen Thüringer Lande, Richtung Eisenach. Hier kamen wir der Zonengrenze gefährlich nahe und mussten dafür eine Grenzbefahrungs-Genehmigung bei der Polizei beantragen, die nach Belehrung auch gleich ausgestellt wurde. Es war die Zeit vor dem Mauerbau, man konnte noch über die offene Grenze von Ost- Berlin nach West-Berlin, aber auch über diese Grenze in den Westen gelangen. Die DDR hatte anscheinend in einem „Anfall von Normalität" die Zonen-Grenze geöffnet, man musste nur einen Antrag stellen und bekam dann die Genehmigung, nach Westdeutschland zu reisen. Auch Sportvereine und Einzelpersonen, durften in den Westen zu Verwandtenbesuchen fahren. Das übrige Europa durfte man allerdings, war man erst mal im Westen, mit den DDR-Pässen nicht bereisen. Allerdings stellte die BRD den DDR-Bürgern bereitwilligst Reise-Pässe der BRD aus. Die durfte man aber nicht mit „nachhause" nehmen. So kamen wir dann einmal auf einer Straße im Grenzgebiet, dicht an der Grenze entlangfahrend an einem Schlagbaum an, der die Autostraße quer versperrte. Die DDR-Posten verlangten unseren Passierschein, dann wurden wir nochmals belehrt, dass wir der Straße nicht weiter folgen könnten, weil dort im Westen der kapitalistische und imperialistische Klassenfeind zuhause ist. „Ja wo geht es denn dann weiter?", fragten wir. Sie zeigten uns einen Weg in den Wald hinein, der eher einer Schlammwüste und einem Knüppeldamm, als einer befahrbaren Straße nahekam. Nun, wir schwenkten schiebend und fluchend in den Wald ab und standen innerhalb von Sekunden bis über die Knöchel im Dreck oder holperten mit unseren Rädern durch die von LKWs zerfurchte Natur. Rechter Hand sahen wir aber immer noch die Straße. Weiterschiebend und ein gehöriges Stück vom Schlagbaum entfernt, schwenkten wir wieder auf die Straße ein, saßen auf und fuhren weiter. Der Straße weiterfolgend, kamen wir immer weiter nach Westen ab und fragten uns, ob wir noch in der „guten" DDR sind oder schon in die „böse" BRD gelangt waren. Umkehren wollten wir nicht, das hätte einen Riesenumweg bedeutet. Also radelten wir weiter und dachten, wenn die Grenze kommt, können wir auch wieder in den Wald zurück. Die Grenze, die damals vor dem Mauerbau nur aus einem 70 cm hohen Zaum bestand, sahen wir nur in der Ferne und die Straße führte uns langsam wieder in die sozialistischen Landstriche zurück, ohne dass wir den „Klassenfeind" zu Gesicht bekamen.

Es grüßte uns der Kyffhäuser und Seine Majestät, der nach der Legende dort schlafenden Kaiser Barbarossa. Danach waren wir bald in Bad Langensalza. Nach Eisenach, Wartburg und Luthers Tintenklecks Besichtigung, stiegen wir dann in den Rennsteig ein. Ich glaube heute noch, dass wir die ersten Radfahrer waren, die den Rennsteig befuhren. Natürlich konnten wir mit unserer schweren Ausrüstung und den schlechten Schaltungen nicht alles im Sattel fahrend bewältigen. Doch was machte das schon aus, wir stiegen eben ab und schoben unsere Räder die schwierigen Passagen hinauf, bis auf den Großen Inselberg. Das alles taten wir natürlich unbewusst, denn wir mussten ja unsere Behausung, die Schlafsäcke und die übrige Ausrüstung, überall hin mitnehmen. Wo wir gerade abends ankamen, schlugen wir unser Zelt auf und campten, manchmal mitten in einer Ortschaft, das störte damals keinen Menschen. Weiter ging's nach Oberhof, über Stützerbach fuhren wir weiter nach Bad Blankenburg und Saalfeld. An der Saale entlang wollten wir die schönen alten Burgen und Schlösser besichtigen, aber es kam anders. Bisher hatten wir noch keine Panne gehabt, aber nun gab es einen Totalschaden.

Wolfgang fotografierte immer sehr viel und da er eine DDR EXA Kamera mit Sucherschacht hatte, in welcher die Bilder auf dem Kopf standen, dauerte es immer recht lange, bis er mit dem Belichtungsmesser und der Übertragung der Einstellungen fertig war und dann endlich alles im Kasten hatte. Ich stellte einfach mein Fahrrad neben seins und schaute mich ein bisschen in der Gegend um. So nach fünf bis zehn Minuten klingelte er dann mit seiner Fahrradklingel nach mir. Aber in Saalfeld hatte ich ihn nicht gehört, so zog er durch die Stadt schlendernd weiter Richtung Fernstraße. Falls wir uns einmal verlieren sollten, hatten wir vereinbart, uns am Ortsausgang am gelben Ortsschild zu treffen. Nach einiger Zeit ging ich wieder zum Fahrrad, aber Wolfgang war schon weiter gezockelt. Nicht schlimm, denn am Ortschild musste ich ihn ja treffen. Nur, am Ortschild war kein Wolfgang. Ich fuhr wieder nach Saalfeld zurück, aber dort fand ich ihn auch nicht. Also legte ich mich beim Ortsschild ins Gras und wartete, denn irgendwann musste er ja auftauchen. Es wurde schon dunkel, aber von Wolfgang keine Spur. Langsam machte ich mir Sorgen, fuhr nochmal nach Saalfeld und dort zur Polizei, aber die wussten auch nicht wo mein Kumpel abgeblieben sein konnte. Also wieder zum Ortsschild zurück, aber nichts und niemand da. Wieder nach Saalfeld, wieder nichts.

Nun hatten wir wegen der Gewichtsverteilung, die Zeltstangen und die Schlafsäcke auf einem Rad, das restliche Zelt auf dem anderen Fahrrad. Na prima, Wolfgang konnte sich ja nun mit den Schlafsäcken vergnügen und ich mich mit dem Zelt zudecken. Zudem war ich der Koch und der Einkäufer der Truppe, deshalb war mir langsam das Geld ausgegangen. Ich hätte schon lange mit Wolfgang eine Zwischenabrechnung machen müssen, aber die wurde immer auf morgen verschoben. Nun stand ich plötzlich mit einer Mark und fünfzig in der Landschaft, hatte kein Dach über dem Kopf und nichts zu essen. Ein Bett fand ich dann noch in einer Jugendherberge und am anderen Morgen versuchte ich nochmal den Wolfgang zu finden, leider wieder vergebens. Ich entschloss mich dann in Richtung Heimat zu strampeln, kaufte mir vom Restgeld einen Liter Milch und ein Roggenbrot. Zweihundertfünfzig Kilometer waren zu überwinden, dazu braucht man Energie. Von dem sogenannten „Hungerast" hatte damals noch niemand etwas gehört und so kam es wie es kommen musste, die Milch wurde alle und durch Wasser ersetzt, das Brot reichte auch nicht mehr, keine Kraft mehr in den Knochen und so schob ich oder fuhr, irgendwie immer weiter und weiter. Schlief mal ein Stündchen am Gartenzaun ein, wo mich eine nette Frau entdeckte. Nachdem ich ihr mein Missgeschick erzählt hatte, gab sie mir zu Essen und zu Trinken und richtete mich auch moralisch wieder auf. So kam ich dann doch noch in der Abendstunde zu Hause an. Am nächsten Morgen, ein Samstag ging ich zu Wolfgang, um zu sehen, wie es ihm ergangen war und traf ihn zuhause an. Er war noch am gleichen Tag, als wir uns verloren hatten, durch die Nacht weitergefahren und kam am nächsten Tag gegen Mittag zuhause an, hatte sich aber immer noch nicht erkundigt, ob ich auch gelandet war, das fand ich total beschissen. Wie sich dann im Gespräch ergab, hatte er ungefähr 200 m hinter dem gelben Ortschild stundenlang an der Straße auf mich gewartet und war dann stocksauer abgefahren. Er glaubte ich sei ebenfalls weitergefahren und ich sei vor ihm auf der Strecke. Ja, so kann's gehen, trotzdem sind wir inzwischen schon 60 Jahre befreundet und haben uns wegen dieser Sache nie gegenseitige Vorwürfe gemacht.

Der Sechs-Jährige auf der Bundesstraße

Wir sind mit meiner Frau auf der Bundesstraße Richtung Stadt X unterwegs. Vor uns weichen alle Autos nach links aus, verringern aber nicht ihre Geschwindigkeit. „Du sage ich, schau Mal, da ist doch ein Kind mit Fahrrad unterwegs." „Tatsächlich", sagt sie, „Halt mal kurz an." Sie steigt unter Lebensgefahr aus, weil nun alle Autos um uns herumfahren. Ich sehe im Rückspiegel, wie sie den Knirps über die Leitplanke hebt, sein Fahrrädle rüber schmeißt und sich dann selber in Sicherheit bringt. An der nächsten Abfahrt halte ich an und rufe die Polizei an. „Kommen Sie Mal her", da ist ein geschätzt Sechsjähriger auf der Bundesstraße usw. Weil unser Haus Querfeldein nur 300 Meter entfernt ist, läuft meine Frau mit dem kleinen Kerl nachhause. Nachher wird sie erzählen, dass sie den kleinen Schlauberger nur mit Mühe überreden konnte, mit ihr zu gehen. Man hatte ihm eingetrichtert, dass er mit Fremden nicht mitgehen darf. Ich sehe sie gerade noch über eine Wiese verschwinden und unterrichte die Polizei, die immer noch an der Strippe hängt, über meine Vermutung, dass sie mit Richtung Benzstraße unterwegs ist. Als ich zurückkomme, hat unsere Tochter den Burschen schon identifiziert und telefoniert gerade mit seiner Mutter. Sie kannte den Kleinen aus dem Kindergarten, wo auch ihre Kinder hingingen. Als die Polizei eintrifft, muss sie nur noch warten, bis seine Mutter kommt um ihn abzuholen. Der Kleine erzählt nun, dass er mit dem Kinderfahrrad in den nächsten Ort fahren wollte, und seine Großmutter besuchen. Glück gehabt, das hätte auch anders ausgehen können. Es ist nicht zu glauben, was heutzutage für Bekloppte unterwegs sind, die halten einfach nicht an, fahren weiter, sollen sich doch andere darum kümmern. Statt anzuhalten und das Kind in Sicherheit zu bringen, schaffen sie durch ausweichen in die Gegenfahrbahn neue Gefahrenquellen. Was ist das schon, was geht mich das an, weiter immer weiter, keiner bedenkt, dass es auch sein Kind hätte sein können, das da in Lebensgefahr schwebt.

Das Fischerboot im Mittelmeer

Bellaria in der oberen Adria, war uns wärmstens als Urlaubsdomizil empfohlen worden. Schon die Fahrt mit unserem fünfjährigen Sohn war ziemlich stressig. Das Ambiente des Quartiers, ließ aber auch arg zu wünschen übrig. Die Zimmerchen glichen eher Karnickelställen. 40 Grad im Schatten, „Mücken" ohne Ende. Man kann sich kaum vorstellen, was die Lagunen ausbrüteten, dagegen waren unsere „Schnaken" in den Rheinauen direkt liebliche Mitbewohner. Wir dachten, hier würden wir die Italienische Küche zu kosten bekommen, aber leider hatte dem Gastwirt jemand erzählt, dass Deutsche nur Hähnchen und Schnitzel essen. Jeden Tag nun der gleiche Rattenfraß, Hähnchen und Schnitzel. „Hallo", sagte ich zum

Gastwirt, „jetzt reicht es, wir dachten, dass hier am Mittelmeer Fisch gegessen wird." „Können sie haben, morgen Früh sechs Uhr fahren wir zum Fischfang raus." Vater und Sohn einer anderen Familie standen um 6 h bereit, wir liefen das Stück zum Fischerhafen zu Fuß. Das alte Holzboot, dass uns mit seiner blauen Rumpfbemalung angriente, stammte anscheinend noch aus Odysseus Zeiten. Erst einmal musste das Wasser ausgeschöpft werden, aber nicht etwa ins Hafenbecken, sondern in den offenen Kühlwasser-Einfülltrichter des Deutz-Motors. Diese Firma überzeugte mich, dass das Schiffchen doch schon ein wenig der Antike entwachsen war und tatsächlich, ein geschickter „Dreh" mit der Kurbel und das Dinges ploppte vor sich hin. Das schaffte ein ganz klein wenig Vertrauen. Doch als Wassersportler mit den Paddelrevieren, Seen und Flussläufen in der alten Heimat vertraut, schaute ich nach einem Kompass, Rettungsringen, Leinen, Enterhaken und Ankern aus, sah aber nur ein paar Fischernetze. Als alter Kajakfahrer hatte ich mir etwas zum Essen und zu Trinken mitgenommen. Zur Ausrüstung gehörte auch eine Wetterjacke, bei den anderen drei sah ich nichts dergleichen. Na, ihr Problem, dachte ich. Als unser „Hotel-Hobby-Fischer" ablegte, schaute ich auf meine Armbanduhr und merkte mir die Himmelsrichtung. (Richten Sie das Zifferblatt so aus, dass der Stundenzeiger in Richtung der Sonne zeigt. Zwischen dem Stundenzeiger und der 12 liegt ungefähr Süden.) Dass wiederholte ich, bis wir das Land und dann auch die Hotels nicht mehr sahen. Aus Romanen wusste ich, dass wir nun mindestens 15 Seemeilen draußen waren. Als er die Netze auslegte, halfen ihm die anderen und ich saß am Ruder. Mit den Wetterbedingungen am Mittelmeer war ich als Landlubber nicht so vertraut. Nach einer kleinen Ewigkeit, zogen wir die Netze ein, doch sie waren total leer. „niente fortuna pesce", ich verstand nur „kein Glück mit Fisch" und „pio lontano", dabei zeigte er weiter nach draußen, Richtung Süden. Ich hatte aus alter Gewohnheit das Wetter beobachtet und zeigte auf die Wolkenbänke, die im Westen starken Wind ankündigten, doch er winkte nur ab. „non male", male, dachte ich, kommt doch von Malheur und non, also kein Problem. Aber ich hatte mitgekoppelt, und bemerkte mit Tippen auf meine Uhr, from Hotel to here fifteen Miles. Es war inzwischen Mittag geworden und im Westen zog ein Wetter auf. Als Paddler hatte ich schon mal einen Sturm auf dem „Paddlergrab" der großen Müritz in Mecklenburg erlebt und verlangte nun zurück zu fahren. Die anderen beiden nickten heftig, dass überzeugte ihn dann doch und ich wendete das Blauchen, wie ich es getauft hatte und ging stur auf Gegenkurs Richtung Norden. Nach einer Weile, fiel der Wind stärker ein, der Wellengang nahm rapide zu und unsere Landratten bekamen graue Gesichter. Unser Hotelkapitän verlangte ständig von mir, nach Osten abzufallen. Anscheinend hatte er die Himmelsrichtung verloren und vom Land war nichts mehr zu sehen, das war inzwischen unter dicken Wolken begraben und einfach weg. Ich nickte mit dem Kopf, macht aber nur einen kleinen Schlenker und steuerte das Boot wieder in einer sanften Kurve auf Nord-Kurs. Es dauerte nicht lange, dann ging es wieder los, er wollte weiterhin nach Steuerbord, also nach Osten. Als dann ab und zu im Süden die Sonne wieder durchkam sah er endlich ein, dass mein Kurs der Richtige war. Endlich kamen die Spitzen der hohen Hotelbauten von Bellaria in Sicht und nun klopfte er mir auf die Schulter und sagte: „Du gutt, buon capitano."

Unsere letzte Bahnfahrt

Im Laufe eines langen Lebens hat man zwangläufig einige Bahnfahrten hinter sich und aus fast jeder könnte man eine unendliche Geschichte machen. Ich kann mich an keine einzige Fahrt erinnern, auf der es keine Komplikationen gab. Mit jeder weiteren bekomme ich immer mehr Angstzustände und benötige größere Abstände zu nächsten und sei es auch nur eine kleine S-Bahnfahrt über zehn Stationen.

Es ist morgens, wir sind früher aufgestanden, ich überlege schon, wann müssen wir aufbrechen? Meine Frau sagt: „Na zum Bahnhof brauchen wir mit dem Fahrrad höchsten eine viertel Stunde". Ach ja, die Fahrräder wollen wir ja auch mitnehmen. Nach dem Frühstück recherchiere ich im Internet, ob man sie an Sonntagen mit der S-Bahn transportieren darf, ob das kostenlos ist, oder, bzw, wie man mit ihnen auf die Bahnsteige kommt. Nach einer halben Stunde gebe ich resigniert auf, rufe unseren Sohn an, der weiß es auch nicht, weil er immer nur wochentags zur Arbeit fährt. Ich bitte ihn, mir per Whats-App eine Anweisung für den Kartenautoma-ten zu schicken, welche Fahrkarte ich wählen soll. Nach eine viertel Stunde weiß ich Bescheid. Wir wollen ja zusammen eine Radtour ma-chen und die S-Bahn zusammen weiter benutzen. Aha, also ein Grup-pentagestiket für 4 Zonen soll ich rausziehen. Gut denke ich, das müsste zu schaffen sein. Am Automaten finde ich aber nur ein 4 Per-sonen-Tagesticket, na denke ich egal - wird schon passen. Dann kom-men mir doch Zweifel, muss ich die Fahrräder extra bezahlen? Ne, - denn da steht das Fahrräder nur wochentags mitgenommen werden dürfen. Ein junger Mann kommt mit seinem Fahrrad vorbei, ich frage ihn, ne sagt der das stimmt nicht. Gut, ich will bezahlen, aber der Au-tomat nimmt keine Geldscheine an! Ich nehme einen anderen Schein, nix da, keine Reaktion. Ich werde nervös, denn die Abfahrt ist in 10 Minuten. Was nun? Wieder kommt jemand, der sagt, das Dinges ist schon seit Tagen kaputt, gehen Sie mal an den anderen Automaten. Treppe wieder hoch, meine Frau bleibt bei den Rädern, alles wieder eingeben, das gleiche Ergebnis, es sind nur noch 5 Minuten. Der Mann von vorhin sieht mich und kommt rüber. „Gehen Sie zum Bahn-steig, da ist noch ein Automat. Wieder alles von vorn, endlich, Fahr-karte raus Zug kommt einsteigen, Abfahrt Waiblingen. Hurra, ge-schafft. In Waiblingen fragt mich mein Sohn: „Na, hat alles geklappt, ja sage ich, bis auf die zwei kaputten Automaten, alles o.k. „Zeig man die Karte her", meint er. „Mensch Papa, ihr seid schwarzgefahren, die muss am Bahnsteig entwertet werden und außerdem hast du 11 Euro zu viel bezahlt, ich hatte dir geschrieben, du sollst eine Grup-penkarte ziehen. Du hast aber eine Vierer-Karte gezogen". „Weiß du was, mein lieber Sohn, ich bin froh, dass ich überhaupt eine Karte rausbekommen habe. Es war das letzte Mal in diesem Leben, dass deine Mutter und ich mit der Bahn gefahren sind. In Backnang, hat uns ein lieber Mensch die Fahrräder die Treppe hochgeschleppt und in Waiblingen passt in den Fahrstuhl immer nur ein Fahrrad rein und man muss zweimal fahren. Als wir dann endlich unten waren, sahen wir, das andere Radler die versteckte Abfahrt zur Straße benutzten. Und wir plagen uns ab, weil ein Hinweisschild fehlt. Der Weg zum, und von Bahnhof nachhause ist am Einfachsten, wen wundert es da noch, wenn die Leute sich lieber in ihr Auto setzen, losfahren wann sie wollen und wohin sie möchten, ohne sich irgendwelche

Gedanken zu machen wie sie diesen Bahnstress bewältigen sollen. Aus meiner Sicht ist es in unserer digital durchorgansierten Welt nicht mehr zumutbar, mit der kaputt gesparten Bahn zu reisen." Diese Idioten-Automaten könnten doch einfach personenbezogen arbeiten. Jeder bekommt eine elektronische Fahrkarte, die man wie bei der Bank in den Automaten steckt. Bei der Bank könnte man sie mit etwas Geld aufladen, oder noch besser, warum nicht gleich mit der Bankkarte bezahlen. Abfrage wieviel Personen von A – nach B, Fahrräder und Gepäck ist immer frei und die Entwertung geschieht beim Einsteigen automatisch. Fertig. Steigt ein Fahrgast ohne Bahnkarte ein, wird er elektronisch aufgefordert zu bezahlen. Er steckt sie in den Slot, die Karte leuchtet auf, und bestätigt die Abbuchung. Fertig. Tut er das nicht, werden seine Daten an die Abteilung Schwarzfahrer weitergeleitet. Will jemand ohne Legitimation einsteigen, schließen sich die Türen und er kommt nicht in den Zug rein. Fertig.

Alternativ könnte man auch auf jedem Bahnhof wieder einen Schalterbeamten hinsetzen, der so wie früher mit den Leuten redet und die Fahrkaten ausdruckt. Ein wenig Nostalgie wäre doch schön, oder? In beiden Varianten würde der Fahrgast eine Menge Zeit sparen. Wir benötigten für diese Fahrt über ca. 30 km 2 Stunden. Mit dem Auto wären wir von zuhause aus, in einer halben Stunde in Waiblingen gewesen. Da ist die Computerrecherche zuhause noch nicht eingerechnet.

Die Goyatz-Keilerei

Die Paddler-Wanderfahrt ging über die Spree nach Cottbus, von dort über die Teiche nach Peitz, Forst, über den Mühlgraben zum Spreewald und von dort nach Goyatz am Schwielochsee. Beim Tanzabend in der Kneipe hatten alle viel Spaß, aber unsere Kerle konnten es nicht lassen, sie spannten den Platzhirschen die Dorfschönheiten aus. Die Jungmannen aus dem Dorf knirschten mit den Zähnen, konnten aber nichts dagegen tun, wenn Sie die Dorfschönheiten zum Tanz aufforderten. Unsere Kerle sahen auch ziemlich stark aus und vorerst trauten sich die Dorfmannen nicht an uns heran. Die Lage ändert sich erst, als einige von unserer Truppe so nach und nach im Zelt verschwanden. Nun waren wir plötzlich nur noch vier oder fünf, und die Verteidiger der Tugend, hatten sich auch noch Verstärkung aus dem Dorf geholt. Dieter Nerlich sagte: „Jungs, alle an die Wand und rückwärts zum Ausgang". Als die merkten, dass wir uns verkrümeln wollten ging die Schlägerei los. Inzwischen kämpften wir mit dem Rücken zur Wand und Nerlich deckte als letzter den Rückzug mit krachenden Schwingern, die den Dorf-Jungs bestimmt noch lange in Erinnerung blieben. Mit leichten Blessuren zogen wir uns ins Zeltlager zurück. Vorsichtshalber stellten wir wechselnde Nachtwachen auf, aber es passierte nichts mehr, wahrscheinlich hatten die Jungs genug und leckten sich ihre Wunden. Immerhin hatten sie ja das Erfolgserlebnis uns vertrieben zu haben auf ihrer Seite und ließen es dabei bewenden.

Die Bootstaufe

Kurt (Fresschen-) Schulze, der Wanderwart mit den zwei Mopeds und den zwei Anhängern für jedes Moped einer, kam mit seiner Frau ins Bootshaus gefahren um die Elbe – Wochenendfahrt, Bad Schandau - Meißen vorzubereiten. Doris Kesselhut und Reiner Menzel hatten sich ein gebrauchtes Pouch-Falt-Boot angeschafft, das mühsam zusammengespart worden war. Schulze nörgelte schon ein Weilchen herum, dass das Boot noch nicht getauft worden war. Das wimmelte ich ab, weil ich noch keinen Namen gefunden hatte. In Loschwitz, bei der Durchfahrt unter dem „Blauen Wunder", der berühmten freitragenden Stahlbrücke von 1893 über die Elbe, bricht plötzlich bei „blauem Himmel" ein Hagelsturm über uns herein. Schnell merken wir das ist gar kein Hagel, sondern Sand... Sand... Sand. Das schöne „Blaue Wunder" wurde gerade sandgestrahlt und die Saukerle da oben, pumpten uns aus allen Schläuchen die offenen Boote voll Sand. Alles war versaut, bis in die letzte Butterdose, nur noch Sand... Sand... ohne Ende.

Ankunft an der Zeltwiese. Jürgen Opitz, frisch verliebt in seine spätere Frau, trägt sie gentlemanlike ans Ufer, damit die Kleine ja keinen kalten-Kanuten-Wasserschock bekommt, alles lacht, ich auch - höre schon so etwas von nachher - aber was, kriege ich nicht mit. Das wird mir dann bald klar, die wollen eine zünftige Bootstaufe auf meine Kosten feiern. „Ne", sage ich, „noch kein Name eingefallen, machen wir nächstes Mal." Saure Mienen, böse Blicke, am nächsten Morgen stellen wir fest, unser Boot hat doch einen Namen bekommen. Auf beiden Seiten mit weißer Kreide quer über das Zellstoffdeck stand er geschrieben. Na prima, das ging ja nochmal gut. Wir wundern uns den ganzen Paddeltag über das Getuschel und Gegrinse, denken, was führen die nun wieder im Schilde? Es hört nicht auf, endlich klärt uns ein mitleidiger Freund auf. Wanderwart Schulze war in französischer Kriegsgefangenschaft gewesen und dass erste Wort, das man dort lernt ist „Merde", auf Deutsch Schei... so hieß nun unser Boot für alle Kanuzeiten. Ich lieh mir die Kreide aus und setzte das Wort „Belle" über den Namen, so wurde dann daraus eine "Schöne Schei....be" Doch zur Strafe für diese Missetat, gab es dann nie mehr eine Taufzeremonie mit anschließendem Umtrunk für unser Boot. Da es im Verein schon ein Boot Namens „Neptun" gab, bekam unseres den Namen des griechischen Wassergottes „Poseidon".

Quelle: WickidiA das Blaue Wunder

Die Pellkartoffeln

Nun, die Zeit blieb nicht stehen, und ein paar unserer „Helden" wurden bequemer, man hatte auch nicht mehr so viel Lust sich im Wanderboot abzuquälen. Es fing eigentlich ganz harmlos an, da gab es ja für die Pax- und Pouch-Boote Segelzubehör. „Masten, Schwerter, Fock- und Großsegel". Mit den insgesamt 1,5 m², konnte man auf manchen kleinen Seeflächen schon ordentlich aufkreuzen, und musste nicht so lange „quarkstechen", wie Lothar Schreck dies nannte. Wenn der Wind raumschott's, (schräg von Hinten) oder gar von achtern kam, flog man allen, die noch mit Handbetrieb arbeiteten davon. Einige wollten ganz schlau sein und kauften sich den Tümmler, einen kleinen Außenbordmotor, den man auch am Paddelboot fahren konnte. Aber dieser Zweitaktstinker machte keine Furore und man sann auf Besseres, einfach mehr Komfort wollte man haben. Die ersten waren Werner Kadach, Wolfgang Noack (Liegelang) und Jürgen Gäßner, die sich kleine 15zehner Jollenkreuzer zulegten. Dieter Nerlich, der Held von Goyatz, ging gleich ganz an den Scharmützelsee und baute sich dort ein Haus. Anscheinend hat er die meiste Zeit, bis zu seinem Tode nur auf dem Wasser gelebt, denn immer, wenn ich mal als Gast mit Jürgens oder Werners Segelboot auf dem Scharmützelsee unterwegs war, traf ich ihn auf dem Wasser an. Egal zu welcher Zeit oder wie spät es war, sofort bot er eine kleine Privatregatta an und ehe man es sich versah, hatte er schon den Bug voraus, ein herrliches, schönes Seglerleben. Als wir ihn einmal besuchten, ließ er mich vor seiner Haustür stehen. Nanu, dachten meine Frau und ich, was ist denn mit dem los. Werner klärte mich dann auf – er hatte nie Zeit gefunden sein Haus fertig zu stellen, und in diese ewige Baustelle, konnte er wohl niemanden reinlassen geschweige denn auf ein Bier einladen.

Die Jahre vergingen, aus den Jollen wurden kleine Schiffe, man hatte nun schon alle Binnen- und Hochseepatente, aber für die DDR-Segler waren die Boddengewässer vor Rügen, die größte besegelbare Wasserfläche auf der Welt, die sie befahren durften. Aber wir trafen uns immer wieder auf dem Scharmützelsee und auch mal an der Müritz. Dann kam 1989 die Wende, die DDR brach zusammen. Langsam wurde aus der Paddler- eine Segler-Freundschaft, die bis in die heutige Zeit anhält. Angesteckt von den schönen Erlebnissen, hatte ich dann auch alle erforderlichen Segel- und Motorbootscheine erworben und so ging es dann nach 1989 einmal zusammen mit Sven, Jürgen Opitz und Anderen auf die Ostsee. Wir waren beim Essen kochen, es sollte Pellkartoffel mit Leinöl und Quark geben. Jürgen kochte die Kartoffeln und Reiner rührte den Quark an, Jürgen setzte die Kartoffeln an, doch ich nahm noch zwei von den schönen hellen, neuen Kartoffeln wieder aus dem Topf, denn Jürgen hatte einfach zu viele in den Topf gesteckt, sodass der Deckel nicht mehr drauf passte. Als die Kartoffeln gar waren, kam mir eine hinterlistige Idee. Wir hatten auch einen Mitsegler an Bord, der noch mit 35 Jahren bei Muttern zuhause wohnte. Weil ja jeder seine Kartoffeln selber schälen musste, legte ich die zwei ungekochten Kartoffeln oben auf den Kartoffelberg. Jürgen, der dies sah, merkte die Absicht und schmunzelte. Nun ging's ans schälen und ausgerechnet unser Mama-Sohn erwischte eine davon. Er schabte, kratzte, und aus lauter Verzweiflung fing er an zu schälen. Die anderen waren schon längst beim Kauen und wurden langsam aufmerksam, einer sagte: „Was machst du denn da?", nahm ihm die Kartoffel weg, und versuchte dann seinerseits einen Schälvorgang, „roch dann aber der Braten" weil diese Kartoffel natürlich kalt war. Ein Weilchen hielten wir Köche noch durch, konnten uns kaum noch verhalten, prusteten los und explodierten dann vor Lachen und die ganze Truppe lachte sich kaputt, obwohl ein paar immer noch nicht mitgekriegt hatten warum. Einer muss eben immer für die Späße der Anderen herhalten. Doch der junge Mann hatte die Anspielung immer noch nicht verstanden und wohnte weiterhin im „Hotel Mamma".

Das Dejavue

Als Dejavue, (französisch) bezeichnet man ein Erlebnis oder eine Erinnerungstäuschung, wenn jemand glaubt ein gegenwärtiges Ereignis schon einmal erlebt zu haben.

So ging es uns, meiner Frau und mir. Wir hatten unser Dachgeschoss ausgebaut und als letzte Arbeit, baute ich die Türfutter ein. In meinem Berufsleben hatte ich das schon hunderte Male gemacht, aber damals in den 50er Jahren nagelten wir die Futter, einfach an zuvor eingesetzten Holzstücken im Mauerwerk fest. Inzwischen gab es eine sensationelle neue Technik, die Rahmen wurden nun im Zwischenraum von Wand und Türfuttern ausgeschäumt. Den Montageschaum hatte ich ein Weilchen zuvor auf die Heizung gelegt, damit er gut fließen sollte. Das war anscheinend des Guten zu viel gewesen, denn er quoll und quoll, „es war wie in Goethes Zauberlehrling", aus dem Rahmen und bewegte sich schon gefährlich in Richtung Teppich. „Walle, walle mache Strecke", ich rief meiner Frau zu, hol doch schnell Zeitungspapier, damit wir den Segen abwischen können. Gerade schafften wir es noch den Boden auszulegen. Doch der „Hexenmeister Schaum" machte weiter und rutschte schon am Holzfutter herunter. Die Zeitungen waren alle, aber Toilettenpapier hatten wir noch genügend. Damit fingen wir an, den überschüssigen Schaum-Rand abzuwischen und oh Graus, er quoll uns zwischen den Fingern weiter, wir sahen aus wie die Bäcker beim Teig kneten. „Gott sei getrommelt und gepfiffen", so ging eine uralter Handwerkerspruch, wenn man eine schlimme Sache in den Griff bekam. Aber da ahnten wir noch nicht, was uns noch bevorstand. Als wir versuchten den Schaum, der an den Fingern durchhärtete wieder loszuwerden, verfärbte er sich durch Seife, Handwaschpaste und angewandte Lösungsmittel, zu einer dunklen Kruste, die nur die nachwachsende Haut abstoßen konnte. Soviel wir auch Kratzten und Schruppten, es war aussichtslos.

Nun waren wir aber bei einem Ehepaar eingeladen, dass ein Massagestudio betrieb. Na ja, was solls, wir zogen uns schnieke an und zockelten los. Unsere Kunststoffhände hatte wir eigentlich schon vergessen. Als wir bei Tische saßen, schauten sich die Früh' s, so hießen sie, immer gegenseitig an, sagten aber nichts. Es war ihnen offensichtlich peinlich, doch dann gab sich seine Frau einen Schubs und erzählte uns etwas aus ihrem Studio, unter anderem: „Na ja, Sie wissen doch, wir müssen da immer auf äußerste Hygiene schauen, das können Sie sich überhaupt nicht vorstellen, wie oft uns das Gesundheitsamt kontrolliert und wenn da was nicht in Ordnung ist, machen die uns den Laden zu." „So aha, so schlimm ist das?" stotterte ich ungefähr daher. Doch dann brachte Herr Früh die Sache auf den Punkt und fragte: „Sagen Sie Mal, haben Sie die Krätze oder eine andere Hautkrankheit, dann müssen wir uns sofort trennen und das Haus desinfizieren." Ach du lieber Himmel, wir hatten unsere Hände total vergessen, denn das Essen schmeckte hervorragend. Den Seufzer vergesse ich nie, den die Früh' s ausstießen, als wir sie aufklärten, was uns passiert war.

Ein paar Jahre später fuhren wir über das Timmels-Joch nach Meran hinunter, kehrten in der Innenstadt in ein wunderschönes Gartenlokal ein, aber alle Plätze waren bereits besetzt. In einer lauschigen Ecke unter Büschen und Bäumen, saßen ein älteres Ehepaar und ich fragte sie, ob wir uns dazusetzen dürften. Mir schien, dass sie nicht so ganz begeistert waren, in ihrer Zweisamkeit, in die sie sich begeben und eingefühlt hatten, gestört zu werden. Die Idylle des ungestörten Beobachtens, das Aufnehmen von Geräuschen und Händchenhalten, war durch unser Eindringen in ihre Welt zerbrochen. Ich sagte: „Entschuldigung, wenn wir Sie gestört haben, doch es sind die letzten freien Stühle im ganzen Lokal." Man merkte, dass sie mit einem Entschluss rangen, aber dann stimmten sie zu. „Ja, dann werden wir die Bedienung rufen und den Tisch freigeben." „Nein, so war es doch nicht gemeint, wenn Sie das tun möchten, suchen wir lieber nach einem anderen Lokal, wir haben ja unsere Fahrräder dabei." „Wirklich", sagte die Dame, „wir sind auch sehr oft mit unseren Rädern unterwegs, setzen Sie sich doch bitte." Das Eis war damit immer noch nicht gebrochen, ich schaute meine Frau an und sie mich, ein Gespräch kam nicht zustande und auch das Ehepaar gegenüber blieb in sich selber versunken und einsilbig. In solchen Situationen schaut man sich oft in der Umgebung um, Details, die man sonst übersieht, springen ins Gesichtsfeld. Und da war es; meine Frau hatte es im gleichen Augenblick bemerkt. Wir schauten uns an und dachten sekundengleich dasselbe. Unsere verklebten Hände vom Türeinbau! Dejavue. Das Ehepaar hatte dunkelbraune fast schwarze Hände, die überhaupt nicht zu ihren weißen Gesichtern passten. Wir starrten unhöflich, aber unbewusst weiter auf ihre Hände, aber sie hatten es bemerkt und versteckten sie unter dem überhängenden Tischtuch. Nun war unsere Neugier stärker als unser Feingefühl, meine Frau faste sich ein Herz und erzählte den beiden die Geschichte vom Türeinbau die uns passiert war. Plötzlich war der Bann gebrochen, sie lachten lauthals los und klärten uns auf, wie sie zu ihren schwarzen Händen gekommen waren. „Machen Sie sich keine Sorgen, wir haben keine ansteckende Krankheit. Aber heute Vormittag haben wir die Wallnüsse aus ihren grünen Schalen herausgepult." „Und davon bekommt man solche Hände?" meinte die Dame, „das ist die Säure in den Schalen, die man ja früher zum Gerben von Leder verwendet hat." Nun lachten auch wir und oh Wunder, es wurde noch ein herzlicher Nachmittag den wir nie vergessen haben.

Die kleine Nonne

Die Reise in den Dschungel. In Speyer gibt es am Domhof ein Kloster. In den Sechzigern kam der Bruder einer Nonne, der in Gegenbach lebte (Kinzigtal) in unsere Firma und brachte eine Zeichnung von einer weitläufigen Plantage mit. Er klagte, dass es dort immer wieder zu Blitzeinschlägen, mit entsprechenden Schäden kommen würde und bat mich, ihm einen Plan für den Bau einer Blitzschutzanlage auszuarbeiten. Ich schaute mir das Teil an und stellte einige Fragen, bezüglich der handwerklichen Fähigkeiten der männlichen Bevölkerung. Wie sich herausstellte, war die Anlage vom Kloster Speyer ins Leben gerufen und am Amazonas im Nordwesten von Brasilien aufgebaut und finanziert worden. Ich erstellte einen Plan mit entsprechenden Anweisungen für den Aufbau und die Materialbeschaffung, nach der diese Blitzschutz-Anlage gebaut werden sollte. Ein Jahr später besuchte uns die kleine Ordensfrau, sie war gerade im Mutterhaus in Speyer und machte dort alle 5 Jahre ihre Exerzitien. Sie brachte uns eine Menge Bilder und Geschenke aus dem Busch mit. Kleine Pelze, Bastelarbeiten und einheimische handwerkliche Kunstgegenstände. Sie berichtete, dass die Blitzschutzanlage gerade noch rechtzeitig vor der Regenzeit fertig geworden war. Es hatte mehrfach in das Windrad eingeschlagen, mit dem man dort etwas Strom erzeugte. Aber nicht, wie sie sagte, um nachts Licht zu haben, sondern um Papier und andere empfindliche Dinge wie Uhren, Bücher usw. trocken zu halten. Die Luftfeuchtigkeit beträgt dort im Urwald 90% und alles was unsere ach so gescheite Zivilisation hervorgebracht hat, vergammelt in kürzester Zeit, wenn man es nicht in Trockenkammern legt. Und diese Trockner werden dort mit 15 Watt Glühbirnen betrieben. Mit guten Wünschen und hunderten von Glühbirnen reiste die liebe kleine Alte dann nach Brasilien ab. Sie erzählte uns, dass sie bis "nachhause" ca. vier Wochen unterwegs sein würde. Ihre Reise ging damals in den sechziger Jahren mit dem Schiff nach Macapa, von dort den Amazonas aufwärts über Manaos und von dort nach Acre wo sich die Farm befand. Wir haben sie nie wiedergesehen. Apropos, der Amazonas floss vor Jahrtausenden in der Urgeschichte unserer Erde in dem Urkontinent Pangaea schon einmal durch Afrika. https://de.wikipedia.org/wiki/Pangaea

Der französische Kriegsgefangene

In der Nähe meines Eltern-Hauses, gab es eine Tuchmacherei, so nannte man damals die vielen Spinnwebereien, die noch vor dem Krieg den feinsten Zwirn spannen und die besten Stoffe herstellten. Schon meine Großeltern arbeiteten bis zur Rente in dieser Firma, nun aber fertigte man dort nur noch Uniformstoffe. Da fast alle Tuchmacher im Krieg waren, hatte man für die Fertigung französische Kriegsgefangene, die auf dem Firmengelände in Baracken lebten, beschäftigt. Diese wurden von frontuntauglichen deutschen Soldaten bewacht, einzelne durften sich aber auch im Umfeld der Firma unter Bewachung „frei bewegen", namentlich wenn es darum ging Essen zu beschaffen. So zogen sie dann manchmal von Haus zu Haus und tauschten den selbst hergestellten Schmuck, der natürlich nur aus Buntmetallen, Glas und anderen Natursteinen hergestellt worden war, gegen Lebensmittel ein. In unserem Schmuckkästchen gab es einige dieser Ringe und Anhänger, die sie bei meiner Mutter gegen Brot eingetauscht hatten. Gelegentlich sahen wir Kinder sie auch bei unseren Streifzügen in den Spreewiesen Gras pflücken und wussten nicht, dass sie diese Gräser tatsächlich aßen. Im Nachhinein erscheint es schon verwunderlich, dass man sie so freizügig und ohne Bewachung aus dem Lager herausgelassen hatte. Vermutlich handelte es sich um "zuverlässige Leute" wo man annahm, dass sie nicht fliehen konnten oder wollten. Wohin sollten sie auch fliehen, ganz Europa war ja von den Nazis besetzt. Manche Erwachsene sagten deshalb zu ihnen „die Grasfresser", in Wirklichkeit sammelten sie Löwenzahn und anderes Blattwerk, Wurzeln und alles was essbar war, wie auch Tee und Gewürzkräuter, so hielten sie sich über Wasser. Die Bewacher und die Firmenleitung gestatteten diese Aktivitäten, weil sie eben auch gute Arbeiter brauchten, um das gesetzte Rüstungssoll zu erfüllen. Einer hatte sich sogar eine verheiratete Freundin angelacht und sie wurde von ihm schwanger. Als mein Onkel Gerhard im Urlaub war, traf er seinen Jugendfreund, den gehörnten Ehemann, der sich bei ihm ausklagte, weil ihm seine Frau untreu geworden war, während er an der Front stand. Er wollte sich damals scheiden lassen, aber mein Onkel war schon immer ein Überredungskünstler und bog die Geschichte wieder gerade, sie blieben also zusammen. Diese

ganze Sache erfuhr ich erst in den 1980er Jahren, als das Rentner-
paar meinen Onkel im „Westen" besuchte. Da gaben sie diese Geschichte zum Besten und waren froh, dass sie dank des Eingreifens
meines Onkels immer noch glücklich verheiratet waren und zusam-
menlebten. Manchmal schreibt das Schicksal seine eigene Geschichte, denn als der Krieg zu Ende war, bekamen die beiden keine
weiteren Kinder mehr, wohl aber mehrere Enkel. Ob sie ihrem Sohn,
der einem französischen Kriegsgefangenen sein Leben verdankte, jemals über seine Entstehung aufklärten, weiß ich leider nicht. Mit Sicherheit hat der Erzeuger nie erfahren, dass er Vater geworden war,
denn, wie man weiß, kamen damals Kriegsgefangene die Kontakte
zu deutschen Frauen knüpften gleich ins KZ=Konzentrationslager.

Der Zirkuselefant

Der Zirkus war in die Stadt eingefallen. Man kann sich heutzutage
nicht mehr vorstellen, was das für eine Aufregung unter der Bevölkerung und vor allem unter den Kindern auslöste. Damals gab es weder Autos noch andere Möglichkeiten irgendwohin zu kommen, daher ging ohne die Reichsbahn überhaupt nichts. Manche alten Menschen waren kaum mal aus der Stadt, oder aus ihrem Dorf herausge-
kommen. 99 % der Bevölkerung waren noch nie in ihrem Leben in einen Personenwagen mitgefahren. Vergnügungen beschränkten sich
hauptsächlich auf Familienfeste, Verwandtenbesuche oder mal ins
Kino gehen. Abends bei einem Bier mit Freunden Skat oder Billard
zu spielen war sehr beliebt. Anlaufstellen waren auch die Sportvereine, die regen Zulauf hatten. Sonntags pilgerte man zum Fußballplatz oder machte einen Ausflug zu einem Kaffeelokal. So war natürlich eine Zirkusveranstaltung eine willkommene Abwechslung für die
Bevölkerung. Wir Kinder gingen gleich nach der Schule, die damals
schon um 12 oder spätestens 1 Uhr endete, zum Rummelplatz, wie
man das damals so nannte und schauten zu, wie die Wagen aufgestellt wurden, besichtigten die Tiere und was das Wichtigste war, wir
durften beim Zeltaufbau helfen, dafür gab es dann Freikarten. Weil
man nicht genug mechanische Seilwinden hatte brauchte man viele
Helfer, die auf Kommando an den langen Seilen zogen, um die Masten aufzustellen und die Zeltbahnen in ihre Positionen zu bringen.

Etwas abseits hatte man einen kleinen Elefanten an einer Stange, die in die Erde eingerammt war, mit einer kurzen Kette angepflockt. In der Stadt gab es einen ziemlich kleinen Mann, den eigentlich alle gern mochten, weil er etwas „neben der Kapp" war, also nicht dumm, aber eben etwas unterbelichtet. Man erzählte sich, dass er bei einem Bombenangriff verschüttet wurde und zu lange wenig Sauerstoff bekommen hatte. Dieser liebe, kleine Kerl hieß Paulchen und transportierte mit seinem Handwagen die Koffer der Leute zum Bahnhof und zurück, er brachte auch die schweren Filmrollen vom Bahnhof in die Kinos und fuhr sonst noch alles, was die Leute so zu transportieren hatten. Damit finanzierte er sich seinen Lebensunterhalt und besserte sich seine magere Invalidenrente auf. Wenn wir ihn trafen sagten wir zu ihm: „Sing uns was vor Paul, du kannst doch so schön singen". Dann strahlte er und sang das einzige Lied das er kannte: „Mein Herz das ist ein Bienenhaus, die Mädchen sind darin die Bienen, sie fliegen ein sie fliegen aus, grad wie in einem Bienenhaus". Das machte er wunderschön und freute sich, dass sich überhaupt jemand für ihn interessierte. Auch er war mit seinem Hand-Wagen zum Zirkus gekommen, vielleicht war er neugierig oder wollte einen Auftrag ergattern. Nun saß er in der Nähe des Elefanten und schaute dem Treiben zu. Inzwischen hatten ein paar Kinder angefangen den Elefanten zu ärgern. Sie bewarfen ihn mit Steinen, oder ärgerten ihn mit Stöcken, sodass er schon richtig wütend wurde. Paulchen stand auf und wollte die Kinder von dem Elefanten wegscheuchen. Wie man sieht, war er doch nicht so dumm wie manche dachten, vielleicht tat ihm auch der Elefant leid. Paulchen hatte eine blaue Schirmmütze mit Kordel. In großen goldenen Lettern stand darauf: „Dienstmann". Alle Leute wussten, dass er auf diese Mütze sehr stolz war, denn sie zeichnete ihn als wichtigen „Fuhrunternehmer" aus. Einer der Bengels die den Elefanten belagerten, riss Paulchen seine Dienstmütze vom Kopf und warf sie zu dem Elefanten rüber. Sie fiel ihm direkt vor den Rüssel. Paulchen stürzte hinterher und wollte seine Mütze retten. Der Elefant schlang den Rüssel um seinen Brustkorb und drückte zu, wir hörten wie Paulchens Rippen brachen. Wirklich, ein ekliges Geräusch, dann warf er den armen Paul im hohen Bogen etwa drei bis vier Meter in die herumstehenden Kinder. Alle fielen um, standen aber wieder auf, nur Paulchen blieb liegen

und rührte sich nicht mehr. Wir dachten alle er sei tot, jemand rief einen Krankenwagen und man brachte ihn ins Krankenhaus. Am nächsten Tag stand in der Zeitung:
"Der Dienstmann Paulchen wurde von einem Elefanten angegriffen und schwer verletzt, er war dem Tier zu nahegekommen, es konnte nicht festgestellt werden, wie es zu dem Unglück kam. Er wurde schwer verletzt, es geht ihm den Umständen nach gut, Paulchen wird wohl bald wieder singen können."

Natürlich hatten die Zirkusleute nichts gesehen, sie waren mit dem Zeltaufbau beschäftigt gewesen und die Bösewichte waren längst alle ausgerückt. Die unbeteiligten Kinder hätten ja die Sache aufklären können, aber uns fragte die Polizei in jener Zeit nie etwas, Kinder hielt man damals noch nicht für kompetente Zeugen. Nach einiger Zeit sah man Paulchen wieder seinen Wagen durch die Stadt ziehen und wenn man ihn darum bat, sang er sein Lied:
„Mein Herz, das ist ein Bienenhaus, die Mädchen sind darin die Bienen, sie fliegen ein, sie fliegen aus, grad wie in einem Bienenhaus."

Ein Gutes hatte die Sache doch, Paulchen war berühmt geworden, erfreute sich des Interesses, das ihm plötzlich alle entgegenbrachten und sein „Geschäft" hatte bestimmt auch nicht darunter gelitten. Autor: Horst Reiner Menzel

Schisalla in der Blume

Es heißt ja, man sieht sich immer zweimal im Leben und irgendwie scheint das zu stimmen. Gegenüber von meinem Elternhaus wohnte die Familie Schisalla in einem Zweifamilienhaus. Man pflegte eine gute Nachbarschaft, wir Kinder bekamen im Sommer oft den heißbegehrten Wabenhonig zum Schlecken, den Opa Schisalla erntete. Der ältere Sohn Willy war im Krieg und wir bekamen ihn nur einmal in den 40er Jahren zu Gesicht. Dann war da noch eine größere Schwester, die aber als Spielgefährtin nicht in Frage kam. Meinen Vater hatte ich nur einmal gesehen als er mal vom Fronturlaub-Urlaub zuhause war. Oben im Hause Schisalla wohnte mein Freund Wilfried Henze, beide Familien waren eingewanderte Sudetendeutsche, die Väter waren UK gestellt, also unabkömmlich, weil sie im kriegswichtigen Kraftwerk Trattendorf arbeiteten, damit die Räder weiterrollten für den Endsieg. Eines Abends fehlten wir beide auf dem weitläufigen Gelände des Sandberges, unserem Abenteuerspielplatz. Die Mütter waren in heller Aufregung, niemand hatte anscheinend eine Idee, wo wir sein konnten, doch die große Schwester Schisalla, hatte uns Hand in Hand Richtung Molkerei verschwinden sehen, doch dort fand man uns auch nicht. Doch dann hatte Mutter Henze eine Idee. Wilfried hatte wohl etwas von Papa abholen geschwätzt und sie hatte das nicht so ernst genommen, denn der Weg dorthin war ja „nur" zwei km weit, das konnte doch wohl nicht sein. Wirklich nicht? Nun holten die beiden Frauen, die zur gleichen Zeit schwanger gewesen waren und sich um uns sorgten, ihre Fahrräder aus dem Schuppen und sausten wie der Wind in die eintretende Dunkelheit und siehe da, an der Bahnschranke der Südgrubenbahn, standen wir einträchtig an der heruntergelassenen Schranke und im Zug saß der Papa von Wilfried. Der war aber dann eher zuhause als wir mit unseren Müttern auf den Gepäckträgern sitzend. Man beachte: wir waren 1943 gerade mal fünf Jahre alt und hatten immerhin die Hälfte des Weges geschafft.

Nach dem Krieg, das Kraftwerk war von den Russen demontiert worden, Papa Henze ging mit seiner Familie nach Klein Löitz und wollte Neubauer werden. Kurze Zeit danach holte ihn die kommunistische LPG-Agrarreform ein und er war seine kurz zuvor erhaltenen Äcker, die aus den Gut Wadelsdorf geklaut worden waren, wieder los und er fand sich nicht als Bauer mit eigenem Grund und Boden wieder, sondern als Angestellten der Landwirtschaftlichen Produktions-Genossenschaft Klein-Loitz. Wilfried wurde 80 Jahre alt, starb 2020 und hinterließ eine große Familie.

Doch die Nachbarkeitsgeschichte geht noch weiter. Tochter Inge wohnte nun oben in der leeren Henze-Wohnung und kam ins heiratsfähige Alter. Die Familie Schisalla verkaufte dann aber Ende der 40er Jahre ihr Haus und verschwand bei „Nacht und Nebel" in den goldenen Westen. Niemands wusste wo sie abgeblieben waren. Meine heutige Frau und ich waren dann 1959 auch in den Westen „abgehauen", das war so der der gängige Ausdruck für Leute, die von der kommunistischen Zwangswirtschaft „die Schnauze" restlos voll hatten, denn dort hatte man nur Aufstiegschancen, wenn man sich den SED-Parteibonbon ans Revers heftete. Der Cousin meiner Mutter, Martin war schon lange vor uns, mit seiner Familie „abgehauen". Beide arbeiteten wir später bei meinem Onkel Gerhard in Offenburg-Weier. Eines Tages, Martin, ein Gesellschaftslöwe, wie man nicht viele findet, außer man durchwühlt alle Stammtische in Deutschland. Martin war wieder mal bei seiner Lieblings-Beschäftigung, dem Stammtisch sitzen. Die Tür zur Telefonzelle im Lokal stand halb offen, da hörte er seinen Spremberger Heimatslang, den ja jeder Mensch im Hinterkopf hat. Als der Telefonierer am Tisch vorbeiwollte, quatschte er ihn an, ob er aus der Lausitz käme.

„Ja, wieso, kennen wir uns?"

„Ne, das nich, aba ich bin aus Spremberg," meinte Martin.

„Ich ooch, wo haben Sie denn jewohnt".

„Am Bahnhof, aba meine Cousine Menzel wohnte hinten beida Molkerei."

„Menzels, das waren unsere Nachbarn, im Wiesenweg, ne sowas."

Das ging dann noch eine ganze Weile und bei einigen Bierchen so weiter, die dann ihre Fortsetzung im Hause meines Onkels in Weier bei Offenburg fanden. Ein paar Wochen später kam er mit seiner ganzen Mischpoke und seiner inzwischen in Oberharmersbach, im Kinzigtal mit einem Bauunternehmer verheirateten Schwester Inge vorbei und es gab ein feucht fröhliches Wiedersehen. Er erzählte von seiner amerikanischen Gefangenschaft und dass er eine Frau aus dem Schwarzwald geheiratet hatte und danach seine ganze Familie nachgeholt hatte. Nach dem Tod meiner Eltern, zogen meine Tante und ihr zweiter Mann in das Menzel-Haus und Inge besuchte nach der Wende ihre alte Heimat noch einmal und unterhielt sich lange Zeit bei einer Tasse Kaffee mit meiner Tante und ihrem zweiten Mann, über die alten längst vergangenen alten Zeiten, wo sie sich 1945, mit ihren Müttern vor den russischen Vergewaltigern auf den Dachböden verstecken mussten.

Die Tischdame

Anlässlich einer Hochzeitsfeier hatten sie sich kennengelernt. Damals war es üblich, dass jeder Gast eine Tischdame zugeordnet bekam. Oft versuchten die Altvorderen es auch auf diesem Wege, neue Ehen anzubahnen und machten sich während der Feierlichkeiten einen Heidenspaß daraus, dass unfreiwillig verkuppelte Paar zu beobachten und brachten die ganze Gesellschaft mit ihren dämlichen Witzen ins Schwitzen. Dazu muss man wissen, dass in damaligen Zeiten, junge Leute unaufgeklärt und sexuell völlig unerfahren, mit solchen Situationen überhaupt nicht umgehen konnten. Dadurch kam es immer wieder zu ungewollten Schwangerschaften. Dann wurde grundsätzlich geheiratet, das bestimmten dann die Alten und rückten zusammen um den zu frühen Nachwuchs irgendwie „Mit durchzubringen". Das geflügelte Wort ging um:
„Wenn die Nachkommen zu früh kommen
und die Eltern mit dem Einkommen
nicht mehr auskommen,
werden alle zusammen umkommen."
Hinzu kamen die Auswirkungen des 2. Weltkrieges, alles war zerbombt, Millionen Wohnungen fehlten, die Ostflüchtlinge fluteten das Land von der Oder/Neiße, bis in den hintersten Winkel unseres Restvaterlandes. Alle mussten zusammenrücken, Leute, die vorher eine Wohnung mit vier Zimmern bewohnten, bekamen „Einweisungen" vom Wohnungsamt und plötzlich musste man Bad, Toilette und die Küche teilen. Aber die obige Geschichte ging glimpflich ab, die Eltern des werdenden Vaters hatten Platz geschaffen, und das junge Paar zog in das ausgebaute Dachgeschoss ein. Der Anfang war gemacht, doch wie Schiller sagt: „Mit des Geschickes Mächten, ist kein ewiger Bund zu flechten". Die Tischdame war eine Zeugin Jehovas und bestand darauf, dass ihr Zukünftiger zu ihrem Glauben konvertierte. Genau das hätte er besser bleiben lassen sollen, aber die Liebe war stärker und das Ungemach nahm seinen Lauf. In der DDR waren die Zeugen Jehovas verboten. Nicht etwas, weil sie schlechte Menschen oder aufsässig waren, ach wo, das kommunistische System bekämpfte grundsätzlich alles, was von der Partei als unerwünscht deklariert wurde. Das galt aber auch für andere

Konfessionen. Es durfte nach der Logik der Sowjets nur ein Glaubensbekenntnis geben und das war das Kommunistische. Der Slogan dieser Ideologie lautete für alle sichtbar:

§ 1 Die Partei hat immer recht.

Witzbolde urteilten:

§ 2 wenn die Partei ausnahmsweise einmal nicht recht hat, tritt automatisch § 1 in Kraft.

Der Held der Geschichte, ein unverdorbener, charakterreiner junger Mann, ein richtiger Sonnyboy, immer gut aufgelegt, Zimmerer-Meister schon in jungen Jahren, Sportler durch und durch und für lustige Späße immer zu haben, wurde von diesen kommunistischen Idioten ins Gefängnis gesteckt, weil er wegen seines neuen Glaubens, den Krieg und das Soldatensein verweigerte.

Von den Sowjets wurde der neue Klassenfeind im Westen ausgeguckt, der bekämpft werden musste, um die Errungenschaften der Arbeiter und Bauernklasse mit der Waffe in der Hand zu verteidigen. Das war die offizielle Lesart dieser Hirnis in den Parteikadern. Schaut man sich heute 30 Jahre später in der Bevölkerung um, so will es natürlich keiner gewesen sein und in der DDR war ja sowieso alles besser. Zugegeben, Hunger leiden oder auf der Straße leben, das war unbekannt. Viele Dinge waren besser, aber waren sie das wirklich? Der ganze Laden wurde doch nur durch Lügen, Diktatur und Gewalt gegen Jedermann, der nicht ins Chema passte zusammengehalten. Deshalb brach er auch ohne Vorwarnung zusammen, als die Sowjets ihm die Machtbasis entzogen.

Unser Freund saß nun seit einem Jahr im Gefängnis und meinte, dass damit sein tiefstes Leiden beendet wäre. Ein ganzes Jahr, ohne Besuchserlaubnis, unter den staatlich verordneten Repressalien und Gemeinheiten der Gefängnisverwaltungen, sollte zu Ende sein, so dachte der inzwischen an Leib und Seele geschundene und zerbrochene Mann, der kaum noch einer war und das nur, weil er 15 Jahre nach dem Ende des 2. Weltkrieges, den Kriegsdienst verweigerte? Ein Jahr lang getrennt von Weib und Kind, er hatte seinen Sohn überhaupt noch nicht gesehen, kam nachhause, seine Familie fing ihn auf und er brauchte ein ganzes Jahr, um mit seinem zerbrochenen Glauben an Gott und die Menschen fertig zu werden. Doch der Rachefeldzug der DDR-Gemeinheitsträger war noch nicht zu Ende, nein, statt ihn wieder in das Leben einzugliedern, trat man weiter auf ihm herum, er bekam keine Arbeit. Was das für einen Mann in seinen besten Mannes-Jahren bedeutet, muss man niemandem erklären. Doch dann tat sich ein Lichtlein auf, er durfte eine Arbeit machen, die sonst niemand mochte, weil sie sehr klebrig uns schlecht bezahlt wurde. Er kam, wohl auch als weitere Bestrafung gedacht, zu einer Arbeitskolonne, die in den Wäldern Naturharze an den Bäumen extrahierte und einsammelte. Wie durch Zauberhand genas er in der freien Mutter-Natur, den Hassergüssen der Glaubens-Kongregation der verbrecherischen Mielke-SED entzogen, verlor sich sein Weg ins Nirvana der Vergessenheit.

Zuhause in seinem Elternhaus, hatte er sich eine kleine Tischlerwerkstatt aufgebaut und begann, nur so nebenbei ein wenig zu fuschen, das war in der DDR sehr erwünscht, denn es gab viel zu reparieren, aber die kleinen Handwerksbetriebe, die hatte man alle abgeschafft, denn nach kommunistischer Ideologie, waren selbständige Handwerker alle Kapitalisten und Ausbeuter und:

Was nicht sein kann, darf nicht sein. (Christian Morgenstern)

Aber jede noch so schlechte Theorie hat ihre Lücken, so auch hier. Irgendwann gingen in der Bauwirtschaft, die von den „Kapitalisten" enteigneten und geklauten Bauwagen kaputt und mussten repariert werden. Jemand wusste Rat: Du der Zimmerer H…, hat mir doch neulich geholfen, als die Tür nicht mehr aufging! Schwupps, schon stand der Bauwagen vor seiner Werkstatt.

„Kannst du mal… da müssten innen neue Bänke und ein Tisch rein und das Dach ist undicht."

„Ja klar, wer bezahlt mir das?"

„Wird alles geregelt, mach erst mal."

Nach der „1. Regelung", stand schon der nächste Bauwagen auf dem Hof und der sozialistische Alltag, rechte Tasche eine Lüge, linke Tasche eine Lüge, nahm seinen Lauf.

Es sollte bis zum Tage der Freiheit am 7. Oktober 1989 so bleiben. Endlich hatte die Bevölkerung die Schnauze voll, von der Bevormundung und der Zwangswirtschaft und riss die menschenverachtenden Sperranlagen an den innerdeutschen Grenzen, buchstäblich, mit („Hammer und Zirkel" DDR-Emblem), mit Hammer und Meißel ab.

Quelle: WikipediA

Die Zwillinge von Knappensee

Eines Tages standen sie an der Spree an unserem Anlegesteg und schauten sehnsüchtig auf den regen Paddelsportbetrieb. Den Dreien sah man auf den ersten Blick an, dass sie Geschwister waren. Die Schwester, eine Natur-Schönheit, wie man sie nicht an jeder Ecke findet. Schlank, hochgewachsen, Mittelblond und eine Figur, wie die „Lollo". Ein geflügelter Begriff der 50er Jahre und meinte damit Gina Lollobrigida, damals der Inbegriff aller Frauenschönheit. Doch wie sagte der Köllner Witzbold Tünnes zum Schäl:

„Du Tünnes, welche von den beeden haste damals geheiradet, die Schöne oder die büschen doofe?"

„Klar, Mennisch, nadürlich die Dofe".

„Wat, wieson dat?"

„Weeste doch, Schönheit vageht, aba doof bleibt doof".

Noch hübscher waren die beiden Zwillings-Brüder, heute würde man sagen zu hübsch, jungenhaft und wenig männlich. Sie ähnelten sich wie zwei Quietschenten. Unglaublich, auch ihr Körperbau, der kontrastierte extrem zu ihren Gesichtern. Groß gewachsen, starke lange Arme und breite Schultern, ideale Körpermaße für Rennkanuten. Doch unsere Damenriege hatte für solche Schönlinge keinen Blick, denn schon damals galt: „Schöne Männer hast du nie für dich allein." Da mussten sie erst mal beweisen, was sie sonst noch draufhatten. Nach und nach legten immer mehr Trainingsboote an und verwickelten die Dreiergruppe in das übliche, woher wohin usw. was habt ihr vor, wo kommt ihr her. Es stellte sich heraus, dass sie am Knappensee lebten und sich überlegt hatte, dort ein wenig zu Paddeln und ob wir nicht ein altes Boot hätten, es könne auch ein kaputtes sein. Das war ein unerfüllbarer Wunsch in den 50er Jahren. Unsere uralten Holzwanderboote aus Vorkriegszeiten brauchten wir für die Jugendausbildung, auf denen lernten sie Paddeln, ohne gleich in den „Bach" zu gehen. Danach ging es in uralte Renn-Boote aus 7 mm dicken Eichenholz-Klinger-Boote und unsere Sperrholz-Rennboote wurden „heiß" gefahren. Die waren sozusagen im Trainings-Dauereinsatz.

Ja, „Was tun sprach Zeus", aber unser Trainer dachte weiter, sah diese tolle Wasserfläche und die Möglichkeiten dort zu paddeln, wenn, ja eigentlich könnte man Rennveranstaltungen durchführen, die auf der engen Spree nicht möglich waren. Man war also im Gespräch und wollte sich melden. Nach Rücksprachen, Telefonaten mit der DHFK und dem ASK (Deutsche Hochschule für Körperkultur und Sport und dem Armeesport-Club) ergaben sich auf höherer Ebene plötzlich erstaunliche Möglichkeiten zur Gründung eines neuen Kanuclubs am Knappensee. Die drei Geschwister gründeten den Club und erhielten die volle Unterstützung des DDR-Kanuverbandes. Plötzlich waren auch ein paar alte abgelegte Boote da, die gab es kosten los von den größeren Clubs und die Armee spendierte eine ausgebrauchte Baracke, die als Vereinsheim diente. Als Krönung wurde dann ein paar Jahre später die DDR-Bezirksmeisterschaft auf dem Knappensee ausgetragen.

Was die drei Geschwister da angestoßen hatten, übertraf bei Weitem ihre Erwartungen. Alle Kanuten die zu sportlichen Aktivitäten zu ihnen kamen, unterzogen die schöne Schwester, einer peinlichen

Befragung, wie sie ihre Zwillingsbrüder voneinander unterscheiden könne, die immer so beantwortet wurde:
„Das weiß ich selber nicht genau, ich sehe es an ihrer Körperhaltung, das kann man nicht erklären."

Das Blitzlicht

Es war schon dunkel, wir standen noch einen Moment lang am Marktplatz, bevor wir uns nach der von der SED befohlenen Teilname an der Sonder-Kundgebung trennten. So ein oberschlauer Arbeitskollege, Idiot vom allerfeinsten Deppen-Material zusammengeschustert und sich seiner Selbstherrlichkeit immer bewusst, hing mir einen der damals in den 50er Jahren noch benutzten Blitzlicht-Magnesium Beutel, an die Lenkstange meines gerade nigelnagelneu gekauften Fahrrades, auf das ich solange warten musste. Fahrräder waren damals die Autos des kleinen Mannes und so etwas bekam man nicht einfach so, im nächsten Laden um die Ecke. Man musste es im HO der DDR bestellen und dann: warten, warten, warten. Manch einer hatte Vitamin B (Beziehungen) und es ging auch mit dem Parteiabzeichen der SED schneller. Dieser Affe von einem Knallkopp meinte, den Reiner werden wir mal richtig Foppen, mit seinem neuen Rad. Vielleicht war es auch ein wenig Neid gewesen. Dass ich den Beutel nicht bemerkte, dafür sorgten die anderen lieben Kollegen. Ich bekam es erst mit, als der Beutel schon brannte und wollte noch verhindern, dass der ultraheiße Schweißstrahl des Magnesiums meine verchromte Lenkstange beschädigte.

Aber zu spät, zu spät, der Beutel explodierte 50 cm vor meinen Augen. Der Lichtblitz blendete mich, ich war sofort blind und sah nichts mehr. Die kleinen verbrannten Partikel steckten in meiner Augenhornhaut und brannten wie Feuer. Heute würde man so einen Verunfallten sofort in eine Augenklinik zur Behandlung bringen, aber den lieben Kollegen fiel nicht Besseres ein, als mich mitsamt meinem Fahrrad zu Hause abzuliefern. Meine Mutter war konsterniert, legte mir sofort gekochte Kamillentee-Kompressen auf beide Augen und forderte einen Arzt an. Der Herr Doktor lobte sie, ließ noch ein Paar Augentropfen am Krankenbett zurück und meine: Dunkelheit,

173

Augenbinde und morgen früh sofort zum Augenarzt. Eine ganze Woche lang, war ich wegen des „Scherzes" meiner Kollegen krankgeschrieben, dann ging ich in den KBBS Kreisbaubetrieb Spremberg und kündigte mein Arbeitsverhältnis. Heute leide in immer noch an einer Überlichtempfindlichkeit, die sich leider nicht mehr reparieren lässt, da hilft nur eine Sonnenbrille um Kopfschmerzen zu verhindern. C'est la vie, sagen die Franzosen.

Der Superintendent Hildebrand

Das Wort >Superintendent < hörte sich gut an, doch was ich damals nicht wusste, es leitet sich aus dem Altgriechischen ab und heißt Wort wörtlich übersetzt: „Aufseher". Er hatte schon meine Mutter getauft, konfirmiert und getraut. Als ich in seine Obhut kam, war er zum Aufseher in allen Lebenslagen gereift, er kontrollierte jede Kleinigkeit, verlangte unbedingten Gehorsam, verbot fotografieren in der Kirche und zu Hause das Radiohören. Blos gut, dass es damals noch kein Fernsehen gab, sonst hätte er das auch noch verboten. Vielleicht hat er es noch heimlich, posthum getan und wir haben deshalb heute so ein schlechtes Fernseh-Programm.

Dann die ersten Stunden im Konfirmandenunterricht: Septuagesimae; Sexagesimae; Estomihi; Invocavit; Reminiscere; Oculi; Laetare; Judica; Palmarum; Quasimodogeniti; Misericordias Domini; Jubilate; Kantate; Rogate; Exaudi; Quasimodogeniti; Miserikordias; Domini; Jubilate; Kantate; Exaudi; Pfingsten; Trinitatis usw. bis Weihnachten.

Das war es, was wir als zukünftige gute Christen als Erstes zu lernen hatten. Der Schock war abschreckend, gewaltig, exorbitant und beim Schreiben dieser Epistel, um im Sprachgebrauch zu bleiben, brauchte ich nach 70 Jahren nicht lange nachdenken um sie wieder herunterleiern zu können, so tief hatte er sie in unser schulgemartertes Hirn hineingebrannt, die Kirchentage. Wer sie nicht hersagen konnte, wurde gemaßregelt und mit genau kontrollierten zusätzlichen Gottesdiensten „bestraft", damit in ihm die „Erleuchtung des Heiligen Geistes" aufblühte. Jeden Sonntag, stand er an der Kirchentür und begrüßte uns jovial, mit aufmerksamen Blicken, ob wir uns wohl als geeignete Kandidaten für die christlichen Aufgaben seines „Machtbezirkes" eignen würden. Mädchen wurden in gesonderten Konfirmandinnen-Unterrichtsstunden, zu ordentlichen Christen-Frauen herangezogen. Wobei die Frau Pfarrer, noch die besonderen weiblichen Aspekte der zukünftigen Rolle, als christliche Ehefrauen in die „richtige Richtung" lenkte. Keiner hatte sich auch nur im Entferntesten in diesen Unterricht hinein gewünscht. Doch in meiner Familie, alle getauft, alle konfirmiert, alle kirchlich getraut, gab es keine „Extrawürste" und oh Wunder, so ist es nun bis zu unseren Urenkeln geblieben. Dennoch glaube ich nicht an den einen Gott der Götter, es gibt zu viele, die diesen Anspruch erheben. Mein Großvater hatte im Ersten Weltkrieg den Glauben an Gott verloren. Ein Satz von ihm prägte sich mir ein: „Der Glaube bestätigt alle Dinge". Ein anderer Spruch sagt aus: „Glauben heißt nicht wissen". Dennoch sagte einer unserer ganz Großen: „Gott würfelt nicht". Sein Name ist Albert Einstein. Er hätte wohl besser formuliert: „Der Schöpfer des Universums würfelt nicht", und so wird er es wohl auch gemeint haben. An diesen Schöpfer glaube ich heute glauben zu können, das sagt mir mein Verstand und nicht mein Glaube.

Mein Vater war Chorknabe gewesen und ließ jeden Sonntag aus voller Brust, von der Empore, mit seinem schmelzenden a cappella die Engel erklingen. Auch er verlor im Zweiten Weltkrieg seinen Glauben an diesen Gott, der auf beiden Seiten der Front, die Waffensegnete und trat aus der Kirche aus. Doch als er starb, wurde er von einem Pfarrer ausgesegnet.

Ja, wir Burschen, hatten damals nur Übermut und Unsinn in Sinn! Denn der Unterricht bot nur Langeweile, nach der Bibel stand uns nicht der Sinn, dann eher nach Karl May und Abenteuer. Das merkte auch der Superintendent Hildebrand, besonders dann, wenn 1950 wieder einmal Stromsperre war. Was das ist, werden Sie sich fragen? Noch lange Jahre nach dem Krieg, waren die E-Werke und die Stromleitungen so marode, dass man bei Überlastung einfach die Wohnbereiche von Netz trennte. Dann saßen wir im Dunkeln und unser Superintendent Hildebrand, zeigte sein menschliches Gesicht, war nicht mehr Amtsperson und erzählte uns von seinen Erlebnissen im Ersten Weltkrieg. Das war es, das war wirklich mal etwas Neues, das interessierte uns wirklich und so sorgten wir dann mit Fleiß dafür, dass es öfters Dunkelstunden gab. Wir bogen einen isolierten

Draht zu einer U-förmigen Schleife und steckten ihn in eine Steckdose, sodass es einen Kurzschluss gab, dann konnte er in der Dunkelheit keinen Unterricht halten und erzähle uns Geschichten. Er hatte sich im 1. Weltkrieg, wie so viele junge Studenten, als kaiserlich Freiwilliger gemeldet und einen Kniedurchschuss erlitten. Auf Grund der damals mangelhaften medizinischen Versorgung versteifte sich sein Bein und er musste es sein Leben lang nachziehen. Auf Grund seiner traumatischen Kriegserlebnisse, beschloss er dann Pfarrer zu werden. Diese Ereignisse schilderte er uns gebetsmühlenhaft immer wieder und zuwider. Also mussten wir Gegenmaßnahmen ergreifen. Einer hatte 'ne Idee und brachte einen kleinen Sack Murmeln mit. Murmeln sind kleine Tonkugeln, mit denen Kinder früher Spiele spielten. Die legte er auf den Boden und stieß mit dem Fuß dagegen. Die Kugeln rollten nun unkontrolliert herum und wenn sie zur Ruhe kamen, stieß sie ein anderer wieder weiter. Superintendent Hildebrand wusste mit diesem Geräusch natürlich nichts anzufangen und ignorierte es zunächst, war er wohl doch einstmals auch so ein Junge gewesen, vielleicht fand er es sogar lustig. Als wir dann in den nächsten Unterricht kamen, hatte seine Frau die Kugeln zusammengekehrt und sie lagen wieder in dem Säckchen, das wir vergessen hatten mitzunehmen, auf seinem Tisch. Das immer wieder die Sicherung ersetzt werden musste, war ihm natürlich auch aufgefallen, außerdem erfuhr er zu Hause, dass es an diesem und jenem Abend überhaupt keine Stromsperre gegeben hatte. Wir rechneten mit einer gehörigen Standpauke, doch er grinste nur und sagte: Also Jungs, wir machen ab jetzt eine halbe Stunde Unterricht und eine halbe Stunde erzähle ich Euch Geschichten. Beiderseits hatten wir gelernt, dass sich Arbeit und Vergnügen immer die Waage halten sollten. Ab sofort lernten wir mit vollem Eifer unsere Lektionen und auch das Vergnügen über seine Geschichten kam nicht zu kurz. Endlich wurden wir für würdig befunden, in die Gemeinde aufgenommen zu werden, doch dem Aufnahmeritus, dem ersten Abendmahl, ging damals eine Prüfung vor der versammelten Kirchen- und Elterngemeinde voraus. Vermutlich war sein Vertrauen in uns immer noch etwas erschüttert, deshalb zitierte er uns ein paar Tage vor dem großen Ereignis in die Kirche und machte mit uns eine Probeabstimmung.

„Also", sagte er, „wenn ich Euch etwas frage, dann heben alle die Hand, wie in der Schule, aber der - wo es nicht genau weiß, macht dabei den Zeige-Finger krumm! Ich habe nicht nachzählen können, wieviel Hände bei der Prüfung vor der Gemeinde, mit dem krummen Zeige-Finger hochgingen, doch viele werden es wohl nicht gewesen sein. Er war bestimmt ein guter Pfarrer, doch eines muss ihm wohl bei seiner langjährigen Tätigkeit verloren gegangen sein.

Er hatte das 8. Gebot: „Du sollst nicht falsch Zeugnis reden, wider deinem nächsten", einfacher gesagt: „Du sollst nicht Lügen" wohl vergessen. Ironie der Geschichte: Ich hatte seit dem Fortgang aus meiner Heimatstadt nie mehr die Ev. Stadtkirche betreten und betrieb in meiner neuen Heimat eine Blitzschutzfachfirma. Nach dem Zusammenbruch der DDR 1989, bekam ich einen Anruf des Sohnes eines Freundes, der inzwischen Elektroingenieur war und ein Fachbüro für Haustechnik eröffnet hatte. Ob ich mir einmal die Blitzschutzanlage auf der Stadtkirche ansehen könnte. Zufällig hatte ich eine Woche später in der alten Heimat zu tun. Er wollte mit dem Küster gleich auf den Turm steigen, doch ich blieb erst mal am Eingang stehen, schaute nachdenklich 40 Jahre zurück und sah mich wieder vor Pfarrer Hildebrand stehen, wie er in meinem „Gottesdienst Kontrollbuch" seinen Haken machte und „anwesend" hineinschrieb. Ich musste tief durchatmen, dann war ich wieder zurück in der Wirklichkeit. „Was hast Du?", fragte mein Freund, ach nichts weiter, das erzähle ich dir mal bei einem Glas Wein. Nun ja, die Blitzschutzanlage war so gut wie nicht mehr vorhanden, die einzige Ableitung hing unten lose über dem Erdreich herum und war auch am Turmhelm unterbrochen. Als erste Maßnahme bestellten wir dann auf mein Anraten, eine 70 m hohe Hydraulik-Arbeitsbühne und ließen eine neue Ableitung mit Erdung einbauen, damit der Turm das nächste Gewitter überstehen konnte.

Der 1. Weltkrieg

Wir saßen mit meinem Großvater und seinem Sohn Gerhard in einer launigen, weinseligen Runde zusammen, da erzählte uns der Alte eine Geschichte, die wir nicht für bare Münze nahmen. Nicht einmal sein Sohn glaubte ihm diese Story. Ich hatte sie eigentlich auch schon lange vergessen, da fand ich einen Feldpostbrief von Alfred an seine Frau Emma, meine Großmutter. Ich konnte ihn wegen der vergilbten Schrift nicht entziffern und legte ihn wieder zu den anderen Unterlagen und den Familienfotos. 40 Jahre später, ich hatte mir einen Scanner gekauft und scannte alte Fotos, um sie für die Nachwelt zu digitalisieren. Da fiel mir der alte Feldpostbrief wieder in die Hände. Hoppla, dachte ich interessiert, mal sehen, was da drinsteht. Als ich den Scann vergrößerte, konnte ich nun alles lesen, was er damals an seine Frau geschrieben hatte. Der Alte hatte also nicht geflunkert und uns die Wahrheit gesagt. Doch nun zu dieser Geschichte.

Am 28. Juli 1914 brach der 1. Weltkrieg aus und Alfred erlebte die Geburt seiner Tochter, bei der Postverteilung in den Schützengräben und las den Brief seiner Frau Emma, dann in aller Ruhe. Viel Zeit war ihrem jungen Glück nicht geblieben, dann musste er an die Front. Sie schrieb ihm, dass er im am 3. Januar 1915, Vater einer Tochter geworden sei und sie hätte sie Greta genannt. Die Geburt hätte sie, auch dank ihrer Mutter gut überstanden, die ständige Sorge um ihn aber weniger. Alfred kämpfte zwar nicht direkt im Schützengraben, war indessen aber anderen Gefahren ausgesetzt, wenn er mit seinen Kollegen und mit den Pferdefuhrwerken, die ein- und ausgehende Post von der Bahn, in die Verteilerstationen und zu den einzelnen Kompanien bringen musste. Da kam es öfters vor, das ganze Postwagons zerschossen wurden, der Feind machte eben keine Unterschiede zwischen Nachschub für die Front und Postsendungen. Anschließend, musste man die Feldpostbriefe wieder einsammeln und überprüfen, ob sie noch zustellbar waren. Seine Vorgesetzten waren jedoch bemüht die „gelernten Postler" nicht erhöhten Gefahren auszusetzen, denn für diese Fachleute hatten sie keinen Ersatz und die Post- und Päckchen-Zustellung wäre zusammengebrochen. Mitte des Jahres 1916 holte Hindenburg zum großen Schlag gegen Russland aus. Alfred wurde zum Obergefreiten befördert und bekam eine Woche Fronturlaub. Danach sollte er an die russische Front abkommandiert werden, um dort beim Aufbau des Feldpostwesens mitzuwirken. Emmas Herz machte einen Hüpfer, als sie seinen Brief erhielt und bereitete alles für seine Ankunft vor. Doch die Enttäuschung war riesengroß, als sie seinen nächsten Brief in den Händen hielt. Doch eine kleine Hoffnung war ihnen geblieben, denn als Sammelstelle der Postler für den Russlandeinsatz, war die Stadt und der Bahnhof in Cottbus festgelegt worden. 25 km entfernt von seiner Heimatstadt, wurde die neue Einheit zusammengestellt. Alfred schrieb: „Liebe Emma, komm bitte am 11.06.1916 nach Cottbus und bring klein Greta mit. Er wartete schon eine Stunde vor der Ankunft des Zuges aus Spremberg auf dem Bahnsteig. Endlich stand der Zug und die Lokomotive schnaufte in regelmäßigen Intervallen zu den unendlich vielen Küssen, die ausgetauscht werden mussten. Emma hatte gleich Oma Bertha mitgebracht, die dann jedoch mit Greta, gegen den Nachmittag wieder nach Spremberg zurückdampften. Das junge Paar genoss die Zweisamkeit einer einzigen Nacht, die ihnen noch blieb, denn am nächsten Morgen rollte der Transportzug Richtung Osten ab. Wochen später schrieb Emma, er müsse gut auf sich aufpassen, sie sei wieder schwanger geworden und hoffe, dass er diesen Wahnsinn überleben würde. Alfred war durch diese Verlegung, in relativ ruhigere Kriegsereignisse gekommen, denn nach den großen Schlachten bei Tannenberg, geriet der Krieg im Osten immer mehr zum Sitz-Krieg. Nachdem die Bolschewiki die Macht übernommen hatten, kapitulierte Russland und der Krieg war damit auch für ihn so gut wie beendet.

Als er 1918 nachhause kam, tobte in Deutschland die Influenza, auch die spanische Grippe genannt mit ihrem Millionen Toten in Europa, das Land lag darnieder und der Versailler Vertrag knebelte Deutschland. Seine Frau Emma hatte im Kriegswinter 1917 den Sohn Gerhard zur Welt gebracht, er sah genauso aus wie die Kohlsuppe, die sie seit Monaten essen mussten. Der Arzt meinte, dass er wohl nicht überleben würde, weil bei ihr durch die Mangelernährung die Muttermilch versiegt war. Doch Oma Bertha hatte vorgesorgt und eine trächtige Ziege von einem Bauern erworben, die genügend Milch hergab um den kleinen Gerhard, neben ihrem Zicklein auch noch durchzubringen. Tagsüber lag er statt in seinem Kinderbett, in der Bratröhre des Küchenofens, streng überwacht von Oma Bertha und Mutter Emma. So fand er seinen Sohn vor, er hatte sein Geburtsgewicht von 900 Gramm vor einem ¾ Jahr, gerade mal verdoppelt. Aber nun war sein Vater zuhause, betreute den Gemüsegarten, pflanzte Obstbäume an und stahl auf den Spreewiesen und an den

Feldrainen Gras und wohlschmeckende Kräuter für die beiden Ziegen. Hinzu kamen seine Erfolge bei der Kaninchenjagt und so reichte es, um seine Familie mit den Kindern durchzubringen.

Die Arbeitsplätze bei der Post waren mit Frauen besetzt worden und sein Gönner und früherer Chef, Otto Krüger in Pension gegangen. Die große Arbeitslosigkeit zwang ihn wieder zu seinem alten Metier, der Kleintier-Wilddieberei zurückzukehren. Der Anteil an jagdbarem Wild hatte sich kolossal vermehrt und die paar alten verbliebenen Förster, kamen kaum hinterher es zu dezimieren. Deshalb drückten sie ein paar Augen zu, und ließen die Wilddiebe gewähren. Die Bevölkerung brauchte in diesen Zeiten Nahrungsmittel, doch wo sollten sie herkommen, viele Bauern waren gleich zusammen mit ihren Pferden eingezogen worden und die wenigen Zurückkehrenden mussten die Landwirtschaft wieder „anschmeißen".

In vielen Bereichen der Wirtschaft, in der Verwaltung und im produzierenden Gewerbe, hatten die Frauen das Kommando übernommen und räumten ihre Arbeitsplätze, wegen den von den Fronten zurückflutenden Männern nicht freiwillig. Endlich produzierte man bei Michelsohn in der Schlesischen Straße auch wieder Kammgarn, statt Uniformstoffe. Emma war schon seit ihrer Jungmädchenzeit dort angestellt und arbeitete, nur durch die Schwangerschaften unterbrochen, in dieser Firma. Alfred versuchte vergeblich wieder bei der Post unterzukommen, aber Emma erreichte bei Michelsohn eine Anstellung als Pförtner und Nachtwächter, im Schichtdienst mit zwei anderen Männern. Sie arbeiteten im Wechsel rund um die Uhr. Man mochte zu dieser Anstellung für einen kräftigen Mann in den besten Jahren stehen wie man wollte, doch für Alfred, war sie im Moment die ideale Position. Er hatte genügend Zeit für seine „Nebentätigkeiten". Immer mal wieder brachte er lebende Kaninchen nachhause, die er in einem mit dünner Angelschnur geflochtenen Netz gefangen hatte. Er sperrte sie dann in einen selbst gebauten „Karnickelstall", wie die Spremberger zu sagen pflegten ein, wo sie sich zur Freude der kleinen Greta „wie die Kaninchen vermehrten" und Proteine lieferten, wenn man ihnen nur genügend Wasser, Gras und Küchenabfälle zu fressen gab. Mittlerweile hopsten die Karnickelkinder schon durch die Küche. Leider gewöhnten sich die Kinder an ihre Lieblinge und die durften natürlich nie geschlachtet werden. Dann zogen die bisher im Obergeschoss wohnenden Mieter aus, sie hatten in den neu entstandenen Gebäuden der GeWoBa eine größere Wohnung gefunden, dadurch gab es mehr Platz im Haus und die Oma zog ins obere Stockwerk um. Ein Kellerraum wurde auch frei und Alfred konnte sich eine kleine Werkstatt einrichten. Bald standen dann auch ein Fahrrad und ein Anhänger darin, nun konnte er nach Herzenslust in Feld und Wald herumgondeln, Futter für die Tiere an den Wegrändern schneiden und Holz für den Winter sammeln.

Alfred ging nun unregelmäßig, mit seinem Schlüssel zu den Stechuhren und überprüfte nachts das Werksgelände, damit nichts gestohlen wurde. Wenn alles ruhig war, konnte er sich auch eine Mütze voll Schlaf gönnen, bis der nächste Rundgang anstand. Seit die Gewerkschaften den Achtstundentag durchgesetzt hatten, wechselte er sich mit seinen beiden anderen Kollegen, rund um die Uhr alle acht Stunden ab. Dieses rollierende System, hatte den Vorteil, dass er nur alle drei Wochen von zehn bis sechs Uhr morgens, Dienst hatte. Der ungeheure Vorteil für ihn war, dass ihm Freiheit für seine Leidenschaft, die Natur, die Wildtiere und für seine Familie blieben. Seine Aktivitäten beschränkten sich nicht nur auf das Kaninchen fangen, denn in der Stadt und im Umland, gab es auch eine große Nachfrage nach Singvögeln, die man damals für die Vogelbauer-Haltung in den Haushalten, noch nicht züchtete. Die entnahmen Vogelfänger einfach der Natur und verkauften sie auf den Wochenmärkten. Im Krieg waren diese Aktivitäten völlig eingeschlafen, doch nun steigerte sich die Nachfrage nach den singenden, schilpenden und flötenden Hausgenossen wieder. Alfred hatte sich schon in seiner Heimat, mit diesem Nebenjob einen schönen kleinen Zusatzverdienst verschafft. Diese Tätigkeit nahm er wieder auf, nun hockte er in seiner Laube, der Rauch aus dem Schornstein stieg in den Himmel, er saß neben dem Öfchen und rührte das Leinöl, bis es ein dicker, zäher Kleister war. Es war eine nicht ganz einfache Arbeit, wie mancher vielleicht denken mag. Das Feuer musste mehrere Stunden lang gut dosiert unterhalten werden. Am Anfang brannte es hell, man musste nicht viel rühren und aufpassen, aber je dicker die Masse wurde, desto schwerer wurde das Rühren und wenn dann nach vielen Stunden der Leim fertig wurde, glühte im Öfchen nur noch etwas rote Glut. Das war der Zeitpunkt, wo er dann die vorbereiteten Leimruten in die

Masse tauchte und sie einzeln an einer Schnur aufhängte und an-
trocknen ließ. Des Morgens, wenn alle noch schliefen, zog er dann
los. Die Ruten steckten mit den klebrigen Enden in mehreren aufge-
bohrten Bambusröhren und auf gings in den Wald, wo er schon lange
vorher die Büsche mit den beliebtesten Singvögeln ausgespäht
hatte. Dann band er seine Leimruten mit dunkler Biese an Ästen und
Sträuchern fest und ging ein Stückchen weiter zur nächsten Fang-
stelle. Oft setzte er auch einen Lockvogel in einem Käfig aus, der mit
seinem Konzert andere Vögel anlockte. Ein paar Stunden später kam
er mit seinen selbstgebauten Vogelkäfigen zurück und sammelte die
Vöglein, die ihm „auf den Leim gegangen waren" ein, doch bevor er
sie in die Käfige hineinsetzte, putzte er ihnen mit viel Hingabe und
mit frischem Leinöl das Gefieder sauber. An den Marktagen, stand er
dann mit seiner Tochter Hildegard und Greta, an einem aufgestellten
Dreibock aus langen Stangen, an denen die Vogelkäfige hingen und
bot seine singende Ware feil. Greta hatte in der Schule flöhte spielen
gelernt und lockte nun, wie weiland der „Vogelhändler" in der Mo-
zart-Oper, die Käufer mit ihren Trillern an und Gerda sang dazu: „Der
Vogelfänger bin ich ja, stets lustig heissa, hopsassa!" Inzwischen
hatte er auch den Garten seiner Schwiegermutter übernommen und
baute immer mehr Obst und Gemüse für die Selbstversorgung an.
Man hatte den Krieg, die Influenza und die Hungersnöte überstanden und schaute wieder hoffnungsfroh in die Zukunft.

Warum und woher haben Menschen den Mut, zu so viel Mordlust und Zerstörungswut?

Unsere Welt

Ist sie durch Zufall entstanden?
War sie schon immer vorhanden?
Warum explodierte das Universum?
Es bleibt für immer ein Mysterium.
Menschen auf der ganzen Welt,
Glauben an die Schöpfungskraft,
Die unsere Welt geschaffen hat,
Und die sie zusammenhält.

Verdrängungswettbewerb,
Ist des Lebens Eigenart.
Weil die Schöpfungskraft,
Nicht ausgereichet hat,
Lebensraum zu schaffen,
Alle Arten satt zu machen.
Egoismus triumphiert,
In der Welt - ungeniert.

Rei©Men

Wer leben will muss töten und unsere Welt stirbt mit uns und um uns herum, jeden Tag unwiederbringlich.

Nach langer Überlegung komme ich zu einer Erkenntnis, die manche vielleicht nicht teilen mögen. Warum Menschen aus einem nicht gleich erkennbaren Grund immer alles zerstören, was andere mit fleißigen Händen aufgebaut haben und dies geschieht auf vielerlei Arten. Schon seit Menschen in größeren Gemeinschaften lebten, haben sie andere überfallen, sie getötet, ihre Habe weggenommen und ihre Wohnstätten zerstört. Doch es gibt auch subtilere Methoden, den Menschen ihr Selbstverständnis zu rauben, indem sie von Weltverbesserern und selbsternannten Religions- und Ersatzreligionsstiftern, wie dem Kommunismus, indoktriniert werden. Dazu zähle ich auch alle Ismen wie, -isten, -listen, -nisten, -misten, -disten, -zisten und andere Eiferer, die sich in der Weltgeschichte tummeln. Allesamt haben Sie mit ihrem verqueren Ideensalat, der Menschheit nur Unheil gebracht und tun es bis zum heutigen Tage. Auch, wenn sie in ihrer Ideenanlage vielleicht gut gemeint waren, werden sie meistens in ihrer extremen Ausformung, angsteinflößende Formen annehmen. Es kann kein Zufall sein, dass Ismen sich in allen Sprachen der Welt wiederfinden lassen.

Doch woher kommt sie, diese Mordlust und Zerstörungswut? Nur Menschen haben diese Gabe von der Natur in ihre Gene gelegt bekommen. Tiere dagegen, nehmen sich aus der Natur nur das, was sie zum Überleben benötigen. Sie sind offensichtlich in der Lage, auch ihren Nachwuchs so zu steuern, dass nie zu große Populationen entstehen. Werden die Umweltbedingungen und das Nahrungsangebot schlechter, reduzieren sie ihre Geburtenraten. Bei den Menschen wirkte dieses Regulativ ebenfalls Jahrtausende lang. Wie kam es nun dazu, dass dieser Mechanismus nicht mehr funktioniert? Machen wir mal einen Ausflug in die Vergangenheit. Der Kampf um Jagdgründe und Recourcen ist so alt wie es Leben auf dem Planeten gibt. Wie jeder weiß, gibt es auch heute noch reine Pflanzen- und reine Fleischfresser, sowie Allesfresser, wie wir Menschen. Solange diese Trennung konsequent fortdauerte, ernährten sich die Pflanzenfresser von Pflanzen und die Fleischfresser von den Pflanzenfressern. Meiner unmaßgeblichen Meinung nach, zerbrach dieses Gleichgewicht, als die Fleischfresser anfingen, sich gleichzeitig auch von Pflanzen zu ernähren. Irgendwann entwickelten sich im Laufe der Evolution Mischwesen, die sich sowohl von Fleisch als auch pflanzlich ernährten. Das war ein ungeheurer Quantensprung in der Entwicklung und auch der Grund, weshalb der Mensch sich auf der ganzen Erde ausbreiten konnte.

Bis dahin musste er sich immer dann ein neues Jagdrevier suchen, wenn er es buchstäblich „leergefressen" hatte. Nun „streckte" er seine tierische Nahrung mit der pflanzlichen. Diese Kombination brachte ihm weitere Überlebens-Vorteile, besonders, als er die Landwirtschaft erfunden hatte, ja, mit dieser neuen Nahrungsquelle konnte er selbst Tiere ernähren, schlachten und verspeisen. Sozusagen, sich eine Lebend-Fleisch-Vorratshaltung schaffen, auf welche er bei Bedarf zurückgreifen konnte. Er musste sich nicht mehr auf sein Jagdglück verlassen. Doch seine Gene als Fleischfresser, änderten sich nicht und auch nicht seine Instinkte, zu töten und getötet zu werden.

Doch bevor es soweit kam, war auf der Erde noch genug „Platz" vorhanden, man suchte sich ein „leeres" Revier, das noch nicht besiedelt war. Nach Jahrhundertausenden, besiedelte man dann auch die nördlichen und die südlichen, gemäßigten Zonen, weil man gelernt hatte, sich gegen die Winter-Kälte zu schützen. Doch als die Siedlungsplätze knapper wurden, begann der gnadenlose Kampf um Nahrung und Recourcen.

Als man noch in Höhlen hauste, wurden bei Überfällen alle Männer und die alten Frauen getötet, nur die jüngeren Frauen mit ihren

Kindern wurden in den eigenen Stamm verschleppt. Die Höhlen ihrer Mitmenschen konnte man nicht zerstören, sie waren zu gewaltig, doch als die Menschen anfingen Häuser zu bauen, wurden bei Eroberungszügen, gleichzeitig auch diese zerstört. Warum? Ich denke, weil man sie selbst nicht bewohnen konnte, musste man verhindern, dass sich Nahrungskonkurrenten, hier wieder „viel zu schnell" ansiedeln konnten. Zum einen sahen die durchziehenden Gruppen an den Zerstörungen, dass hier ein mächtiger Stamm anwesend war, der keine weiteren Nahrungskonkurrenten duldete. Zum anderen hätten die Neusiedler sich mühsam neue Häuser aufbauen müssen. Also gleich zwei Gründe, sich gerade hier nicht niederzulassen, denn der mächtige Stamm, würde auch sie wieder vertreiben. Es handelt sich also nicht nur um pure Machtgier und Mordlust, es ging vielmehr um die Lebenserhaltung der eigenen Sippe. Der Mensch „streckte" seine tierische Nahrung mit der pflanzlichen, diese Kombination brachte ihm weitere Überlebens-Vorteile, besonders, weil er die Landwirtschaft erfunden hatte, ja, mit der neuen Nahrungsquelle selbst Tiere ernähren, schlachten und verspeisen konnte. Aber mit der knapper werdenden Lebensfläche, verschärfte sich die Situation und es kam zu Kriegen, die bis in die Neuzeit der Erhaltung der Macht über ein Gebiet und damit über Lebensräume für die eigene Bevölkerung diente.

Warum wurden Ritterburgen nach einer Eroberung zerstört? Man hätte sie ja nur besetzen und für eigene Zwecke nutzen können. Vermutlich aus demselben Grund, wie oben erwähnt. Jede zerstörte Burg bedeutete, dass sich nicht so schnell neue Machtzentren in dem eroberten Gebiet bilden konnten. Einem Feind der keine Behausung und keinen Rückzugsort mehr hatte, waren alle Machtmittel entzogen. Man konnte in den eroberten Gebieten die Bewohner versklaven, sie zu Abgaben zwingen und zu Kriegsdiensten heranziehen. Durch diese Abhängigkeit, verstärkte man seine eigene Machtposition. Auf diese Weise entstanden immer größere wehrhafte Einheiten, die sich gegen Eindringlinge zu schützen wussten. Die Stammesführer schlossen diese kleineren Machtzentren, nach und nach zu größeren Einheiten und Machtbereichen zusammen, sodass man große Gebiete kontrollieren konnte. Es braucht nicht mehr viel Fantasie, um sich die Entwicklung zu mächtigen Staaten vorstellen zu können. Zwischen ihnen, gab es natürlich wieder die gleichen Rangeleien und den nie enden wollenden Kampf, um Recourcen und Einflusszonen. So ist es bis zum heutigen Tag geblieben, die Kämpfe werden heutzutage nur mit der latenten Drohung, Atombomben einzusetzen geführt. Doch dank eines, vielleicht auch ganz primitiven Verstandes, werden sie dann doch nicht eingesetzt, weil auch die größten Dummköpfe wissen, dass dieser Einsatz auch ihr letzter gewesen wäre. So schlägt man verbal nach allen Seiten aus und versucht seine Einflusssphären mit sogenannten Stellvertreter-Kriegen auszuweiten. Zettelt immer mehr kleinere Feuerchen an, hält sie am Köcheln und versucht, sich kleine taktische Vorteile zu erarbeiten. Gleichzeitig kann man dort seine Kampftruppen ausbilden, trainieren und Kampferfahrungen sammeln lassen. Das ist es doch, was alle Generäle dieser Welt umtreibt:

Man darf nicht zu lange Frieden machen,
sonst rosten die großartigen teuren Waffen.

Rei©Men

In den letzten Jahrzehnten entwickelt sich das kriegerische Geschehen an Land, auf dem Wasser und in der Luft, immer mehr zum Cyberkrieg, der mit elektronisch gesteuerten Waffensystemen geführt wird. Die „Krieger" sitzen meistens in bombensicheren Bunkern und steuern ihre Waffen vom Computer aus. Doch spätestens hier, sind wir wieder bei der oben gestellten Frage angekommen:
„Woher kommen Mordlust und Zerstörungswut?"
Wie oben erwähnt lautet ein Grundsatz:
„Wer leben will muss töten!"
Wir denken da zunächst immer gleich an das Töten von Menschen und Tieren. Dabei handelt es sich eigentlich immer um Lebewesen, egal ob es sich um Tiere oder Pflanzen handelt, die getötet werden müssen, wenn wir sie zu unserer Nahrung verarbeiten wollen. Vegetarier und Veganer halten sich seit einiger Zeit für bessere Menschen, wenn sie kein Fleisch mehr essen und vertreten ihre Ansichten oft sehr aggressiv. Veganer verschmähen sogar alle tierischen Produkte. Ob sie dadurch die besseren Menschen sind oder gesünder leben, sei dahingestellt. Auf jeden Fall müssen sie wie alle Lebewesen auf

186

dieser Welt töten, auch wenn es „nur" Pflanzen sind, wenn sie überleben wollen.

Die nicht nur bei Menschen, in seinen Genen angelegte Aggressivität, benötigt eigentlich jedes Lebewesen, um zu überleben. Es muss aber einen Mechanismus geben, der bei „zu vielen Zeitgenossen" schnell außer Kontrolle gerät. Welche Prozesse liefen da in den Gehirnen von Leuten ab, wie Alexander, angeblich der Große, Xerxes und sein Sohn Darios und Dschingis Khan Attila, den Cäsaren oder wie sie sonst noch alle hießen. Sie alle entfesselten in der Antike ohne Not gewaltige Kriege. Die Römer errichteten den ersten Brutal-Kapitalismus der Weltgeschichte, im ausgehenden Mittelalter waren es Karl der V, sein Heerführer Wallenstein und die Schwedenkönige, die Europa im dreißigjährigen Krieg entvölkerten. Was konnten sie danach mit der verbrannten und entvölkerten Erde, zu ihren Lebzeiten noch anfangen? In Württemberg waren nach dem Kriegsende 1648 nur noch 10% der Menschen am Leben. In der Neuzeit waren es die Preußen und die Habsburger. Napoleon, Hitler, Stalin oder Mao Zedong, sie haben Millionen Menschen auf dem Gewissen, auch wenn sie vielleicht nie jemanden selbst direkt getötet haben, sieht man mal von Napoleon oder Hitler ab, die ja als einfache Soldaten ihre Laufbahnen begannen, möchte ich diese Herren nicht auf eine Stufe mit den antiken Machthabern stellen, aber im Ergebnis haben sie alle gemordet und schwere Schuld auf sich geladen.

Über die meisten, die „Der Große" im Namen tragen,
kann sich die Menschheit nur bitter beklagen.

Rei©Men

Eines ist ihnen wohl trotz aller Unterschiede gemeinsam. Sie gaben vor, eine neue Weltordnung in der Völkergemeinschaft und in ihrer Lebensweise herstellen zu wollen. Wozu das geführt hat, wissen wir ja nun und versuchen mit sanfteren Methoden dieses Ziel zu erreichen. Eines haben wir inzwischen erreicht, offene Angriffe auf Staaten werden immer seltener und die Konflikte halten sich in Grenzen, jedenfalls, was das direkte Töten von Zivilisten angeht. Stattdessen entstehen immer mehr kleine Kriegsherde zwischen den Interessengruppen, doch niemand traut sich aus der Deckung, denn die aggressiven Machtinhaber wissen ganz genau, dass die Zeiten vorbei sind, wo sie als große Helden gefeiert wurden. Heute können sie ganz leicht als Kriegsverbrecher vor den Internationalen Gerichtshof in Genf gezerrt und zu lebenslangen Freiheitsstrafen verurteilt werden, wie man ja bei den serbischen Kriegsherren gesehen hat. Wie ich weiter oben aufgezeigt habe, geht es nicht nur um Macht und Einfluss oder ums Überleben, denn in Ländern wie Holland, England Portugal, Spanien und im Deutschen Kaiserreich, wäre auch ohne ihre kolonialen Eroberungen niemand verhungert. Trotzdem war das Commonwealth eines der größten Weltreiche, dem die Briten heute noch in ihrer Volksseele nachtrauern.

Die deutsche Volksseele wollen wir uns einmal näher ansehen. Bei Stammtisch-Gesprächen mit ein paar Alten erklärte ein überlebender Soldat: ‚Wenn wir damals die Sowjetunion nicht überfallen hätten, wären wir heute eine Weltmacht'. ‚Nein', sagte ein anderer, ‚schon nach dem Frankreichfeldzug hätten wir aufhören müssen!' Da haben wir's wieder, da trauern die Briten ihrem verlorenen Weltreich nach, treten aus der EU aus, um zu „alter Weltmacht-Stärke" zu gelangen. Da fragt man sich, haben die denn nichts dazugelernt? Ein Herr Putin erobert die Krim zurück, versetzt nach und nach schon wieder, die halbe Welt in Angst und Schrecken, so wie seiner Zeit Stalin und „fast" alle Russen schreien „Hurra". Nachdem sie ein Drittel ihres in Jahrhunderten zusammengeraubten Staatsgebietes, nach dem Zusammenbruch des Kommunismus verloren haben, wollen sie zu alter Macht und Stärke zurück und destabilisieren nun die Ukraine. Mischen sich in Syrien ein und behaupten, dass sie von der Nato eingeschnürt und bedroht werden. Vergessen dabei aber vollständig, was sie selber von 1945 bis 1990 gemacht haben. Das sich fast alle Staaten ihres damaligen Einflussgebietes aus ihrem Würgegriff befreit und in die EU und oder die NATO geflüchtet haben, sehen sie nun als Bedrohung an, gegen die sie sich verteidigen müssen. Da ist es wieder spürbar, das kollektive Gedächtnis der Völker, an die glorreichen Zeiten ihrer großen „Erfolge", auf Kosten anderer, da kann ein jeder Bürger „Stolz darauf sein". Ja der Stolz, dafür haben Mütter Millionen Söhne geopfert, für diesen Stolz. Heute sind wir wieder Stolz auf unser Wirtschaftswunder, mit dem wir andere Völker dominieren. Sie dürfen nicht ihre eigenen Waren produzieren, nein die sollen sie bei uns kaufen. Bestes Beispiel ist der schlafende Riese China. Plötzlich ist er aufgewacht, der Drache und spuckt seine Feuer-Äolien, bis nach Europa. Ein noch größerer Wirtschaftsriese, greift mit seinen Kraken-Armen nach unserer Wirtschaftsbasis, indem er uns mit Dumpingpreisen aus dem Geschäft drängt. Regeln kennt er nicht, es gibt kaum noch ein Produkt, das er nicht kopiert. Der Ideenklau geht ungeniert um und nimmt sich was beliebt. Wenn es jemand noch nicht gemerkt hat, das ist ein neuer Krieg, aber er wird er mit anderen Mitteln geführt. Doch auch dieser Krieg wird seine Aggressoren fressen, wenn er mit seiner aggressiven Wirtschaftspolitik seine Opfer zerstört hat. Spätestens dann werden die Wirtschaftsaggressoren selber Ofer ihrer eigenen Gefräßigkeit, wenn ihre Recourcen an Menschen und Rohstoffen aufgebraucht sind, oder ihren Kunden das Geld ausgeht, um ihre Überproduktion zu kaufen. Die schlimmen Auswüchse dieser aggressiven Industriepolitik, sehen wir in den Südländern der EU und in Afrika. Inzwischen müssen wir ihnen auch noch das Geld geben, mit dem sie unsere Waren kaufen können. Spätestens wenn die Schuldenlast die Kapitalgeber aufgefressen hat, implodiert das perverse System und die angehäuften Billionenvermögen schmelzen weg wie Butter in der Sonne.

Anstand und Verstand - sind verwandt,
doch bei manchen Artgenossen unbekannt.

Rei©Men

Ein weiterer Grundsatz lautet: „Not kennt kein Gebot!"
„Wer nicht bereit ist im Notfall zu töten, wird selbst getötet!"
    In der zivilisierten Welt redet man von Notwehr, das heißt, wenn mich jemand mit Tötungsabsicht angreift, sind alle Mittel erlaubt, das eigene Leben zu retten. Heutige Richter neigen jedoch dazu die Grenzen einzuengen. Es muss eine eindeutige Tötungsabsicht erkennbar sein, nur dann erkennen sie auf Notwehr. Im Umkehrschluss heißt das, ich muss mich erst halbtot schlagen lassen, bevor der Notwehrparagraph überhaupt greift.
    Die Mordlust und Zerstörungswut, die den Menschen zu eigen ist, zeigt sich heutzutage meistens auf eine andere, subtilere Art. Doch er muss seinem Trieb folgen, sei es im Sport, wo man sich auf

Fußballplätzen und in Sporthallen gegenseitig verprügelt, Tennisschläger zermatscht und mit PS-Boliden missliebige Konkurrenten von der Rennstrecke schubst. Der Mensch muss seine Aggressivität ausleben, sonst kann er sich begraben lassen. Dabei wird seine Mordlust nur von den dünnen Fäden der Zivilisation in Grenzen gehalten.

Sobald ein kleiner Störfaktor diese Adhäsion aufhebt, rasten selbst die besonnensten Menschen völlig aus und werden zu Berserkern. Das passiert besonders dann, wenn sie in einer Horde auftreten. Man kann es bei jeder niedergeknüppelten Demonstration beobachten. Was treibt einen bei der Polizei beschäftigten Familienvater dazu, noch halbe Kinder zusammenzuschlagen, selbst wenn sie auf dem Boden liegen, sich nicht mehr wehren können auf ihnen herum zu prügeln und sie wie Abfall hinter sich her zu schleifen? Beispielsweise, wurde früher sogar mit Gewehren, auf Demonstranten geschossen.

Was treibt israelische Soldaten dazu, auf unbewaffnete Demonstranten mit scharfer Munition gezielt zu schießen? Wohlbemerkt, sie schossen über den eigenen Grenzzaun, also in das den Palästinensern zugestandene Gebiet. Waren sie mit Leib und Leben bedroht, sodass man von Notwehr sprechen könnte? Nein, es war reine Mordlust. Wer hat ihnen den Schießbefehl gegeben, ihre Vorgesetzten? Wo leben die Israelis denn? Doch wohl in einer offenen freiheitlichen Demokratie. In diesem Land kann niemand gezwungen werden auf Leute zu schießen, die mit Steinen werfen oder mit Steinschleudern „bewaffnet" sind. Unter ihnen waren bestimmt auch Väter von kleinen Kindern. Wie können Soldaten nachhause gehen und mit ihnen spielen, wenn sie zuvor Menschen ermordet haben?

Mit dieser Aussage will ich nicht den Palästinensern das Wort reden, sie haben diese Situation bewusst herbeigeführt, sie wussten, dass sie erschossen werden können und taten es trotzdem, weil ihnen irgendwelche religiösen Fanatiker eingeredet haben, dass sie dann als Märtyrer ins Paradies kommen, aber das ist den israelischen Soldaten wohlbekannt.

In unserer jüngsten Vergangenheit wurden an den innerdeutschen Grenzen 815 Menschen erschossen. Was hatten sie verbrochen? Was hatten sie diesem DDR-Staat angetan? Was ihren unmittelbaren Mördern. Wer hatte sie beauftragt? Es gab zwar ein Republikflucht

Gesetz, aber angeblich keinen Schießbefehl. Das Republik-Fluchtgesetz sah nur Gefängnisstrafen vor. Die Flüchtigen hätte man an den hohen, fast unüberwindlichen Grenzzäunen auch einfach festnehmen können. Man musste niemand erschießen, selbst wenn ein paar Glückliche entkommen wären, wäre dieser Monsterstaat nicht zusammengebrochen. Wenn es also keinen Schießbefehl gab, warum wurde dann mit Tötungsabsicht auf Flüchtlinge geschossen, wie in einem Kriegseinsatz. Die Flüchtlinge hatten keine Waffen, sie hätten nicht schießen können, die Grenzer mussten demnach ihr eigenes Leben nicht wie in einem Kriegsfall verteidigen und zurückschießen, wie es in einem zivilisierten Staat der Staatsmacht und ihren Ordnungskräften erlaubt ist. Warnschüsse hätten allemal ausgereicht um die Flüchtenden vom Grenzzaun zurückzuholen. Da ist er wieder der Chorgeist, der >Horden-Mitmach-Effekt Er bricht durch wie ein Signal aus Urzeiten und ist allen Organismen zu eigen. Wie er gesteuert wird, haben Forscher noch nicht herausgefunden, wir wissen nur wie er heißt: Es ist der Herdeninstinkt. Läuft ein Anführer los, rasen alle ohne zu überlegen hinterher. Fliegt eine Graugans auf, folgt der ganze Schwarm. Keiner weiß warum. Prügelt eine Gruppe Polizisten auf wehrlose ein, steuert dieses Verhalten wie von Zauberhand die ganze Einsatzgruppe. Doch damit nicht genug, es kann sich zuweilen zur Raserei aufbauen, hinterher weiß niemand mehr, wie das passieren konnte. Am besten kann man diese Verhaltensweise in Fußballstadien studieren. Da kommen zunächst einzelne, harmlos erscheinende Fun-Grüppchen von Bus oder Bahn, wo sie sich schon mit Alkohol angeheizt haben, natürlich sind sie aufgekratzt, teilweise schon betrunken ins Stadion. Das Spiel beginnt und wenn der Schiedsrichter gegen ihre Mannschaft pfeift, wird der Gruppenzwang zum Exzess. Der letzte Exzess dieser Art konnte gerade noch verhindert werden, als ein Club Boss in Athen mit gezogenem Revolver auf den Schiedsrichter zu rannte und ihn erschießen wollte. Bisheriger Spitzenwert der Emotionen, war der Schiedsrichter, der in Südafrika einen protestierenden Trainer erschoss. Hier der Auszug aus einer Spiegel ONLINE Pressemeldung:

,Weil er sich von einem protestierenden Fußballtrainer bedroht fühlte, griff ein südafrikanischer Schiedsrichter zur Pistole und drückte ab. Der Trainer starb noch auf dem Fußballplatz.'

Dem Streit vorausgegangen war eine gelbe Karte, die der Unparteiische einem Spieler gezeigt hatte. Der Trainer der verwarnten Mannschaft war damit offenbar nicht einverstanden. „Es gab einen heftigen Streit", berichtete eine Polizeisprecherin aus der östlichen Kap-Provinz. ‚Der Schiedsrichter wurde bedroht, als die andere Mannschaft sich ihm näherte, weil sie verärgert war. Deshalb habe der eine Pistole gezogen und den Trainer der Gastmannschaft erschossen. Der Schiedsrichter machte sich danach aus dem Staub. Die Polizei sei aber zuversichtlich, ihn bald festzunehmen, sagte die Polizeisprecherin'. Südafrika das die Fußballweltmeisterschaft 2010 ausgerichtet hat, weißt eine der höchsten Mordraten weltweit auf. Auf 100.000 Einwohner kommen etwa 47 Morde. Das sind acht Mal mehr als in den USA. Die Enthemmung durch Alkohol war auch immer ein Grund, weshalb man den Soldaten vor den Schlachten, eigentlich vor dem Schlachten, reichlich Alkohol ausgegeben hat, er enthemmt, steigert die Aggressivität und senkt die Schmerzgrenze. Traf man dabei die richtig dosierte Menge, steigerte sich der Herdentrieb zur Mörderbande, die alles kurz und klein schlug, was ihr in die Quere kam.

Genauso kann sich dieser Gemeinschaftswahnsinn bei der Zerstörungswut auswirken. Oft kommen dann noch das Imponiergehabe Einzelner und die Demonstration der eigenen Stärke dazu, um so einen Prozess auszulösen. Aber immer ist dabei der Gruppenzwang zu beobachten. Weitere Impulse gehen von Anführern solcher Gruppen aus. Alle schauen auf ihn, was wird er tun. Verhält er sich deeskalierend, wird es die Gruppe auch tun, reagiert er aggressiv, folgt ihm auch die Gruppe in die Eskalation. Was lernen wir nun, wenn wir uns im Ernstfall gegen solches Verhalten verteidigen müssten:

Scheitert der Versuch, dem sich anbahnenden Ärger aus dem Wege zu gehen, sollte man versuchen den Anführer der Gruppe zu erkennen. Hat man ihn ausgemacht, beobachtet man ihn konzentriert. Man sollte versuchen sich vorsichtig aus der Schlag-Distanz herauszubewegen. Man spricht ihn direkt an, sagt ihm, dass er ein netter Kerl ist und dass wir zusammen in nächste Kneipe gehen sollten. Vielleicht noch das Handy herausnehmen und sagen: Ich rufe noch eine paar Freunde an, ob sie auch kommen wollen. Stattdessen aber die Polizei anrufen und den Standort durchgeben. Z. B: Hört mal, hier sind ein paar Freunde, wir wollen in eine Kneipe gehen, Ja, Ja, kommt ihr dazu? Ja in der Johanniterstr. usw.

Die Phase der Deeskalation ist immer beendet, wenn der Angreifer nachrückt und anfängt zu schupsen, dann ist mit dem ersten Faustschlag zu rechnen. Darauf sollte man sich nicht einlassen, denn die allermeisten Angreifer können mit ein paar Griffen außer Gefecht gesetzt werden. Das kann man von der Polizei lernen, die lässt sich nie auf einen Boxkampf ein, sondern schaltet Randalierer mit ein paar gezielten Polizeigriffen aus. Nun bloß nicht flüchten, dass steigert die Aggression noch mehr. Ist der Zeitpunkt gekommen, wo man eine Schlägerei nicht mehr verhindern kann, bleibt nur die Möglichkeit, den Gegner mit allergrößtem Krafteinsatz nieder zu ringen. Abducken und ein Bein hinter das des Gegners stellen und ihn mit aller Kraft umstoßen. Immer in die gleiche Richtung flüchten, in die er gefallen ist. Eine andere Variante ist der Polizeigriff. Dabei wird eine Hand ergriffen, nach hinten oben auf den Rücken gedreht und dann nach oben bewegt. Dabei geht der stärkste Gegner zu Boden und bevor er sich versieht, klicken die Handschellen. Natürlich kann man auch andere Kampftechniken anwenden, doch alle sollten in einer Kampfschule erlernt und geübt werden.

Diese kleine Einlage soll nur aufzeigen, in welche Richtung heutzutage, die in Urzeiten erworbenen Aggressionen in den sogenannten zivilisierten Gesellschaften, von der Evolution gelenkt wurden. Sie enden ja nicht in unserer Zeit, sondern wirken weiter und passen sich den jeweiligen Erfordernissen an. Fest steht, ohne diese genetische Vorrausetzung, hätte die Menschheit nicht überleben können. Wie wir heute überall sehen können, ist es der Sport in den diese Erbschaft der Evolution umgelenkt wird. Der Mensch ist nicht dafür gemacht in der Stube zu hocken, seinen Computer zu bedienen oder fernzusehen. Wenn er dann nach langer Ruhephase ins Auto steigt, erhöht sich gleichzeitig der Adrenalinspiegel und sein Aggressionspotential, das abgebaut werden muss. Kommt dann ein schneller Wagen von hinten, will uns ein- und überholen, sich zwischen den knappen Platz zum Vorrausfahrenden setzen, so ist das für den Autofahrer unserer Tage nicht nur ein Überholer, nein der vor ihnen Fahrende ist der Feind Nr. 1 den es zu bekämpfen gilt. Er ist überhaupt kein Verkehrsteilnehmer, er ist ein Raubtier, das uns fressen will. So ist es in unseren Genen hinterlegt, sofort flüchten, von hinten kommt ein Räuber! So nimmt der „Überlebenskampf" seinen Lauf und endet dann sehr häufig tödlich.

Erst kürzlich wurde ein junger Autofahrer zu vier Jahren Haft verurteilt, weil er mit einem 500 PS AMG getunten Mercedes, zwei junge Menschen getötet hatte. Das Fahrzeug war geleast, er fuhr auf einer kurvenreichen, mit Kuppen durchsetzten Waldstrecke wo 80 km/h zugelassen sind mit 200 km/h, hob ab und prallte in 8 – 10 m Höhe in die Bäume. Wer hatte nun Schuld an diesem sicher tragischen Unfall? Ich gebe die Hauptschuld einer Gesellschaft wie der unsrigen, die zulässt, dass so jungen, unerfahrenen und in ihrer Persönlichkeit noch nicht ausgereiften Menschen, so gefährliche Maschinen in die Hand gegeben werden dürfen!

Früher musste man hart arbeiten, sparen und Geld zurücklegen, um sich ein Auto leisten zu können. Schon durch diesen Prozess reifte man zur Persönlichkeit, hatte eigentlich Angst, seinen mühsam erarbeiteten fahrbaren Untersatz durch Unachtsamkeit wieder zu verlieren. Ich sehe meinen Onkel heute noch mit seinem Taschentuch, um seinen ersten Mercedes herumschleichen und ein paar Dreckspritzer entfernen. Heutzutage geht man in ein Autohaus und least einen Rennwagen. Dort werden sie, wenn sie in die Hände von Egomanen kommen, zu Mordwerkzeugen. Ähnliches passiert in Großstätten, wo Straßenrennen veranstaltet werden, die dann für unbeteiligte zu tödlichen Fallen werden. Hier versagt eindeutig die Politik, es muss endlich eine Anfängerfahrgenehmigung eingeführt werden, wie es sie schon lange für Motorbikes gibt. Wer im Verkehr auffällig wird, sollte nicht mit ein paar Punkten in Flensburg belastet werden, denn die sieht man nicht und für Reiche sind Strafzettel nur ein Nasenwasser. Da muss der Lappen mal ein paar Monate entzogen werden, nur so kann man die Gesellschaft vor diesen Verbrechen, die auf der Straße begangen werden schützen.

Was lernen wir nun aus diesen langatmigen Betrachtungen. Wir können den Menschen nicht ändern, er ist im Gefängnis seiner Gene eingekerkert, wir können nur versuchen, ihn über seine Vernunft-Begabung und über lange Zeiträume an die Erfordernisse einer humanen Gesellschaft anzupassen. Hier müssen Politik, Staat und

Gesellschaft eng zusammenarbeiten um die Todesspirale auf null zurück zu drehen. Empathie muss ein Schulfach werden, das Miteinander muss in den Vordergrund aller gesellschaftlichen Aktivitäten gestellt werden. Bescheidenheit, Ehrlichkeit und Anstand, statt Durchsetzungsvermögen ist die Haupt-Lern-Arbeit, die am Menschen geleistet werden muss. Und noch eins: Was viele nicht „mehr" wissen, die Menschen der westlichen Welt verdanken dem Christentum unseren heutigen Wohlstand. Selbst Gregor Gysi, sagte einmal: „Ich bin Atheist, aber ich kann mir das Leben in einer gottlosen Welt nicht vorstellen". Na ja, er hatte ja lange Jahre die Gelegenheit dazu gehabt. Wer das nicht glauben mag, der schaue sich mal in der Welt um. Nur dort, wo die Altvorderen uns diese Werte zu vermitteln versuchten, können sie weiter notdürftig aufrechterhalten werden. Nur dort gibt es eine freiheitliche Grundordnung und Menschenrechte. Deshalb sollten die christlichen Kirchen endlich einmal versuchen, diese Werte im Klartext von der Kanzel verkünden und zwar ohne ihr Pathos mit Heiligen-Verklärungen, Bibelzitaten, ständigen Gebetsaufforderungen und längst überholten Ritualen, die niemand mehr hören mag. Eine Kanzelrede, frisch aus dem Leben gegriffen, die den Menschen Herz und Gewissen aufrüttelt, füllt die Kirchen eher als der ganze alte überholte Schmus den keiner mehr glaubt, denn diesen einen großen Gott, den sie immer wiederkäuend verkünden und die Auferstehung am „Jüngsten Tag", die gibt es nicht. Dann müsste jede Ameise auferstehen, denn sie ist genau wie wir, ein vollberechtigter Teil der Natur. Unberechtigter Weise erheben die Kirchen den Menschen zum Werk Gottes über alle anderen Lebewesen, er soll die Welt beherrschen, eine beispiellose Arroganz. Mit dieser Einstellung zerstört er inzwischen die Lebensbasis aller Lebewesen auf unserer schönen Erde. Ich bin kein Atheist. Ich glaube Atheisten sind Menschen, die an gar nichts glauben und das ist mir dann doch ein bisschen zu primitiv. Deshalb wäre es ehrlicher sich an Sokrates zu halten, der gesagt haben soll: „Ich weiß, dass ich nichts weiß." Karl der Große führte mit dem Schwert in der Hand das Christentum in Europa ein. Das große, korrupte römische Reich ging unter und Europa blühte auf. Was ist davon übriggeblieben? Millionen von Regeln und Gesetzen sind entstanden, doch die einfachsten Regeln, die uns das Christentum hinterließ sind die 10 Gebote, sie kennt heute kaum noch jemand. Dabei sind sie die Grundlage jeden menschlichen Zusammenlebens, wenn man mal die ersten beiden unbeachtet lässt.

Das erste Gebot:
Ich bin der Herr, dein Gott. Du sollst keine anderen Götter haben neben mir.
Das zweite Gebot:
Du sollst den Namen des Herrn, deines Gottes, nicht missbrauchen.
Das dritte Gebot:
Du sollst den Feiertag heiligen. (Sich an arbeitsfreien Tagen ausruhen, in die Kirche gehen und beten)
Das vierte Gebot:
Du sollst deinen Vater und deine Mutter ehren. (Und auch alle anderen Lebewesen schützen)
Das fünfte Gebot:
Du sollst nicht töten. (Ein absolutes Muss)
Das sechste Gebot:
Du sollst nicht ehebrechen. (Menschen die Treue halten)
Das siebte Gebot:
Du sollst nicht stehlen.
Das achte Gebot:
Du sollst nicht falsch Zeugnis reden wider deinen Nächsten. (Nicht lügen)
Das neunte Gebot:
Du sollst nicht begehren deines Nächsten Haus. (Keine Kriege führen)
Das zehnte Gebot:
Du sollst nicht begehren deines Nächsten Weib, Knecht, Magd, Vieh noch alles, was dein Nächster besitzt.

Autofahrer

Autofahrer neigen dazu andere Verkehrsteilnehmer als Feinde und Störenfriede ihres Vorwärtsstrebens anzusehen. Besonders lästig sind dabei Radfahrer, Fußgänger und auch alle anderen Fahrer, welche konsequent die Geschwindigkeitsvorgaben einhalten.

Grundsätzliches

Den Autofahrer oder Verkehrsteilnehmer, der keine Fehler macht gibt es nicht. Man kann nicht alles richtigmachen, besonders nicht als Anfänger. Aber man kann sich bemühen, so wenig wie möglich Fehler zu machen. Unfälle passieren meistens nur dann, wenn die Unfallbeteiligten gleichzeitig Fehler machen oder nicht aufpassen. Immer wenn einer, besser gleich mehrere den Fehler eines anderen korrigieren, oder durch geschickte Reaktionen eliminieren, kommt es nicht zu Unfällen, bzw. größere Schäden werden vermieden. Alle Verkehrsteilnehmer, Fußgänger, Radfahrer und auch Handwagen haben die gleichen Rechte, wie alle anderen Verkehrsteilnehmer. Autofahrer meinen immer mehr Rechte zu haben, als schwächere Verkehrsteilnehmer. Niemand hat die universelle Vorfahrt auch nicht auf Vorfahrtsstraßen, es kommt immer darauf an, ob die Straße auch frei ist. Können Sie eine Kurve nicht einsehen, endet ihre >Vorfahrt<. Tauchen am Straßenrand und auch auf Bürgersteigen Kinder oder Menschen auf, ist ihre Vorfahrt beendet. Da gilt nur noch § 1 Vorsicht, Rücksicht und langsam weiterfahren. Man beobachtet häufig schwere Stadtbusse, die im Abstand von 50 cm an Passanten auf den Bürgersteigen, mit 50 km/h „vorbeirasen". Das ist keine angepasste Geschwindigkeit diese erfordert, dass man sein Fahrzeug jederzeit zum Stillstand bringen kann, egal was auf der Straße passiert und der Bürgersteig gehört ebenfalls zur Straße. Zu Fußgängern ist ein Abstand von mindestens einem Meter einzuhalten, auch wenn der sich auf dem Bürgersteig bewegt. Ganz schlimme Finger sind oft die Jungbauern mit ihren Bulltreckern samt Werkzeug-Anhängen, mit Pflügen- oder anderen landwirtschaftlichen Maschinen, donnern sie rücksichtslos durch Stadt und Land, weil man ja mit diesen gefährlichen Geräten, angeblich wie mit einem PKW auch 50 km/h fahren darf.

Diese Mahnung sollte sich jeder Fahrer genau einprägen: Der Zeitfaktor = Zeitgewinn ist durch Abstand zum Vorrausfahrenden einzuhalten. Man bekommt ihn geschenkt, so einfach ist das und man fährt entspannter.

Der Zeitfaktor

Übertragen wir nun einmal das oben gesagte auf unsere viel befahrenen Autobahnen. In den seltensten Fällen ist die Straße vor uns frei von anderen Verkehrsteilnehmern. Sie wissen nicht, was die anderen tun werden, Sie müssen ständig auf alle und auf alles aufpassen, Verkehrsschilder, Baustellen, Aus- und Einfahrten beobachten, Schalten, Gas geben, bremsen, lenken, den Tacho beobachten, tausende Verkehrsschilder erfassen, auswerten und haben noch viele andere Dinge zu tun, z. B. die Fahrbahn beobachten und im Winter abschätzen, ob es nur nass, rutschig oder sogar Glatteis vorhanden ist. In dieser Aufzählung sind die modernen Kommunikationsmittel noch nicht mal erwähnt, doch die reden mit Ihnen, geben Hinweise auf Staus Umleitungen, das Navi erzählt ihnen ständig wo es langgeht und piept, wenn Sie wieder mal eine Geschwindigkeits-Begrenzung übersehen haben. Das war nur die Autobahn, auf Landstraßen und in den Städten kommen noch hundert andere ständig unsere Aufmerksamkeit erfordernde Reize hinzu. Aber, unsere Konzentrations-Fähigkeit ist begrenzt, der Mensch ist leider auch nur bedingt multitaskingfähig. Das heißt, er kann nicht viele Dinge gleichzeitig erledigen. Das merken Sie am besten, wenn Sie ein Buch lesen und jemand spricht Sie an, dann schauen Sie hoch und fragen: Was hast du gesagt? Oder versuchen Sie mal die Zeitung zu lesen und gleichzeitig das Fernsehen zu verfolgen! Wenn Sie ehrlich sind, werden Sie zu dem Ergebnis kommen, das Autofahren überhaupt nicht möglich ist! Wie schafft es nun der Mensch trotzdem Auto zu fahren? Indem er die einzelnen Phasen des Fahrens in Unterabteilungen des Bewusstseins verschiebt und diese automatisch ablaufen lässt, so wie man auch läuft ohne darüber ständig nachzudenken, nebenbei können sie sich auch noch mit jemandem unterhalten. Andere wichtige Dinge erledigt man hintereinander, indem man von einer Tätigkeit blitzschnell auf die andere umschaltet. Immerhin hat uns die Evolution in Jahrmillionen mit einer teilweise gut funktionierenden Multitasking-Fähigkeit ausgestattet, aber das reicht eben gerade mal so, um schnell laufen zu können und auch noch auf den Weg zu achten, deswegen fallen wir auch oft genug auf die Nase. Wie schaffen wir das nun alles? Hier kommt der Faktor Zeit ins Spiel. Wir können es nur schaffen, wenn wir uns entsprechend viel Zeit dafür lassen, ich rede hier von Sekundenbruchteilen. Zeit, die wir beim Autofahren eigentlich nicht haben, woher Zeit nehmen, wenn sich innerhalb von Millisekunden alles um das Fahrzeug herum ständig verändert. Im Moment scheinen wir alles „in Griff" zu haben, im nächsten Sekundenbruchteil sind alle Entscheidungen schon wieder Makulatur, unserem Rechner, dem Gehirn steht aber auch keine unbegrenzte Rechenleistung zur Verfügung. Bei Computern versucht man es mit schnelleren Rechnern, das geht mit unserem natürlichen Computer nicht. Den hat die Natur konstruiert und er ist bisher immer noch in fast allen Bereichen, den elektronischen Rechnern weit überlegen. Die einzige mögliche Alternative ist, wir müssen ihm die Zeit verschaffen, die er benötigt, um die notwendigen Berechnungen durchführen zu können. Das heißt, die Geschwindigkeit unserer Fortbewegung muss der Rechenleistung unseres Gehirns angepasst werden. Dies können wir nur erreichen, wenn wir mit angepasster Geschwindigkeit fahren.

Merke:

Das menschliche Gehirn ist nur in der Lage unsere genetische bedingte Geschwindigkeit von ca. 35 km/h einigermaßen unfallfrei zu steuern.

Nun hat es die Autoindustrie unsinnigerweise geschafft, immer schnellere, aber auch und „Gott sei Dank" immer sicherere Fahrzeuge zu bauen. Dabei wurde aber vergessen sie so zu konstruieren, dass der Mensch diese immer schnelleren und in Massen die Straßen verstopfenden Vehikel, auch noch beherrschen kann. Anstatt in ihnen ergonomisch und sich selbsterklärende Bedienungselemente einzubauen, wird die Armaturenlandschaft, mit immer mehr technischen Spielereien überfrachtet. Zudem sind die Bedienungselemente in jedem Fahrzeug anders angeordnet. Die Hersteller behaupten, wenn in allen Fahrzeugen die Bedienungselemente gleich angeordnet wären, würde ihre Entwicklungs-Kreativität eingeschränkt. Alles faule Ausreden, die wollen nur über immer neue Accessoires den Spieltrieb des Menschen anregen und den Kaufanreiz für ihre Fahrzeuge steigern. Wenn Sie dann ein neues Fahrzeug kaufen, müssen Sie sich erst mal stundenlang an das Steuer setzen und mit der Bedienungsanleitung in der Hand „trocken fahren", bevor Sie sich auf die Straße trauen können. Der Chef eines Autohauses, erklärte mit einmal, dass er es schon lange aufgegeben habe, Bedienungsanleitungen zu lesen. Glauben Sie nur nicht, dass die Hersteller das nicht wissen, sie wissen es ganz genau, sonst würden sie nicht alles unternehmen, um ihre Kreationen mit immer mehr Sicherheitstechnik und immer mehr unnützen Zeug voll zu stopfen, die angeblich dem Fahrer die Bedienung erleichtern sollen; und da sind wir wieder beim Faktor Zeit: Wie viel Zeit benötigt der Normalfahrer um alle Bedienungs-Elemente seines Fahrzeug zu kontrollieren, von beherrschen kann nicht mehr die Rede sein, haben wir doch schon weiter oben festgestellt, dass überhaupt keine Zeit mehr übrig bleibt? Die Quintessens ist niederschmetternd. Wenn Sie mich fragen, müsste das Autofahren eigentlich verboten werden. Jedes Jahr beklagen wir über 3000 Verkehrstote, vor Jahrzehnten waren es noch mehr, bis zu 20.000,00, Sie lesen richtig, pro Jahr und das nur in der Bundesrepublik. Die Anzahl der Verkehrstoten ist natürlich durch die Entwicklung der Sicherheitstechnik erheblich gesunken. Gleichzeitig hat man aber die Fahrzeuge zu fahrenden Raketen, die zum Rasen einladen aufgerüstet, die nur eine vorgetäuschte Sicherheit vorgaukeln, indem sie die Fahrgeräusche einfach wegdämpfen und damit die verbesserte Sicherheitstechnik wieder zunichtemachen. Unser Gemeinwesen kann natürlich nicht auf Autos verzichten und nimmt daher billigend in Kauf, dass Jahr für Jahr eine Kleinstadt ausstirbt. Wohin soll das führen, wenn wir nicht endlich anfangen die wildgewordenen, überforderten Autofahrer auszubremsen und den Autoherstellern ergonomische Vorgaben machen. Dazu wäre es auch nötig die PS-Boliden, die nur der egomanischen Selbstbefriedigung einiger Zeitgenossen dienen, abzuschaffen. Denn um von A nach B zu kommen, reichen ja nach Fahrzeuggröße allemal 100 bis 150 PS aus, gleichzeitig würde das den automobilen Umwelt- und Recourcenverbrauch eindämmen. Damit komme ich wieder zum Zeitfaktor zurück, - wir können alle Aufgaben, die beim Fahren im heutigen Verkehr anfallen nur sicher erledigen, wenn wir zwei Dinge gleichzeitig tun.

Merke:

Langsamer fahren und zu den vor uns Fahrenden einen größeren Abstand einhalten.

Durch langsameres Fahren und Abstand halten, bekommen wir die benötigte Zeit um sicher zu agieren und um sicherer zu reagieren. Durch die Einhaltung des Tacho-Sicherheits-Abstandes geben wir uns und anderen die Chance unsere Fahrzeuge sicher herunter zu bremsen, wenn eine Verkehrs-Störung auftritt. Gleichzeitig bekommen wir durch den größeren Abstand, einen besseren Überblick über das Verkehrs-geschehen vor und hinter uns. Sie werden es nicht glauben. Aber 98 % aller Autofahrer fahren zu schnell und zu dicht hintereinander, kommen aber mit Sicherheit nicht schneller an ihr Ziel. Das „dicht" Auffahren, gaukelt ihnen diesen Effekt nur vor. In Wahrheit schafft diese Pressing-Fahrweise nur Stress: Weil man immer „angespannt" und mit höchster Aufmerksamkeit fahren muss, um jederzeit bremsbereit zu sein.

Gerade diese Angespanntheit führt nach einiger Zeit zur Entspannung, im entscheidenden Moment fehlt dann die erforderliche Konzentration und man rauscht in den Vordermann rein. Schlimmer noch, dem Nachfahrenden steht eine noch viel kürzere Reaktionszeit zur Verfügung und so kommt es zu dem berühmt, berüchtigten Ziehharmonika-Effekt, den wir ja alle kennen. Die Blechlawine schiebt alles zusammen, zerstört gnadenlos Gesundheit und Leben ohne Ansehen der Person.

Vielen Autofahrern gehen mit zunehmend sich verbessernder Fahrpraxis die Verkehrsregeln verlustig, sie fallen dem Herden-Instinkt zum Opfer und sehen nur noch was das „Rindvieh" macht, das vor ihnen herfährt. Die Blechlawine wandelt sich innerhalb kurzer Zeit in eine Stampede, die dem Abgrund entgegen rast.

Rei©Men

Wenn Sie mehr über sicheres Verhalten im Straßen-Verkehr wissen möchten, lesen Sie mein Buch, „Das Verkehrs ABC" Siehe auch die Anzeige am Ende des Buches. Autor: Horst Reiner Menzel

Der Schuh-Stapel

Gertrud Burger, inzwischen eine Vertraute von Irina und Frank Gröger, hatte ein vorher nie gekanntes Erlebnis, als sie ihren ersten Job, nach ihrer Ausbürgerung aus der DDR, als Putzfrau in einem Jugend-Ferienhaus in Berlin angenommen hatte. Sie war für diese Arbeiten völlig überqualifiziert, musste aber irgendwie Geld verdienen, um über die Runden zu kommen. Aus der DDR kommend, war sie es eigentlich gewöhnt, dass niemand „aus der Reihe tanzte", oder die öffentliche Ordnung störte, denn die Behörden achteten sehr streng darauf und wenn jemand diese ungeschriebenen Gesetze übertrat, wurde er in der Gesellschaft gebrandmarkt. Der Vorfall kam in seine Kaderakte und bestimmte sein weiteres Vorwärtskommen in der Pseudo-sozialistischen Gesellschaft.

Schon mehrfach hatte sie die unordentlich in die Flurecken gefeuerten Schuhe der Schüler, in die dafür vorgesehenen Regale gestapelt, aber irgendwann war sie es leid und sie schimpfte mit den Schülern, wegen ihrer Liederlichkeit. Inzwischen waren die Schuhhaufen so hoch „gewachsen", dass sie nicht mehr an ihre Putzgeräte hinter der Remise-Tür herankam. Nun beschwerte sie sich bei den Lehrern, hatte damit aber keinen Erfolg, denn die hatten es längst aufgegeben die Schüler zu „erziehen". Erziehung sei die Sache der Eltern, hörte sie. Nun schrieb sie in ihrer Not einen Zettel an die Türe, was zur Folge hatte, dass der Schuhstapel vor der Tür nun meterhoch wurde. Endlich griff sie zur Selbsthilfe und warf die Schuhe alle zum Fenster heraus in den Garten. „Na, das Geschrei am nächsten Morgen hätten Sie mal hören sollen, als die Schuhe nass angezogen werden mussten", erzählte sie weiter. „Von dem Tage an, wurden sie wieder in die dafür vorgesehenen Regale einsortiert." Ein unbekannter Lehrer oder auch ein Schüler hatte danach einen Zettel an das Regal getapt:
Ein schönes afrikanisches Sprich-Wort lautet:
„Es braucht ein ganzes Dorf, um ein Kind zu erziehen."

Die blockierte Brücke

Walter Olschowski, hatte in einer Bierrunde nach Feierabend ähnliches erlebt. „Ich bin ja von Hause aus Handwerker und war eine Zeitlang bei einer Reparatur-Firma angestellt. Wir warteten und reparierten fast alles, was so an Kleinigkeiten in Schulen und Heimen anfiel. Eines Tages blockierte eine ganze Busladung Schüler eine einspurige, kleine Brücke über einen Bach. Sie war der einzige Zugang zu einem Gebäude, das hoch oben auf einem Berg stand. Die Schüler waren ausgestiegen und der Busfahrer hatte die zirka 80 – 100 Koffer, Rucksäcke und Sportgeräte ausgeladen und vor die Brücke platziert, weil die Schüler ihm beim Ausladen nicht helfen wollten und weil er mit seinem Bus, nicht über die Brücke und hoch zum Haus fahren konnte.

Nicht mit gutem Zureden und auch nicht, als er mit der Polizei drohte, konnten die Schüler dazu bewegt werden, die Brücke von ihrem Gepäck zu befreien. Keiner war bereit den Hausmeister oder andere Verantwortliche zu holen oder zu unterrichten, dass sie hier unten festsaßen. Walter war über 50 km gefahren und hätte nun unverrichteter Dinge wieder abrücken müssen. Deshalb entschloss er sich, den beschwerlichen Weg nach oben anzutreten, denn zu der Zeit gab es noch keine Handys. Als er oben ankam und um Hilfe bat, war niemand, auch nicht der Hausmeister bereit, wenigstens die Bücke freizuräumen.
„Als ich wieder bei der Brücke zurück war", berichtete er, „nahm ich ein längeres Seil und fädelte es durch alle Koffergriffe und Rucksackgurte hindurch, drehte meinen Kombi um, und hängte es an meine Anhängerkupplung. Endlich kam Bewegung in die äußerst sture Truppe. Sie hatten wohl eingesehen, dass es ernst wurde und ahnten wohl, dass nun Schluss mit Lustig war."
„Und hast du angezogen?", fragte jemand.
„Ja, noch nicht gleich so stark, aber ich hatte so eine Wut im Bauch über diese unverschämte Bande, ich glaube ich hätte es getan und das Gerödel auf die Seite geschleppt. Aber ihr wisst ja, was ein Mensch getan hätte, wenn, - hängt immer von Reizzustand des Gequälten ab, und man kann es auch bei sich selber schwer

abzuschätzen, was man getan hätte. Während sich das Seil spannte, kamen dann nach und nach erst ein paar Mädchen und ein paar jüngere Knaben und hielten mich auf. Langsam und bedächtig, als hätten sie Zeit ohne Ende, fingen sie dann an, ihre Sachen aus der Gefahrenzone zu entfernen."

Die Poser

Vor ihrer Abreise, hatten die Radler schon ein Parade-Beispiel in den „Knochen", dass sie in Berlin erlebten. Eine Abiturklasse hatte sich zu ihrer Abschlussfeier etwas Besonderes einfallen lassen. Sie hatten sich ausgerechnet an dem verkehrsreichen Alexander Platz, mit ihren Fahrrädern verabredet.

„Wir hatten unsere E-Bikes an einer Fahrradstange angekettet und saßen bei einem Kaffee und Eisbechern, in einem kleinen Restaurant, plötzlich tauchten zirka 500 – 800 jugendliche Radfahrer auf und ließen sich ungeniert, den ganzen Platz einnehmend nieder. Dabei verteilten sie ihre Fahrräder, liegend so ungeschickt über die ganze Fläche, dass niemand, nicht einmal ein Fußgänger über den Platz gelangen konnte. Erst hielten wir es für einen ausgefallenen Gag, doch als sie dann anfingen Getränke und Essen auszupacken, dämmerte es uns nach und nach, dass es nur wieder einmal ein paar verrückt gewordene Abiturienten, auf ihrer Abschlussfeier, mit einer gezielten Provokation sein konnten. Na, dachten wir, die werden schon bald einen kalten Hintern bekommen und wieder abrücken, aber der Mittag ging, der Nachmittag kam und wir versuchten an unsere E-Bikes zu kommen, stiegen über hunderte Beine und Räder hinweg, wobei man uns entsprechend anpöbelte. Doch wir mussten weiter, denn der Weg zu unserer Wohnung zwar nicht sehr weit, aber wir hatten noch einen anderen Termin bei Jeans Frauenarzt. Endlich hatten wir es geschafft, doch obwohl wir unsere Räder nur schoben, lies man uns nicht den nötigen Platz zum Durchkommen, im Gegenteil man streckte noch die Füße aus, um die letzte Lücke zu schließen. Nun ja, wir gehören noch zu einer Generation, wo man den Älteren mehr Respekt zollte und in schwierigen Situationen half. Diese Zeiten gehören wohl der Vergangenheit an, heute scheint eine andere Meinung vorzuherrschen."

Devise:

Jeder gegen Jeden und immer der,
wo besser kann, kommt voran.

Rei©Men

„Nun dachte ich, - die wollen Ärger, können sie haben, wir haben jetzt drei Stunden zugewartet, Ende der Fahnenstange, bzw. der Geduld und Paul hob das Vorderrad über die vielen ausgestreckten Beine hinweg und vertraute darauf, dass die Schlaumeier sie vor dem Hinterrad in Sicherheit bringen würden. Aber nicht doch, ein besonders auf Krawall gebürsteter Teilnehmer, trat ihm in die Speichen, und er trat zurück. In Nu entstand ein Geschrei, als hätten wir den armen, armen Kleinen ihre Gliedmaßen amputiert. Plötzlich stand ein Polizist neben uns und forderte unsere Personalausweise.
„Was haben wir denn falsch gemacht?", fragte ich ihn.
„Das hier ist eine angemeldete Demonstration. Was sie machen ist Körperverletzung."
„Das ist keine Demo, sondern eine angemeldete Straßenblockade, sorgen Sie lieber dafür, dass wir hier rauskommen und wenn mir noch einer von denen in die Speichen tritt, erstatte ich Anzeige wegen Sachbeschädigung. Wir haben drei Stunden im Lokal dort drüben gewartet, dass diese Irren wieder verschwinden, nun ist Schluss mit lustig, wir haben noch andere Verpflichtungen."
Wortlos drehte er sich um und sagte:
„Schieben Sie Ihre Räder hinter mir her."
„Das Wunder geschah, die Polizei bahnte uns höchstpersönlich eine Gasse, durch die auf Krawall ausgerichteten Jugendlichen."

Intelligenz messen

Man kann keine Dübel in den Himmel stecken,
muss sich meistens nach der Decke strecken.
Die Intelligenz ist bei manchen viel zu eng bemessen,
und hinterher ist wieder mal keiner Schuld gewesen.

Rei©Men2020

205

Die Strauchdiebe

Man hatte sie schon lange unter Verdacht, konnte ihnen aber nichts beweisen, ja, man wusste nicht einmal wo sie nächtens unterkrochen oder sich aufhielten, wenn sie nicht gerade wieder mal auf einer „Organisierungstour" waren. Aber von irgendetwas mussten sie ja wohl leben. Man vermutete schon lange, dass das eine oder andere Schaf oder Kälbchen nicht vom Wolf gerissen worden war, denn die hinterließen in der Regel sichtbare Spuren. Der Mensch hingegen benötigte nur einen Kälberstrick, um so ein Tierlein seinem Verdauungstrakt zuzuführen. Das Tötungsdelikt findet in der Regel außerhalb der Sichtbarkeit der Muttertiere statt. Sie werden niemals erfahren, wohin ihre Kinder, Brüdern und Schwestern verschwinden, geschweige denn, dass der sonst so liebe Mensch, der für ihr Futter sorgt, das größte Raubtier seit Anbeginn des Lebens auf der Erde war, ist und bleiben wird. Ja, er schreckt nicht einmal davor zurück, seine eigene Spezies zu töten und ganze Landstriche mit Krieg zu überziehen, zu entvölkern, Elend, Zerstörung, Tod und Not hinterlassend, um dann noch als „Der Große" in die Weltgeschichte einzugehen.

Immer wieder gab es erdgeschichtliche Verwerfungen, hervorgerufen durch Kontinental-Verschiebungen, die im tiefen Erdinneren Hohlräume hinterließen, in denen unterirdische Wasserläufe flossen. Mitunter stiegen diese im Laufe von Milliarden Jahren, durch tecktonische Verschiebungen der Kontinentalplatten, immer höher hinauf und fielen sozusagen trocken. Unsere Vorfahren nutzten sie als Wohnhöhlen, bevor sie anfingen Behausungen zu bauen. Oft waren sie in den tiefen Wäldern überhaupt nicht zugänglich, verschüttet oder zugewuchert.

Die Protagonisten dieser Geschichte hatten einen geheimen Eingang entdeckt und waren so gegen den Zugriff des Gesetzes gefeit. Zudem lag der Eingang noch in einem höheren Felsgebiet und in einer Spalte, wo man keinerlei Fußspuren hinterließ und auch der Eingang, war nur durch Zufall zu entdecken. In einer verwinkelten Ecke befand sich hoch oben ein Loch, durch welches man den Nordhimmel, mit seinen vorbeiziehenden Wolkenformationen sehen konnte.

Ein ideales Versteck also für Leute, die nicht viel mit ehrlicher Arbeit an der Backe hatten. Der einzige Nachteil war, dass man, um in die höher gelegenen Wohnhöhle zu gelangen, nur durch einen Siphon, also eine Vertiefung mit einem kleinen Wasserlauf gelangen konnte. Natürlich bot das verbeifließende, herrliche Gebirgswasser ideale Bedingungen, wenn man oberhalb das Trinkwassers entnahm und sich weiter unten wusch oder seine Notdurft verrichtete. Das Übergangsproblem über den kleinen Wasserlauf, hatte wohl schon vor Jahrmillionen andere Bewohner der Karst-Höhle gelöst, indem sie ein paar Steinquader in das Wasser gewälzt hatten, über die man trockenen Fußes hinübergelangen konnte.

Die zusammengewürfelte Truppe hatte sich aus Herumtreibern, gescheiterten Existenzen und kleinen Gaunern gebildet. Nun solle man aus dieser Beschreibung aber nicht schließen, dass hier der Abschaum der menschlichen Spezies zusammengekommen war. Die Anführer hatten ihr eiserne, zwar ungeschriebene Gesetze gegeben, die unter allen Umständen eingehalten werden mussten. Wer sich nicht daran hielt, bekam eine Freifahrkarte in die unbekannte Zukunft und das hieß, wieder mit Drogen- und Saufbrüdern unter Brücken schlafen, statt so etwas Ähnliches wie ein zu Hause zu haben. Die Brüder und Schwestern hatten sich wohl eingerichtet, sogar Tische, Stühle und Bettgestelle vom Sperrmüll organisiert und lebten inzwischen ganz kommod. Das Einzige, was ihnen fehlte, war eine Postadresse und eine ordentliche elektrische Beleuchtung. Doch der wundersame und immer unerklärliche Zufall wollte es, dass einer einen kannte, der war im zivilen Leben Elektroingenieur gewesen. Die Gemeinschaft der Höhlenmenschen beschloss zunächst einmal die üblichen Höhlen-Aufnahme-Rituale an dem Manne durchzuführen. Nachdem er diese schwierigen und oft peinlichen Befragungen überstanden hatte, durfte er sich zunächst einmal mit seinem wenigen Gerödel für eine Probezeit als Gast einhausen. Diese Phase überstand er mit Bravour, ja, er freundete sich sogar mit Thea an, und die hatte in Bezug auf männliche Avancen, ganz spezielle Prinzipien und Anforderungen. Gerd, der Neue, rechnete die Energie-Angelegenheit durch und kam auf Summen, die der Gruppe schlaflose Nächte bereitete.

Da mussten entweder Klemm und Klau, oder Erbschaften von reichen Onkeln und Tanten, in der entfernten Verwandtschaft auftauchen, um diese Investition stemmen zu können. Aber der Wunder gibt es ja gar viele und oft kommt es auch unverhofft. Beim Begradigen einer schrägen Fläche in der Höhle, tauchte eine kleine aus einem hohlen Knochen geschnitzte Flöte auf. Sie war schon recht brüchig, aber Oskar, der vielbelesene „Wissenschaftler" der Truppe, so nannte man ihn gemeinhin, sagte, dass dieser Fund sehr wertvoll und unter Sammlern sehr begehrt wäre. Man war sich schnell einig, ihm die weitere Vermarktung zu übertragen. Oskar erstellte ein Legende über den Fundort und verlegte ihn in den Schrebergarten seiner Großmutter. Die wunderte sich massig, wieso und warum bei Oskar plötzlich die Arbeitswut ausgebrochen war, denn er wollte ihr partout in ihren Garten beim Umgraben helfen. Schon betete sie und dankte Gott, dass er ihren Enkel der zivilisierten Welt zurückgegeben hatte. Doch weit gefehlt, der Gute verfolgte eigene, für die alte Dame nicht zu erahnende Ziele, die sich für sie zum totalen Chaos entwickeln sollten.

Kurz nachdem Oskars den Fund „vermarktet hatte", wurde er von der Polizei zusammen mit ein paar „Unter den Brücken schlafenden" Kumpels verhaftet und musste Rede und Antwort stehen, woher er das Artefakt aus Urzeiten hatte, bzw. wo es gefunden worden sei. Nun, Oskar hatte ja vorgesorgt und nannte den Garten seiner Oma, wo er es beim Umstechen der Scholle gefunden haben wollte. Kurz darauf rückten die Archäologen bei Oma an, die Polizei brachte Oskar hinzu und er musste genauestens darüber Auskunft geben, an welcher Stelle er diesen einmaligen Fund gemacht hatte. Nun, Oskar war nicht dumm, stellte sich taub und sagte, da hinten, schauen sie mal auf den Abfallhaufen, da lag das Teil zufällig obenauf. Ich wunderte mich nur, warum es so viel Löcher hat. Auf die Frage, warum er es Kunsthändlern gezeigt hatte, antwortete er nur:

„Weil ich wissen wollte, ob es etwas wert sei".

Auf die Frage, wie viel Geld er dafür bekommen hatte, antwortete er nur:

„Kein Kommentar", ich bin nicht verpflichtet ihnen darüber eine Auskunft zu geben, „Außerdem habe ich das Teil auf unserem privaten Gartengrundstück gefunden und kann damit machen, was ich will.

Außerdem hätte es ja der Kunsthändler den Behörden melden können, er musste ja eher in der Lage sein, den historischen Wert des Gegenstandes zu erkennen. Dass er es weiterverkauft hat, müssen Sie ihm anlasten."

„Was haben Sie mit dem Geld, dass Sie erhalten haben gemacht?"

„Wieso gehen Sie davon aus, dass ich überhaupt Geld bekommen habe?"

„Der Händler behauptet, dass er Ihnen 20.000 € dafür gegeben habe."

„Stimmt nicht, ich habe ihm das Teil nur zur Begutachtung übergeben, sozusagen eine Wertung abverlangt, um festzustellen, ob es überhaupt einen Wert hat."

Oskar wurde aus dem Gewahrsam entlassen und wohnte vorab erst einmal wieder unter der Brücke, wo er regelmäßig von Polizeistreifen überwacht wurde. Doch nach ein paar Tagen war er weg, einfach weg, niemand war in der Lage, seinen neuen Aufenthaltsort herauszufinden, denn er saß oben auf dem Berg und montierte an einer nicht einsehbaren Stelle die Solarpaneele und unten in der Höhle das Batterie- und Steuersystem. Es werde Licht, sagte er, legte den Schalter auf „ein" und es ward Licht. Alle Höhleluaner klatschten begeistert Beifall, das Leben hatte eine neue Qualität bekommen. Dann begannen die langen Wintermonate, die man mit den Geldreserven von Oskar locker überstand. Monate vergingen und die Behörden legten den Fall zu den Akten.

Indessen, Oskar entwickelte eine Idee, denn ewig konnte er mit den Kohlen aus der Flötenaktion seine Kumpane nicht durchfüttern. Die Bewohner in der Umgebung wunderten sich alle erstaunt darüber, dass in letzter Zeit keine kleinen Diebereien und verschwundene Tiere mehr zu beklagen waren. Was Wunder, man lebte ja in der Höhle inzwischen mit Lebensmitteln aus dem Supermarkt. Es dauerte nun auch nicht mehr lange, bis Oskar seinen Plan, eine Solarfachfirma zu gründen fertig hatte. Das Knowhow stand ja in der Höhle und die Mannschaft, mit der er die Höhlen-Installation durchgeführt hatte, war auch schon vorhanden. Was lag also näher, als mit seinen Kumpeln eine eigene Firma zu gründen. Gesagt getan, die Löhne hielten sich in Grenzen, man war auf dem Markt konkurrenzfähig und nach einiger Zeit sehr erfolgreich tätig. Die ehemaligen

Penner zogen in gemietete Räume um, heirateten, hatten Familien und alles was zum zivilisierten Leben genügte. Gelegentlich traf man sich aus Nostalgiegründen in der Höhle und beratschlagte, wie es mit ihr weitergehen sollte. Oskar gab auch hier wieder die Richtung vor. Zunächst wurden alle Relikte, die ihre Anwesenheit verraten konnten, soweit es möglich war, entfernt. Danach erfolgte ein diskreter, anonymer Hinweis an die Behörden, dass von „unbekannt", im Karstgebirge eine Höhle entdeckt worden sei und wo man sie finden konnte. Erst nach dieser „Bekanntmachung", verlagerten sich dann die archäologischen Interessen und die Grabungen aus dem verwüsteten Garten der Oma, in die Höhle, wo dann weitere Zeugnisse der handwerklichen Fähigkeiten unserer Vorfahren, die das Wissen der Menschheit bereicherten, gefunden wurden.

Die Suche nach Gott - sein Wesen verstehen

Ein gewaltiges Thema. Millionen Menschen sind christlich getauft, konfirmiert und verheiratet, zahlen Kirchensteuern, weil sie sich einen Staat ohne die christlichen Gebote nicht vorstellen können. Das „Glaubens-Bekenntnis" und das „Vater-Unser" habe ich jedoch immer nur zähneknirschend mitgebetet, weil ich als denkender Mensch nicht an einen speziellen Weltenschöpfer glaube, aber an eine Weltschöpfung. Ich habe dazu meine Gedanken im Buch Philosophische Betrachtungen veröffentlicht.

Gottes Wesen verstehen, begreifen oder bezweifeln? Was kann ich tun, dass ich Gott gefalle und vor ihm Gerechtigkeit finde? Das fragen sich viele Menschen und bekommen keine Antwort. Gott,- wenn es den Göttervater in seiner überlieferten Form überhaupt gibt,- erwartet doch von uns nicht, dass wir ihm gefallen, er straft auch nicht. Es gibt auch keinen Himmel, in den wir kommen, oder schon sind - und für alle Ewigkeiten bleiben. Mit unseren natürlichen Bausteinen, sind wir Gäste im All und wandeln unsere Atome nur in andere Formen, auch Lebensformen um. Der Hinduismus mit seiner Wiedergeburt, kommt dieser Auffassung am nächsten. Die Zeugen Jehovas freuen sich angeblich schon auf das Wiedersehen im Garten Eden. Welch ein Blödsinn. Es gibt im Weltall nur für alle die gleichen Naturgesetze, die in jedem Atom gespeichert sind und in jedem Lebewesen wieder neu erwachen. Wenn wir sterben, werden wir zu Bausteinen neuer Systeme des Weltalls und vielleicht zu neuen Lebens-Formen.

Bedarf es eines intelligenten Urhebers?

Wo soll denn der Urheber hergekommen sein? Wer hat den erschaffen? Dieses Mysterium, werden die Menschen niemals aufklären. Anbetungswürdig ist kein personifizierter Gott, sondern das Universum an sich. Wie es entstanden ist, seine Gesetze, die für alle und alles Gültigkeit haben, zustande kamen, wird die Menschheit nie ergründen können. Die Intelligenz des Werdens und Vergehens, ist im jedem Materiebaustein vorhanden. Gott bestraft auch keinen Mord, das tun nur wir Menschen und zwar aus Selbsterhaltungstrieb. Sonst müsste man jeden, der ein Tier oder eine Pflanze tötet, um es, oder sie zu essen oder eine Blume in eine Vase stellt, auch als Mörder bezeichnen.

Ich finde ja viele Überlegungen der Religionsstifter richtig, aber, wie fast in alle Religionen, ist immer alles auf einen personifizierten Schöpfer bezogen. „Den Schöpfer-Gott", - genau das ist es, was ich nicht glaube, genau so wenig wie ihn die Kirchen, mit ihrem Dreifaltigkeits-Mysterium predigen. Der intelligente, gebildete und aufgeklärte Mensch, kann damit nichts mehr anfangen. Ich persönlich finde meine Intelligenz beleidigt und das schon seit meiner Kindheit. Daran hängen dann uralte Rituale, von hunderten von Philosophen zusammengeschrieben, und dann wundern sich die Kirchenväter, wenn keiner mehr hingeht und die Kirchen untergehen, weil sie an den alten Zöpfen festhalten. Schade, denn die Grundsätze der christlichen Lehren stimmen ja. Jesus war ein Philosoph, seiner Zeit als Denker weit voraus. Wenn ich sein Leben richtig deute, ein Märtyrer,- der für seinen Glauben,- freien Willens in den Tod ging. Sonst hätten sich seine Glaubensgrundsätze nie weiterverbreitet. Dass er „zur Rechten Gottes sitzt", haben dann andere dazuerfunden. Trotzdem verehre ich ihn als einen der wertvollsten Menschen, den das Leben hervorgebracht hat, aber nicht als Gott. Er hat mit seinem Opfertod, die Verbreitung seiner Lehren der Menschheit aufgeprägt und tut es bis heute.

Ich denke die Dinge nicht von der Erde an sich, sondern vom allumfassenden Universum her. Was ist es, dass unsere Erde hat entstehen lassen. Deshalb stelle ich mir ja auch die Frage: Warum gibt die Erde und warum sind wir selber überhaupt entstanden? Wer brauchte diese Erde? Das Universum würde auch ohne sie und ohne uns nicht zusammenbrechen! Aber, es war ja kein Selbstzweck, deshalb erhebt sich die Frage: Was hat das Universum mit uns vor? Das ist doch die Kern-Frage, das große Geheimnis. In allem ist doch eine stetige Weiter-Entwicklung zu erkennen. Von der Entstehung des Ur-Menschen und seinen Fertigkeiten, bis zu den technischen Systemen von heute, war es ein weiter Weg. Aber er ist noch lange nicht zu Ende, man kann davon ausgehen, dass er noch sehr lange weitergehen wird. Hier ist der Grund zu suchen, - in der Weiterentwicklung, die uns das Universum selber aufzeigt. Andernfalls wäre die angeblich „tote Materie" Sinn- und Nutzlos und wirklich tot. Doch sie lebt und bringt ständig neues Leben hervor.

Hoimar von Dithfurt habe ich schon vor 50 Jahren gelesen, seine Theorien über die Entstehung des Lebens sind in einem Punkt überholt. Das Leben ist nicht nur durch Zufall auf der Erde entstanden. Das Universum ist das Leben und es entsteht immer und überall, wo sich die Bedingungen dafür auftun. Viele Wissenschaftler sind inzwischen der Auffassung, dass wir in einem elektrischen Universum leben.

https://www.astronomie.de/neuigkeiten/sternentod-verraet-rotation-eines-schwarzen-lochs/

Ich glaube nicht daran was uns das Buch der Bücher erzählt. Schon Luther sagte: Dass die Menschen alles was mit Gott zusammenhängt, zu menschlich denken, oder so ähnlich. Die vielen Einlassungen der Bibel zum Gottesverständnis, finde ich erstaunlich, aber für mich einfach unrealistisch, da muss man wohl Theologie studiert haben. Und wenn schon ein Gott sein muss, dann würde ich das ganze Universum als Gott bezeichnen, das ist noch einigermaßen erklärbar.

Die Urknalltheorie, gefällt mir da wesentlich besser, das sind durchaus alles logische Überlegungen. Stephen Hawking hatte wohl recht mit seiner Einlassung zum Urknall. Meine Theorie dazu, ist in meinem Buch „Denkanstöße Astronomie" beschrieben. Die sog. Singularität ist genauso ein Quatsch wie die Erschaffung des Universums in 6 Tagen. Die Kirchenlehre hat sich deshalb eine Hilfsbrücke gebaut, indem sie aus einem Erdentag eine Milliarden Jahre andauernde Zeitspanne konstruiert. Aus Nichts, kommt nichts. Ich nehme eher an, dass ein Universum in einem immer schnelleren Kreisel, der alle Materie in einem schwarzen Loch verdichtet, in einer Explosion ein neues Universum erschafft und das es weitere Universen dieser Art gibt. Wir können sie nur nicht sehen, weil unser Universum noch zu jung ist und auf Grund der Lichtgeschwindigkeit, keinerlei Informationen bis zu uns vorgedrungen sind.

Lebensquell

Aus dem Wasser kommt das Leben!
Dunst steigt hinauf zu Himmelshöhen,
Wetter und Wind die Wolken bewegen,
reinigen Land und Luft mit dem Regen.

Vor grauer Zeit begann sein Werden,
im tiefen, kühlen Grund der Erden.
Aus rauer Kluft da springet silberhell,
hervor, ein lieblich zarter Bergesquell.

Labt und tränket manches Lebewesen,
Rinnsal um Rinnsal zum Bache streben,
viele Flüsschen zum Flusse werden,
Ströme fließen den Meeren entgegen.

Pflanzen und Tiere den Lebensquell hegen,
doch wir Menschen erkennen nicht den Segen,
den Mutter Natur mit dem Wasser gegeben.
sonst würden wir es wie ein Heiligtum pflegen.

Rei©Men

Der Wasser-See unter unseren Füßen, kann uns das ganze Universum erklären, wenn wir nur hinschauen. Wasser H^{2}O, ein Stoff, der aus zwei Elementen, dem Wasserstoff und dem Sauerstoff besteht und dem wir unser Leben verdanken. Manche Wissenschaftler sind der Ansicht, das Leben, welcher Art auch immer, auch auf der Basis anderer Elemente entstehen und existieren kann!

Ich frage mich nur, warum suchen sie dann mit einem Riesenaufwand und hunderten von ins All geschickten Sonden zuerst immer nach dem lebensspendenden Wasser. Unser Sonnenball besteht zu 92 % aus Wasserstoff, spätestens wenn er in ca. 4,5 Milliarden Erdjahren aufgebracht sein wird, erlischt auch alles Leben in unserer Hemisphäre, dem Sonnensystem.

Hier ein Auszug aus WikipediA

Plasma ist ein geladenes, leuchtendes Gas. Die Sonne besteht aus sehr heißem Plasma. Im Sonneninneren ist es 15 Millionen Grad heiß und durch die starke Gravitation sehr dicht. An der Oberfläche ist das Plasma 'nur' noch etwa 5500 Grad heiß und eher leicht und gasähnlich. Auf der Erde kommt natürliches Plasma selten vor, etwa in Polarlichtern oder in Blitzen. Plasma wird künstlich hergestellt für Leuchtstofflampen oder Bildschirme. Plasma ist kein Material, sondern ein Zustand davon. Es gib verschiedene Plasmen, so wie es verschiedene Gase gibt.

Die folgenden Erklärungen bis zum unteren Bild, habe ich den Wissenschaftler überlassen, weil sie es besser können.

Welches Plasma gibt es auf der Sonne?
Das Sonnenplasma besteht hauptsächlich aus Wasserstoff (75%) und Helium (23%). Ein sehr kleiner Teil (2%) sind schwere Elemente wie Sauerstoff oder Eisen.
Gold? Ein winziger Anteil ist tatsächlich Gold. Da die Sonne so groß ist, dass eine Million Erden darin Platz hätten, ergäbe ein winziger Anteil davon zusammen genommen immer noch einen Brocken von 1,200,000,000,000,000,000,000 kg Gold!
Woher kommen diese Elemente?

Wasserstoff und Helium sind beim Urknall entstanden. Die anderen, schwereren Elemente stammen von früheren Sternen.

Die Sonnenforschung

Wilhelm Herschel, ein berühmter Astronom des 18. Jahrhunderts, hielt es für möglich, dass die Sonne eine feste Oberfläche habe und wie alle anderen Planeten bewohnt sei. Vor hundert Jahren wusste man immer noch nicht genau, woraus die Sonne besteht und wie sie funktioniert. Erst Sir Arthur Eddington fand 1920 heraus, dass die Sonne ein riesiger Nuklearreaktor ist. Auch die anderen Sterne sind ein Plasma. Aber die Sonne ist der einzige Stern, bei dem wir mit einem Teleskop tatsächlich Details wie die körnig aussehende Oberfläche sehen können. Die Sonnenforschung ist auch darum so nützlich, weil wir damit sehr viel über die anderen Sterne lernen, ohne es direkt sehen zu können.

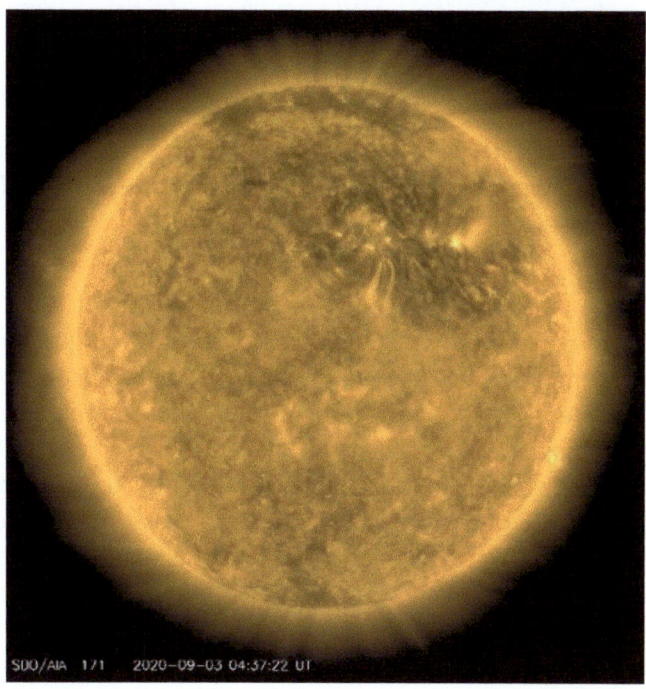

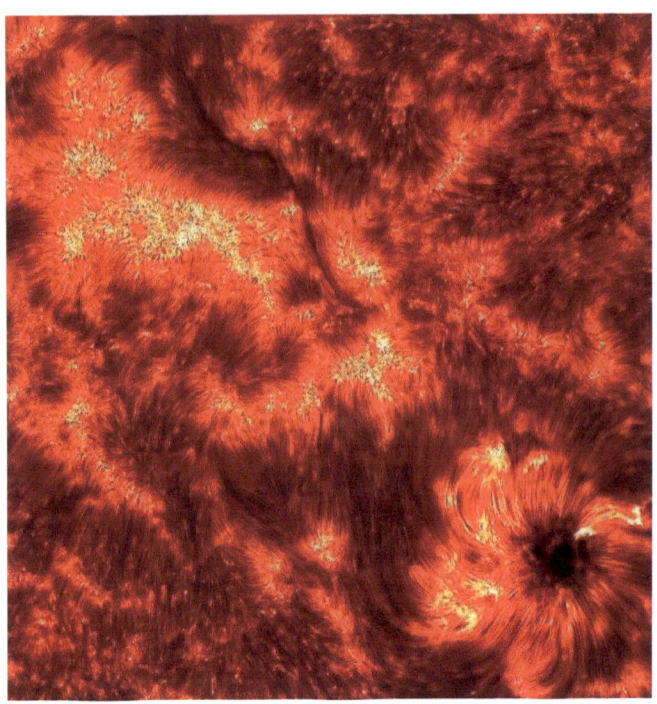

Quelle: Woraus besteht die Sonne? Hanna Sathiapal, Fachhochschule Nord/West Schweiz Bilder: Swedish Solar Telescope SST in La Palma, Kanarische Inseln

***

Der Wasservorrat unter uns in der Erde, ist ein gewaltiger Speicher, der im sogenannten Mariannengraben in ca. achttausend Metern Tiefe unter dem Meeresspiegel beginnt und auf den höchsten Bergen im Himalaja in dem ewigen Eis seinen Gipfel erreicht. Die gesamte erkaltete Erdkruste dazwischen müssen wir uns als einen Filter vorstellen, der das schnelle Abfließen des Wassers auf Meeresniveau verhindert. Dieser gewaltige Wassersack, ist nun an vielen kleinen und großen Stellen schlicht und einfach undicht und „verliert" Wasser. Wer in den Bergen wandert, wird sehr oft an solchen Wasseraustrittstellen vorbeikommen. Es rieselt, nur ein klitzekleiner Wassertropfen nach dem anderen,- schaut blinzelnd in das Licht der Welt. Wenn die Sonne nicht verdeckt ist, hüpft er über kleine

216

Steinchen, schüttelt und verändert sein Aussehen und reflektiert mannigfaltig die Sonnenstrahlen. Der Wanderer überspringt das breiter werdende Rinnsal und wenn er etwas prosaische veranlagt ist, wird er stehen bleiben und ein Weilchen das Wunder bestaunen. Nichtsahnend, dass er ihm seine Existenz verdankt und er weiß auch nicht, dass er auf einem Wassergebirge steht, das sich ständig selbst reinigt und erneuert.

> Wärst du ein Bächlein, ich ein Bach,
> So eilt' ich dir geschwinde nach,
> Und wenn ich dich gefunden hätt'
> In deinem Blumenuferbett:
> Wie wollt ich mich in dich ergießen
> Und ganz mit dir zusammen fließen,
> Du vielgeliebtes Mädchen du!
> Dann strömten wir bei Nacht und Tage
> Vereint in süßem Wellenschlage
> Dem Meere zu.

Wilhelm Busch

Ende

Wenn Ihnen mein Buch gefallen hat, möchte ich Sie bitten eine Bewertung abzugeben. Gehen Sie in den Amazon-Büchershop, schreiben Sie Horst Reiner Menzel, klicken Sie in das Cover-Bild und wählen Sie Rezension, oder klicken Sie in das Feld Schreiben Sie eine Bewertung und nicht vergessen, Sie müssen Sterne vergeben. Vielen Dank für Ihre Mühe.

Leserinformationen

Horst Reiner Menzel wurde am 14. September 1938 in Spremberg in der Mark Brandenburg geboren. Nach dem Besuch der Schule und dem Abschluss einer Handwerks-Lehre war Menzel in den Jahren von 1953 bis 1959 im Kanu- Leistungssport aktiv. Er verließ 1959 die DDR, weil ihm die Ausbildung zum Meister und auch ein Studium der Holztechnologie verwehrt wurden, vermutlich Sippenhaft, weil sein Onkel von 1949 - 1954 als politisch Verfolgter in Torgau und Bautzen einsaß. Menzel arbeitete dann in der Bundesrepublik in einem größeren Handwerksbetrieb und begann eine kaufmännische Ausbildung, in deren Anschluss er von 1959 bis 1980 als Angestellter und Betriebsleiter, in diesem Betrieb tätig war. Ab 1980 führte Menzel zusammen mit seiner Frau Doris einen eigenen selbständigen Handwerksbetrieb, bis er im Jahre 2003 den Betrieb an seinen Schwiegersohn übergab, in Pension ging und sich dem Schreiben widmete.
Hobbys: Sport - Musik- Schach - Schreiben - Bücher

Der Autor

Veröffentlichungen:

Im BoD-Verlag Norderstedt und Amazon Verlag
Taschenbücher und E-Books deutschsprachig
and Publications as Paperbacks and Kindle E-books English

1

Gedichte und Aphorismen erzählen Geschichten
Nachdenkliches für Mußestunden
ca. 175 Gedichte 500 Aphorismen u. Epigramme
Herstellung und Verlag: BoD - Books on Demand, Norderstedt
Taschenbuch ISBN: ISBN-9783753440156

2

Deutsch-Amerikanische Familien-Saga
Eine Familien-Saga erzählt die Geschichte der Auswanderer,
von Siedler-Trecks, Goldgräbern und Farmern,
von den Kriegsereignissen und der Nachkriegszeit.
Taschenbuch ISBN-9783753496986

3

German-American Family-Saga
A family saga tells the story of the emigrants, of settler treks, gold
diggers and farmers, of the war events and the post-war period.
Amazon Paperback: ISBN-9798575985259
Amazon E-Book-Code ASIN-B08PP1FS6F

4

Denkanstöße-Philosophische Betrachtungen
Gesellschaft im Wandel der Zeiten
Herstellung und Verlag: BoD - Books on Demand, Norderstedt
Taschenbuch: ISBN-9783753420615

5

Denkanstöße Philosophische – Betrachtungen
Astronomie – Physik – Universum
Künstliche Intelligenz – Robotik
Herstellung und Verlag: BoD - Books on Demand, Norderstedt
Taschenbuch: ISBN-9783752683417

6

Der ~Blitzschutz~
Die Entstehung einer Branche und ihre Normen-Krise
von 1955 - 2010
Amazon Taschenbuch: ISBN-13: 978-1508509301
Amazon E-Book-Code ASIN-B0098PNPEQ

7

Segelfieber
Fahrtensegler-Roman in der Seemannssprache, welche die harten Realitäten auf hoher See nicht mit Seefahrerromantik verklärt, sondern aufklärt.
Herstellung und Verlag: BoD - Books on Demand, Norderstedt
Taschenbuch ISBN-9783746047720

8

Lebensabschnitte
Episoden-Geschichten, Erinnerungen an den Krieg,
die Nachkriegsjahre, den Neuaufbau Deutschlands.
Herstellung BoD - Books on Demand, Norderstedt
Taschenbuch ISBN-9783753426501

9

Das Verkehrs ABC
Ein Erfahrungsbericht aus 55 Jahren Fahrpraxis
Die häufigsten Fahr- und Denkfehler der
Verkehrsteilnehmer – Wie überlebe ich im Verkehrs-Chaos
Herstellung BoD - Books on Demand, Norderstedt
Taschenbuch ISBN-9783752825053

10

Stalking-Report
Der Jurist definiert Stalking als Nachstellung und Verfolgen einer Person, die solange wiederholt wird, bis das Opfer in seiner physischen oder psychischen Unversehrtheit nachhaltig gestört ist und sich langfristig bedroht und geschädigt fühlt. Der Roman erzählt die Geschichte einer jungen Frau, die anfangs das Geschehen für den Spleen eines abgewiesenen Verehrers hält, sich dann aber bald in ihren Lebenskreisen immer mehr einschränken muss, um den exzessiven Nachstellungen des Stalkers zu entgehen. Die hilfesuchend die

Behörden anruft, aber lange Zeit auf taube Ohren stößt. Erst durch ein entscheidendes Ereignis, dass sie selber auslöst, wird sie plötzlich vom Opfer zur Angeklagten.

Herstellung und Verlag: BoD - Books on Demand, Norderstedt
Taschenbuch ISBN-13-9783752641110

11

Stalking Report

The jurist defines stalking as the stalking and pursuit of a person that is repeated until the victim is permanently disturbed in his physical or psychological integrity and feels threatened and harmed in the long term. The novel tells the story of a young woman who initially believes the events to be the quirk of a rejected admirer, but soon has to restrict herself more and more in her life circles in order to escape the excessive stalking of the stalker. She calls the authorities seeking help, but for a long time it falls on deaf ears. Only through a decisive event that she herself triggers, she suddenly goes from victim to defendant.

Amazon Paperback: ISBN-979-8582816287
Amazon e-book ASIN-B08QVRX4C2

12

Paddelfieber und Silberpappeln

Roman und Huldigung an den Kanusport

Paddeln – Freizeit – Freiheit in der Natur genießen.

Eine der wenigen Sportarten, die Welt aus einer anderen Perspektive zu sehen.

Herstellung und Verlag: BoD - Books on Demand, Norderstedt
Taschenbuch mit Farbfotos: ISBN-9783753480824

13

Die Aussteiger-The Dropouts

Oase der Lebensfreude für Zivilisationsmüde

Herstellung BoD Books and Demand und Amazon
Taschenbuch ISBN-9783753462264

14

Elektrofahrrad-Pedelec von A -Z
Ein Erfahrungsbericht für Einsteiger
- Technik - Navigation - Verkehrsprobleme und mehr
Amazon Taschenbuch ISBN-13-978-1508444350
Amazon E-Book-Code ASIN-B00T80UC42

15

Overseas
Overseas erzählt die fiktive Geschichte von Rudolph Kaiser und be-
schreibt eine für seine Familie unerträgliche Situation in drei Teilen.
Die des „Kriminellen", des „Verschwundenen" und die, der „Hinter-
bliebenen". Eigentlich eine wahre Geschichte, die sich jeden Tag an
Land und auf hoher See, in der Berufs- Kreuz- und der Sport- Schiff-
fahrt von Neuem ereignen kann.
Herstellung BoD Books and Demand
Taschenbuch ISBN-9783754326107

16

Die Tuchmacha
Eine leidenschaftliche Heimat-Geschichte beginnend mit dem Erwa-
chen des Industriezeitalters im 19. Jahrhundert der Spremberger
Tuchmacherdynastien, erzählt von einem mit Spreewasser getauf-
ten Spremberger Horst Reiner Menzel.
Herstellung und Verlag: BoD - Books on Demand, Norderstedt
Taschenbuch mit Farbfotos: ISBN-9783753480503

17

Short Storries
What all this has come together in a long life.
Stories to smile and think about.
Impaled and written down,
Short stories to fall in love with.
Amazon Paperback: ISBN-9798692510969
Amazon E-Book Code: ASIN-B08KHH7VZ7

18

Der Selfmademan
Ein Blitzschutz-König, das war er in seinem Reich und in der Branche,
ein Monarch im Tun und Handeln, und er wurde es wahrlich, ohne

große eigene Anstrengung und Zutun. Sein Verdienst war es allerdings, immer die richtigen Leute zu finden, die ihn am Ende dorthin brachten was er haben wollte: Viel Geld.

Herstellung und Verlag: BoD - Books on Demand, Norderstedt
Taschenbuch mit Farbfotos: ISBN-9783754325667

19

Kurzgeschichten
Was so alles zusammengekommen ist in einem langen Leben.
Geschichten zum Schmunzeln und Nachdenken.
Herstellung und Verlag: BoD - Books on Demand, Norderstedt
Taschenbuch mit Farbfotos: ISBN-9783753453446

20

Das Schwimmbad A B C
Die allermeisten Bauherren sind Schwimmbad-Leien. Es gibt auch nur wenige Architekten, die sich mit der Materie wirklich auskennen. Man verlässt sich gern auf die „Fachleute" respektive Schwimmbad-Errichter-Firmen und steht dann oft schon beim Bau und später bei der Schwimmbadbetreuung einsam und verlassen da. Die Anlage kann durchaus gut und richtig geplant und auch ausgeführt worden sein, doch nun steht man vor der riesigen Aufgabe dieses Technikmonster am Laufen zu halten.
Herstellung und Verlag: BoD - Books on Demand, Norderstedt
Taschenbuch mit Farbfotos: ISBN-9783753454467

21

Die Intercharter-Bootservice and Flying Companie
eine ungewöhnliche gesellschaftspolitische Business-Story.
Herstellung und Verlag: BoD - Books on Demand, Norderstedt
Taschenbuch mit Farbfotos: ISBN-9783754373859